**AM HAKEN**

Arnd Rüskamp ist am südlichen Rand des Ruhrgebiets am Baldeneysee geboren. Er hat Publizistik studiert, war Reporter und Moderator, Soldat und Biker, Autor und Verleger. Er lebt im Ruhrgebiet und in seiner Teilzeitheimat zwischen Schlei und Ostsee.

ARND RÜSKAMP

# AM HAKEN

*Küsten Krimi*

emons:

**Bibliografische Information der Deutschen Nationalbibliothek**
Die Deutsche Nationalbibliothek verzeichnet diese Publikation
in der Deutschen Nationalbibliografie; detaillierte bibliografische
Daten sind im Internet über http://dnb.d-nb.de abrufbar.

© Emons Verlag GmbH
Alle Rechte vorbehalten
Umschlagmotiv: mauritius images/robertharding/David Lomax
Umschlaggestaltung: Nina Schäfer, nach einem Konzept
von Leonardo Magrelli und Nina Schäfer
Umsetzung: Tobias Doetsch
Gestaltung Innenteil: César Satz & Grafik GmbH, Köln
Lektorat: Hilla Czinczoll
Druck und Bindung: CPI – Clausen & Bosse, Leck
Printed in Germany 2018
ISBN 978-3-7408-0388-9
Küsten Krimi
Originalausgabe

Unser Newsletter informiert Sie
regelmäßig über Neues von emons:
Kostenlos bestellen unter
www.emons-verlag.de

Für Dich (1932–2017)

# Der Sündenfall

Der Hieb traf ihn am Hals. Blut rann warm über Brust und Rücken. Noch einmal atmete er aus, sank auf die Knie, fiel vornüber auf Brust und Gesicht. Dann hörte sein Herz auf zu schlagen. Was ihm binnen Sekunden widerfahren war, hinterließ als letzte Empfindung seines Lebens maßloses Erstaunen.

Emma spürte, wie sich Kälte in ihr ausbreitete. Eine Kälte, die sich anfühlte, als sei sie dem Fegefeuer entronnen. Sie schob das Schwert zurück in seine Scheide. Die Klinge fuhr zwischen Daumen und Zeigefinger durch die Haut. Ein kurzer brennender Schmerz. Emma drehte sich zum Portal, zum Licht, weg von ihm, machte zwei Schritte. Sie bewegte sich schnell. Die Zeit jedoch gerann zu einem klebrigen Strom eiskalter Lava. Gedanken und Gefühle, ohne jede Ordnung, ohne dass sie verstand, ohne dass sie fühlte. Taub, alles war taub. Sie erreichte den großen Windfang, schaute zurück. Seine Augen waren noch geöffnet. Ob er noch lebte? Die anderen riefen nach ihr.

✳✳✳

Ohrenbetäubendes Pfeifen und Jaulen. Die Alarmanlage des Ermittlungsmobils hatte drei leistungsstarke Lautsprecher. Marie riss die Pistole des Hochdruckreinigers zurück, ließ sie fallen, tastete die Hosentaschen nach der Fernbedienung der Alarmanlage ab. Erfolglos. Ein älteres Ehepaar kam aus der Nachbarbox der Waschanlage. Fragende Blicke, verzerrte Gesichter. Die Jacke, dachte Marie, hoffte Marie. Sie öffnete die Fahrertür. Wasser tropfte ins Fahrzeuginnere. Keine Jacke. Ein Hund tauchte auf, schwarz und groß. Er bellte. Die Alarmanlage pfiff und jaulte. Marie lief zum Heck. Sicher lag die Jacke auf der Rückbank.

Auf Höhe des linken Rückscheinwerfers glitt sie auf dem nassen Boden aus und spürte sofort, dass es ihr linkes Knie erwischt hatte. Sie rappelte sich halb auf, saß auf dem Boden. Der Hund stand bellend vor ihr. Nass, alles war nass. Die Alarmanlage machte einen Höllenlärm. Ein Paketbote reichte ihr die Hand.

»Ich bin's«, sagte der Paketbote.

Es war der junge Mann, den Marie im letzten Sommer an seinem ersten Arbeitstag kennengelernt hatte. Sie versuchte ein Lächeln und stand auf. Das Knie, ausgerechnet wieder das linke Knie.

»Soll ich Sie ins Krankenhaus fahren?«, bot der junge Mann in Gelb an.

Marie schnaubte verächtlich. Ein Mann mit Glatze betrat die Waschbox, nahm den Hund an die Leine. »Machen Sie doch den Lärm mal aus«, brüllte er.

Marie spürte, dass Wasser an ihren Oberschenkeln herunterlief. Sie hinkte zur Schiebetür, griff nach ihrer Jacke, fischte die Fernbedienung aus der Tasche und drückte auf den grünen Knopf. Das Jaulen und Pfeifen verstummte, der Hund bellte weiter.

»Alles okay?«, fragte der Paketbote und deutete auf Maries Knie, das eine längere, über die Kniescheibe verlaufende, und eine kürzere Narbe an der Außenseite zierte.

Marie grinste schief.

»Kreuzband?«, tippte er und schob sein rechtes Hosenbein hoch.

»Fußball«, sagte Marie.

»Angenehm, Kellertreppe.«

»Kann man denn auch mal hier rein?«, ranzte der Glatzkopf. »Andere Leute haben auch Autos.«

Marie schob die Tür zu. »Bis zum nächsten Paket – und danke.« Sie hob die Hand und ging um die Fahrzeugfront herum. Glatze und Hund folgten.

»Also, was denn jetzt? Wird das noch was?«

Marie bückte sich, hob die Pistole des Hochdruckreinigers auf, steckte sie in die Halterung. Der Hund hörte auf zu bellen und schnüffelte an ihrem rechten Bein.

»Es gibt auch noch Leute, die arbeiten müssen. Kann nicht jeder wie ein Hippie mit dem Campingbus durch die Gegend fahren.« Die Glatze trat zwischen Marie und das EMO, ihr Ermittlungsmobil.

Marie drehte sich um, warf Geld nach, zog die Hochdruck-reinigerlanze wieder aus der Halterung, richtete sie gegen die Decke und betätigte den Hebel.

»Ey, geht's noch?«, brüllte die Glatze. Wasser tropfte von der Decke. Die Glatze zog sich krakeelend zurück, Marie stellte die Lanze weg, ging zum Heck, holte ein Handtuch hervor und rubbelte sich die Haare trocken. Dann setzte sie sich auf die Ladekante und zog die kurze, völlig durchnässte Hose aus.

Die Glatze tauchte auf. »Ach, so eine bist du. Hätte ich mir ja denken können. Musst du dir noch ein Herz auf deinen Bumsbus machen.«

Hinter der Glatze fuhr ein Kombi auf das Gelände, rauschte durch eine Pfütze, und ein Schwall Schmutzwasser klatschte der Glatze auf den Rücken. Er brüllte, stampfte mit dem rechten Fuß auf. Der Hund fing wieder an zu bellen. Marie nahm sich vor, diesen Moment zeichnerisch in ihrem Schleibook festzuhalten. Im Stil von Heinrich Zille vielleicht, dem wunderbare Milieu-studien gelungen waren. Sie streifte eine Trainingshose über und stieg ins EMO. Das Knie schmerzte, das Handy klingelte.

Marie drückte auf das grüne Hörersymbol. Am Tonfall er-kannte sie, dass Kriminalrat Dr. Holm ihr wieder einmal das Wochenende versauen würde.

*⁎*

Emma lief auf das Portal zu. Sonnenlicht fiel durch die Scheiben mit Jugendstilmotiven auf ihr Gesicht. Sie öffnete die doppel-flügelige Tür.

Auf dem oberen Absatz der geschwungenen Treppe wartete Judith. »Wo bleibst du denn? Wir müssen hier weg. Hat dich der Typ gesehen? Da war doch einer, oder?«

Emma schüttelte den Kopf. Gemeinsam rannten sie die Stufen hinunter, über den weißen Kies der breiten Vorfahrt, über den gepflegten Rasen, durch den Rosengarten. Dann erreichten sie den Schatten des kleinen Waldstückes, das das Anwesen zum Wasser der Förde hin begrenzte. Judith schnaufte.

Am Strand lag das Boot. Mattschwarz, beinahe sieben Meter

lang. Vier weitere junge Frauen, drei im Wasser, eine am Ruder. Gehetzte Blicke.

Judith kletterte über die Gummiwulst an Bord, blieb erschöpft liegen. Emma schob das Boot mit den anderen in tieferes Wasser. Der Außenborder sprang an. Schnell nahm das Boot Fahrt auf, kam mit dem Bug aus dem Wasser. »Wohin?«, brüllte die Frau am Steuer.

Emmas Gesicht fühlte sich taub an.

»Emma, wohin«?

Das Boot war schnell, hüpfte über kurze Wellen. Emmas Gedanken waren langsam, quälten sich träge von Synapse zu Synapse. Sie dachte das Wort Flucht. Mehr nicht.

∗∗∗

Nur einen Moment, nachdem Marie sich gesetzt und das Handy ans Ohr genommen hatte, spürte sie, dass Wasser auf dem Sitz stand. Es war wohl nicht nur ein Sprühnebel gewesen, den EMOs Innenraum abbekommen hatte. Sie angelte nach dem Handtuch und schob es sich umständlich hin und her rutschend unter den Po. Mit dem linken Bein konnte sie sich nicht abstützen. Hoffentlich nur eine Prellung, dachte sie.

»Frau Geisler, sind Sie noch da?«, meldete sich Dr. Holm.

»Ja, bin da, versuche nur gerade, Landeseigentum zu schützen.«

Holm ließ ihr eine kurze Pause zur Erklärung. Marie ließ sie ungenutzt verstreichen. Holm akzeptierte.

»Es ist ja auch alles gesagt, was zu diesem Zeitpunkt gesagt werden kann. Die KTU ist informiert. Das Umfeld ist, sagen wir, speziell. Sie könnten das berücksichtigen.«

»Ich bedanke mich für den Konjunktiv. Das vermittelt so ein Gefühl der Freiheit, und auch die Illusion von Freiheit kann schon etwas sehr Schönes sein.«

»Die schönsten Träume von Freiheit werden ja im Kerker geträumt.«

»Schrieb Schiller?«

»Genau.«

»Ein Segen also, dass ich unter Ihrer Knute dienen darf?«

»So kann man das sehen.«

»Wir besprechen uns am heiligen Sonntag.«

»Zehn Uhr ist nicht allzu unchristlich?«

»Fragen Sie mich als Agnostikerin oder Untergebene?«

»Ich frage Sie als Langschläfer.«

»Gut, sagen wir neun Uhr.«

»Ts.«

Holm legte auf, Marie lächelte und hoffte, dass ihr Holm als Chef noch lange erhalten bliebe.

Sie ließ den Scheibenwischer wischen und die Klimaanlage pusten. Die Frontscheibe war komplett beschlagen. Langsam rollte das EMO aus der Waschbox. In der Nachbarbox befingerte die Glatze einen fetten schwarzen Dodge-Pick-up. Der Hund auf der Ladefläche bellte. Glatze, Dodge und Hund passten gut zueinander.

Marie trat die Kupplung und wünschte sich zum ersten Mal in ihrem Autofahrerleben eine Automatik. Nach dem Kreuzbandriss vor drei Jahren hatte sie ihr Trainer ins Krankenhaus und ihr Mann Andreas nach der OP in die Reha gefahren. Jetzt erst wurde ihr klar, wie hilfreich ein intaktes linkes Bein nicht nur für den gepflegten Flachpass war.

Am Eckernförder Südstrand angekommen, lenkte sie das EMO auf den Parkplatz. Sie musste was gegen die aufsteigende Nässe unternehmen. Ein paar Minuten später fuhr sie mit ihrer kurzen Fußballhose auf einer Plastiktüte sitzend weiter.

In Kiel-Gaarden bog sie auf die B 502 ab und erreichte eine Viertelstunde später eine andere Welt. Kitzeberg war der Villenortsteil von Heikendorf am Ostufer der Kieler Förde. Das Geld versteckte sich ein bisschen und wurde dadurch noch sichtbarer. Hier wohnte, wer siebenstellig zahlen konnte. Wie hatte Holm das hier genannt? Speziell.

Links der schmale Strand, das Wasser der Förde gleißend, dicke Pötte in der Fahrrinne, die Tische vor der Gastronomie voll besetzt. Marie bog links ab. Dezente Abgeschiedenheit. Sie suchte nach der Hausnummer. Ein Streifenwagen vor dem Tor.

Eine Beamtin, die aufmerksam wurde. Marie stoppte und wies sich aus. Die Polizistin öffnete das Tor. Sicher über zwei Meter hoch. Kameras links und rechts. Wer hier unentdeckt reinwollte, musste sich anstrengen.

\*\*\*

»Wohin? Emma, wohin? Sag was!«, schrie die Steuerfrau über den Lärm des Motors und das Rauschen des Fahrtwindes hinweg.

Emma zuckte zusammen und brüllte: »Ting Nord, ins Lager.«

Das Zodiac PRO machte eine scharfe Kurve nach Steuerbord. Eine wasserdichte Kunststofftonne mit gemischtem Diebesgut ging unbemerkt über Bord. Die Frauen waren überrascht worden, die Tonne nur zu einem Drittel gefüllt. Nun dümpelte sie im Kielwasser der Oslofähre auf Höhe Friedrichsort. Die zweihundert PS des Außenborders beschleunigten das Boot dröhnend auf über fünfzig Stundenkilometer.

Emmas Gedanken kehrten ins Hier und Jetzt zurück. Sie pfiff auf den Fingern, hielt ihr Handy hoch und warf es in die Förde. Die anderen Frauen taten es ihr nach. Nur Judith nicht. Sie hatte wie immer an Bord die Gehörschutzstöpsel in den Ohren.

## Der erste Angriff

Auf der Treppe zum Portal hatten die Kriminaltechniker bereits Markierungen aufgestellt. Zu sehen war niemand. Marie zog Handschuhe aus ihrer Tasche und griff nach der Klinke, die ein Schlangenkopf zierte. Die hohe, massiv wirkende Tür ließ sich erstaunlich leicht öffnen. »Gut in Schuss, das alte Gemäuer«, murmelte Marie und betrat den Windfang. Mitten in der Eingangshalle lag ein Mann in blauer Uniform. Neben ihm hockte auf einem Angelstuhl Elmar Brockmann im üblichen Overall der KTU.

»Moin, lange nicht gesehen«, sagte er fröhlich. »Du hinkst ja. Warst du wieder zu ehrgeizig im Training?«

»Nein, ich bin vor einer guten Stunde blöd aufs Knie gestürzt. Das tut höllisch weh. Morgen wollte ich mit Andreas und Karl eine Radtour am Kanal entlang machen. Ausgerechnet. Na ja, hilft ja nichts. So wie es aussieht, hätte ich sowieso keine Zeit gehabt.« Sie zeigte auf den Mann am Boden. »Wo bleibt Ele Korthaus? Weiß die Rechtsmedizin noch nicht Bescheid?«

»Doch, doch, aber die Kollegin hat Urlaub, und ihr Vertreter war mitten in einer Leichenschau, als Dr. Holm ihn angerufen hat. Müsste aber gleich kommen.«

»Was du alles weißt.«

»Man vertraut mir.«

Elmar, den Marie vor ihrem geistigen Auge immer mit brauner Aktentasche und kurzärmeligem Karohemd sah, lebte für Klatsch, Tratsch, das LKA und seine Kaninchen. Er vergaß keinen Geburtstag der Kollegen und hatte schon zwei Ehen gestiftet. Einer wie er hielt die deutsche Polizei zusammen.

Eine Uhr schlug wohltemperiert elf Mal.

Mit dem Schleibook und ihrem Zeichenstift umrundete Marie den Mann, der auf dem Bauch lag, den Kopf nach links gedreht, die Augen geöffnet; eine klaffende Schnittwunde führte diagonal vom Nacken bis etwa zum Kehlkopf.

Haut, Sehnen und Gefäße waren durchtrennt. Das Blut, das

eine große Lache unter Kopf und Oberkörper bildete, war von der Körperrückseite nach unten auf den mit floralen Ornamenten versehenen Terrazzoboden gelaufen. Nach dem Hieb, wohl mit einer Art Machete, wie Marie vermutete, war der Mann nicht bewegt worden. Ob es weitere Verletzungen gab, konnte sie nicht erkennen.

Sie versuchte, sich vor den Kopf des Mannes zu knien, aber sogleich fuhr ihr der Schmerz ins Bein. Elmar schob ihr seinen Angelstuhl rüber. Marie skizzierte mit einigen Strichen die Lage des Mannes, ergänzte auf der nächsten Seite einen Grundriss der Halle. Eine Freitreppe mündete hier ins Erdgeschoss. Vom Eingang aus gesehen zweigte eine Tür links der Treppe ab, eine weitere, allerdings doppelflügelige, führte rechts in einen Raum, in den Marie nicht hineinsehen konnte, weil er abgedunkelt war. Die Halle maß etwa zehn mal zehn Meter, schätzte sie. Alles sah wohlgeordnet aus. Nicht durchwühlt und teilweise zerstört wie bei den Einbrüchen in andere Villen, an deren Aufklärung Marie seit über einem Jahr arbeitete.

Sie wandte sich wieder dem Mann zu, den sie auf Mitte vierzig schätzte. Er hatte mittelbraunes kurzes Haar, glatte Haut, keinen Bart, keine sichtbaren Narben, keine Piercings. Die Hände waren gepflegt. Am linken Ringfinger ein schlichter goldener Ring. Er war ungefähr einen Meter achtzig groß, normalgewichtig. In der Fußgängerzone wäre er Marie nicht aufgefallen. Weiß auf Blau las sie auf dem Rücken der Uniformjacke »Bronsky-Security«. Sie kannte das Unternehmen. Zentrale in Kiel, Niederlassungen in ganz Schleswig-Holstein. Der Ruf war seriös.

»Rüdiger Jansen, sechsundvierzig, wohnhaft in Schleswig«, sagte Elmar und reichte Marie eine Brieftasche. Abgegriffen, aus schwarzem Leder. Personalausweis, Führerschein, Bankkarte, ein bisschen Bargeld, eine Quittung für einen Flachbildfernseher, gekauft im Schlei-Center, und zwei Passfotos. Eine Frau im Alter des Toten und ein Mädchen, dessen Alter Marie auf sechs oder sieben tippte. Ein bisschen jünger als ihr Sohn Karl. Marie reichte die Brieftasche an Elmar zurück.

»Ein Schlüsselbund mit Haustür-, Wohnungstür- und Auto-schlüssel und ein weiteres mit einem Anhänger des Sicherheitsdienstes und einem Autoschlüssel mit Kennzeichen-Aufkleber. Schmerztabletten und ein Antihistaminikum habe ich aus der Innentasche seiner Uniformjacke geholt. Das war's. Ein Mitarbeiter der Reinigungsfirma hat ihn gefunden. Der Mann wartet draußen.«

Marie zog den Ring von Rüdiger Jansens Finger. Die Gravur war schlecht zu lesen. »Elmar, gibst du mir mal dein Handy?«

Sie fotografierte die Innenseite des Rings, vergrößerte die Aufnahme und las: »Lieselotte 9.8.98«.

»Danke. Schickst du mir das Foto bitte per Mail.«

Elmar nickte. »Wenn du mit ihm fertig bist. Hier haben wir noch was.« Er zeigte Richtung Ausgang. Neben einer gelben Nummerntafel mit der Ziffer Drei lag ein Schmuckstück auf dem Boden.

»Soll ich?«, fragte Elmar und hielt Marie beide Hände entgegen.

»Elmar, du bist ein Kavalier«, bedankte sich Marie im Voraus und ließ sich hochziehen. Elmar trug den Anglerstuhl zur Nummerntafel, reichte Marie erneut die Hände, und sie setzte sich.

Das Schmuckstück war ein Amulett. Vielleicht aus Silber. »Thors Hammer«, erklärte Marie.

»Woher kennst du Thors Hammer?«

»Haben wir als Kinder in der Grundschule überall hingekritzelt. Die Götter, die Runen, alles, was irgendwie mit den Wikingern zu tun hatte.«

»Und, hat dieser Hammer irgendeine Bedeutung?«

»Der Hammer ist Thors magische Waffe. Es geht um Kraft und den Schutz vor Feinden, wenn ich das richtig erinnere. Ein bisschen wie ein Bumerang. Thor hat den Hammer geworfen, und er kam immer wieder zu ihm zurück.«

»Mit einem Hammer ist unser Mann hier aber nicht erschlagen worden.«

»Auf dem Amulett ist ja Blut. Das Band ist gerissen. Vom Hals gerissen. Jemand wurde verfolgt. Ihr sichert Fingerspuren auf dem Anhänger und schaut euch das Band an. Sicher findet ihr Hautschuppen.« Marie griff sich ans Knie. Sie hatte alles über den ersten in Deutschland per DNA-Analyse überführten Mörder gelesen. 1998. Zwölftausend Männer hatten damals Speichelproben abgegeben. Ohne die hätte man den Kerl vielleicht nie erwischt.

Sie schaute zu Jansen hinüber. »Das sind gut und gerne fünf Meter zwischen ihm und dem Amulett und keine Blutspritzer auf dem Boden, oder?«

Elmar schüttelte den Kopf.

»Dann ist das Blut auf dem Amulett eventuell Blut des Täters.«

»Oder der Täterin.« Elmar hatte die Augenbrauen nach oben gezogen.

»Hat man dich jetzt auch noch zum Gleichstellungsbeauftragten erkoren?«, fragte Marie und reckte die Hände in die Höhe. Elmar griff beherzt zu und half ihr auf die Beine.

»Wo bleibt denn der Rechtsmediziner? Ele wäre schon längst hier.« Marie sah sich um. »Ich schau mir den Palast mal an. Ruf mich, wenn der – wie heißt der eigentlich?«

»Keine Ahnung.« Elmar fotografierte das Amulett.

Marie steckte Stift und Schleibook in ihre Umhängetasche und hinkte in Richtung des Saals.

✳✳✳

An Steuerbord ragte mahnend der rote Backstein des Marine-Ehrenmals in den wolkenlosen Himmel. Emma mochte die Architektur. Und den Ort mochte sie auch. Etwas Heroisches ging von ihm aus. Mutige Männer hatten ihr Leben für das Vaterland gegeben.

Ihr Magen krampfte, sie dachte an den Mann, der sie angebrüllt hatte, der ihr durch den ganzen Saal nachgelaufen war und sie kurz vor dem Ausgang am Kragen erwischt hatte. An das seltsame Geräusch, als sie das Schwert zurückgerissen hatte. Als sei Luft aus einem Fahrradschlauch entwichen. Sie reckte den Oberkörper vor und erbrach sich. Der Fahrtwind riss den Mageninhalt mit. Die anderen schauten nach vorn, hinaus auf die offene Ostsee. Emma wischte sich den Mund mit dem Ärmel ab. Am Ärmel klebte Blut.

»Du blutest ja«, rief Judith, die links neben ihr saß.

»Nur ein Kratzer«, brüllte Emma zurück und besah sich kurz die Schnittwunde an ihrer linken Hand.

In einer knappen Stunde wären sie im Lager. Sie würde nachdenken und eine Lösung finden. Sie fand immer eine Lösung. Thors Stärke war ihre Stärke. Sie griff nach dem Amulett, fand es nicht, tastete, schaute an sich herab, schaute suchend auf den Boden. Nichts. Thors Hammer war weg. Wieder krampfte ihr Magen.

***

Im Saal war es finster. Die Fensterläden waren geschlossen. Marie suchte nach einem Lichtschalter, fand aber keinen. Auf einem Tisch gleich neben der großen Tür lag vor einer Nummerntafel mit der Ziffer Sieben ein Tablet.

Marie berührte das Display. Eine Frauenstimme sagte: »Willkommen zu Hause. Wählen Sie eine Aufgabe.« Icons mit Symbolen für Rollläden, Lampen, Kameras und Heizkörper erschienen. Marie tippte auf das Rollladen-Symbol, es öffnete sich ein Untermenü, das Etagengrundrisse der Villa zeigte. Das Haus bot eine weitere Etage über dem Erdgeschoss und einen Keller. Rasch fand Marie den großen Saal und wählte die Fenster an dessen Längsseite, die nach vorn zur Auffahrt gingen.

Geräuschlos öffneten sich die Fensterläden. Licht flutete in den Raum. Marie musste die Augen zusammenkneifen. Tische und Stühle für jeweils acht Personen, sie zählte zwölf Tische. Der Speisesaal fasste sechsundneunzig Personen. Die Besitzer mussten eine große Familie haben. Oder gesellschaftliche Verpflichtungen. Beides schien Marie nicht erstrebenswert. Ihr fiel ein, dass sie ihren Vater und ihre Schwiegereltern für den nächsten Sonnabend zum Grillen eingeladen hatte.

Ihre Augen hatten sich an die Helligkeit gewöhnt. An der Wand gegenüber den Fenstern: Kunst. Bilder wollte Marie nicht nennen, was man dort aufgehängt hatte. Sie schritt die Tischgruppen ab. Etwa in der Mitte des Saals waren drei Stühle umgekippt. Vielleicht war jemand hierhergerannt.

Marie verließ den Saal durch die rückwärtige Tür. Die untere Etage, das war nach einem ersten Durchgang klar, diente repräsentativen Zwecken. Aufgefallen war ihr nichts. Womöglich war eben das auffällig. Vielleicht steckte sie aber auch zu tief in Ermittlungsmustern der Einbruchsserie, bei der Kunstwerke planvoll und im großen Stil gestohlen wurden. Hier ging es um ein Tötungsdelikt, und der Tod des Mannes stand nicht zwangsläufig im Zusammenhang mit dem Auffindeort, der Kunstwerke im Überfluss bot.

Gleichzeitig mit dem Rechtsmediziner kam Marie wieder in der Eingangshalle an. Der Mann war wortkarg, überarbeitet, schlecht gelaunt und schlecht erzogen. Er hatte gesehen, dass Marie nur unter Schmerzen gehen konnte. Weder hatte er ein mitfühlendes Wort gefunden, noch hatte er nachgefragt. Schließlich war er Mediziner. Marie war ganz sicher, dass Ele Korthaus das nicht passiert wäre und ihrem Mann Andreas, der in Eckernförde als Internist arbeitete, bestimmt auch nicht.

Auf Maries Fragen antwortete der Typ, man möge seinen Bericht abwarten, und verschwand.

Marie quälte sich über die breite Treppe in die obere Etage. Die Privatgemächer verströmten dezenten Luxus. Gediegen die Einrichtung. Skandinavisches Design der Fünfziger oder Sechziger. Geradlinig. Raum für Blicke und Gedanken. Nicht der pompöse Stil, den Marie unten als aufdringlich empfunden hatte. Gut möglich, dass die Eigentümer Privates und Berufliches strikt trennten. Unten empfingen sie wichtige Gäste, die beeindruckt werden mussten, oben atmeten sie durch. Solche Mutmaßungen anzustellen gehörte zu den Aspekten ihres Berufes, die Marie besonders schätzte.

In einem der beiden Arbeitszimmer fiel ihr eine Vitrine auf, deren Tür offen stand. Leer, bis auf eine Bronzefigur, die Marie sofort erkannte. Ernst Barlachs »Wanderer im Wind«, eine Figur, die Barlach 1934 geschaffen hatte. Manche sagten, als ein Statement gegen die Nazis. Die Kappe mit der linken Hand an die Stirn gedrückt, den Mantel mit der Rechten zusammenhaltend gegen den Wind. Dem Wind trotzend. Marie mochte die widerständige Ausstrahlung der Figur. Barlach also. Und auf den anderen Böden der Vitrine? Was hatte da gestanden? Doch ein Einbruch? Sie würde mit dem Eigentümer sprechen.

Marie trat an eines der bodentiefen Fenster. Der Blick war, wie man ihn sich wünschte – unverbaubar. Etwa zwei Kilometer breit war die Kieler Förde hier. Jenseits des Wassers die Holtenauer Schleuse. Sich hier mit einem Fernglas hinzusetzen und den Schiffsverkehr zu beobachten stellte sich Marie ziemlich meditativ vor. Zwischen dem Kitzeberger Strand und der Villa lagen dreißig, vielleicht vierzig Meter Parkanlage. Naturnah. Als Marie gekommen war, hatte es im Windfang unter ihren Schuhen geknirscht. Vielleicht war das Sand.

Der Rest der Privatetage wirkte sauber, aufgeräumt, großzügig. Viele Bücher, solche, die jemand gelesen hatte, keine Folianten. Amerikanische, niederländische, deutsche und schwedische Autoren. Soziologische Fachbücher. Die Bewohner könnten ihr sympathisch sein, dachte Marie.

Elmar hatte Verstärkung bekommen. Zwei Kolleginnen bewegten sich aufmerksam nach Spuren suchend um Rüdiger Jansen herum.

»Elmar, vorn an der Tür. Auf dem Boden dort. Ich hätte gern, dass ihr den Sand oder was das ist mit einer Probe vom Strand vergleicht.«

Elmar griff in eine Kunststoffkiste, zog zwei Tütchen hervor und hielt sie grinsend hoch. »Du arbeitest mit Profis, Marie. Bei der Spurennahme am Strand haben wir Fuß- und Schleifspuren entdeckt. Der Rest der Mannschaft ist damit beschäftigt, diese zu sichern.«

»Danke, schau ich mir an.«

Auf dem Vorplatz trat der Mitarbeiter der Reinigungsfirma von einem Bein aufs andere. Seine Statur und Frisur erinnerten Marie an den Tatortreiniger aus dem Fernsehen. Er konnte nichts Erhellendes beitragen, war erst zum zweiten Mal hier eingesetzt und kannte den Toten nicht.

»Ich habe doch nur meine Bürgerpflicht getan«, sagte er genervt. »Kann ich jetzt endlich gehen? Die Chefin hat schon zwei Mal angerufen.«

Marie schaute auf die Personalien, die sie aufgenommen

hatte, klappte das Schleibook zu und nickte. Langsam ging sie durch den Park zum Strand. Flatterband und noch mehr Menschen in Overalls, die Länge, Breite und Tiefe der Schleifspuren maßen.

»Moin«, grüßte eine Kollegin, die Marie flüchtig aus der Kantine kannte. »Wir haben Glück, der Sand ist hier so fest, dass wir einige Fußspuren ausgießen können. Mindestens vier Personen. Und die Schleifspuren. Ein großes Schlauchboot, wenn Sie mich fragen.«

»Wie groß?«, fragte Marie.

»Festrumpf. Hier die Spur des Kiels. Schwer zu sagen. Sieben Meter lang, knapp drei Meter breit. So was.«

»Sie kennen sich aus.«

»Mein Vater war Hafenmeister.«

»Können Sie was zu den Schuhgrößen sagen?«

»Nicht unter siebenunddreißig, nicht über zweiundvierzig.«

»Frauen?«

»Kann sein. Vielleicht kriegen wir noch mehr raus. Ein Abdruck ist extrem gut.«

Maries Handy klingelte. Seit der technischen Krise von vor einem Jahr hatte es tapfer durchgehalten, das gute Stück. 2009 hatte Andreas ihr den Oldtimer geschenkt, und Marie sah keinen Grund, auf eines dieser funktionsüberladenen Smartphones umzusteigen. Im EMO, ihrem Ermittlungsmobil, lag ein leistungsfähiges Notebook. Mehr brauchte sie nicht.

»Holm hier, kurze Info zum Eigentümer des Hauses. Es handelt sich um die deutsche Frau eines dänischen Reeders. Umsatz nahe vierzig Milliarden Euro. Das entspricht unserem Verteidigungshaushalt. Vielleicht galt der Einbruch nicht dem Wachmann. Vielleicht muss ich mit dem BKA Kontakt aufnehmen.«

»Tun Sie, was Sie tun müssen. Hier liegt in einer beeindruckenden Blutlache, die in etwa der Blutlache von vierundzwanzig Hühnern entspricht, der sechsundvierzigjährige Rüdiger Jansen. Ich denke, er hinterlässt eine Frau und eine Tochter. Ich fahr da gleich mal hin. Moin.«

Marie drückte auf den kleinen roten Hörer. Sie hatte verstanden, was Dr. Holm zum Ausdruck bringen wollte. Aber sie hasste es, einen Fall anders zu bearbeiten, nur weil jemand aus dem Umfeld stinkreich war. Vierzig Milliarden. Absurd.

Zurück vor der Villa sah Marie gerade noch, wie zwei Männer einen Transportsarg in den Sprinter der Rechtsmedizin schoben. Bald würde der Mann auf einem Obduktionstisch in Kiel liegen. Zwei Mediziner und ein Assistent wären anwesend. Schädel-, Brust- und Bauchhöhle würden geöffnet werden. Das Verfahren war von besonderer Rohheit. Aber es diente einem höheren Ziel. Die Völker rund um den Globus hatten sich darauf geeinigt, dass man Menschen so behandeln durfte, um die Ursache eines nicht natürlichen Todes herauszufinden oder die äußeren Umstände genauer zu klären.

Dass Rüdiger Jansen mit brutaler Gewalt aus dem Leben gerissen wurde, stand fest. Zu hoffen war, dass Partikel in der Wunde Rückschlüsse auf die Tatwaffe zulassen würden. Nach der Obduktion wären sie schlauer.

Eine Amsel landete im Beet neben dem Kies und hackte auf eine Nacktschnecke ein.

Moral, Schuld und Sühne waren menschengemachte Kategorien. Nicht alles, was Menschen ersonnen hatten, war der Natur überlegen. Aber den geregelten Umgang mit Schuld und Sühne im Rahmen der Strafverfolgung hielt Marie für einen der wichtigsten Pfeiler eines demokratisch verfassten Staates.

Elmar stand auf dem Treppenpodest und sprach mit einem Mann, der Marie den Rücken zugewandt hatte. Sie hob kurz die Hand, Elmar lächelte ihr zu. Marie stieg ins EMO, legte ihre Tasche auf den Beifahrersitz. Das Schleibook zeigte eine seiner grauen Ecken. Marie fiel auf, dass sie so wenig gezeichnet hatte wie nie. Die Auffindesituation war so übersichtlich gewesen, der Tote so unauffällig. Sie hatte ihn sich nur oberflächlich angesehen. Alles schien so offensichtlich. Gut, dass Elmar fotografiert hatte. Sie würde sich die Fotos später genau anschauen.

Das Bein anzuwinkeln hatte wehgetan. Sie käme um einen Besuch beim Orthopäden nicht umhin. Schlechtes Timing, denn es war wieder so weit. Sie musste herausfinden, wer das Leben eines Menschen, aller Wahrscheinlichkeit nach vorsätzlich, beendet hatte. Zeit für innere Einkehr, für Konzentration. Marie hörte während Ermittlungsarbeiten dieser Art stets nur Streich-quartette.

Sie wählte Mozarts Streichquartett Nr. 21 in D-Dur und fuhr auf das Tor zu. Die Kameras, natürlich. Sie legte den Rückwärts-gang ein. Elmar war noch immer im Gespräch, kam aber die Stufen runter, als sie vor der Treppe hielt.

»Elmar, die Kameras. Da gibt es wahrscheinlich eine Fest-platte. Und das Tablet, das diese Haussteuerung ermöglicht.«

»Alles schon eingepackt. Wir haben einen neuen, technik-affinen Kollegen. Der wird sich mit dem Gerät beschäftigen und Material sichten, sofern es welches gibt.«

»Danke.«

»Da nich für.«


Mit verkniffenem Gesicht trat Marie die Kupplung. Die ersten Meter waren holperig, das Tor öffnete sich, die Polizeibeam-tin grüßte, als sei Marie der französische Staatspräsident. Dazu Mozart, ein bisschen zu laut, und nasse Kleidungsstücke im Fußraum. Im Rückspiegel sah sie, dass auch Rüdiger Jansen das Gelände verließ; der Sprinter der Rechtsmedizin folgte ihr.

Plötzlich verspürte Marie Lust auf Kuchen. »Wirres Zeug«, murmelte sie und legte den zweiten Gang ein. Aus dem Ge-triebe drang ein krächzendes Geräusch an ihr Ohr. »Heute ist irgendwie der Wurm drin«, sagte sie und ergänzte: »Ich führe schon wieder Selbstgespräche.« Sie dachte an Ele Korthaus. Ein kurzer Stich in der Herzgegend. Marie registrierte, dass sie Ele vermisste.

Auf der Brücke über die Schwentine hatte es einen Unfall gegeben. Der Verkehr wurde umgeleitet. Ein zäher Lindwurm schlängelte sich zum Sperrwerk runter. Marie erinnerte sich an eine romantische Schwentinetalfahrt mit Andreas, als links die Stege auftauchten. Das war noch vor Karls Geburt gewesen. Sie hatten zu wenig Zeit füreinander.

Hinter ihr hupte jemand.

Schnelles Internet, schnell mal ein Wochenende nach Ams-terdam, Speeddating. Marie nahm sich vor, segeln zu gehen. Sie hatte den Segelschein im letzten Dänemarkurlaub gemacht und war jetzt im Besitz eines Folkebootes. Auf der Großen Breite hatte sie geübt, zweimal war sie seitdem zwischen Schleswig und Maasholm hin- und hergesegelt. Im Augenblick lag das Boot in Maasholm. Ein Törn auf die Ostsee stand auf dem Programm.

Erneut hupte jemand. Eine Gruppe jugendliche Fußballfans überquerte die Straße. Holstein-Trikots. Einer trug einen Ball, ließ ihn immer wieder auf dem Asphalt aufticken. Ein Geräusch, das Marie jedes Mal elektrisierte. Was würde sie nur machen, könnte sie nicht mehr Fußball spielen? Das Knie schmerzte. »Vermutlich muss ich bald einen Dienstwagen mit Automatik beantragen.« Selbstgespräche. Nach dem Orthopäden könnte sie gleich einen Termin beim Psychiater machen, wenn das so weiterging. Ihr Handy klingelte. Marie hatte keine Freisprechanlage. Aber jetzt standen sie ja auch schon wieder.

»Wickie, meine Sonne, wo bleibst du denn?«

»Ein Fall, Geliebter. Bin in Kiel. Aber ich komme gleich kurz rein. Soll ich Kuchen mitbringen?«

»Wienerbröd, Wienerbröd«, grölte Karl von hinten. Andreas hatte das Telefon laut gestellt.

»Sitze im Auto, lege jetzt auf. Bis gleich.« Instinktiv schaute sie sich um. »Marie, du bist ein Schisser«, schimpfte sie und würgte das EMO ab. Hinter ihr hupte es wieder. Lang anhaltend.

Marie öffnete die Fahrertür, stieg unter Schmerzen aus, ging nach hinten und erwartete einen Mittzwanziger mit Hormonüberschuss. Am Steuer des Autos saß eine Dame jenseits der siebzig. Marie schluckte den unflätigen Satz herunter, den sie bereits auf den Lippen gehabt hatte, trat ans Fenster und fragte: »Kann ich etwas für Sie tun?«

Die ältere Dame schüttelte den Kopf, wirkte peinlich berührt. Ein Blick nach rechts, dann sagte sie: »Mein Mann muss mal. Dringend. Entschuldigung.« Der Mann schaute nach rechts aus dem Fenster.

Marie versuchte ein verständnisvolles Lächeln, legte der Dame kurz die Hand auf den Arm und hinkte zurück. »Was ist das nur für ein Tag?«, sagte sie. Ihr Vordermann war um eine Autolänge vorangekommen.

Eine Stunde später parkte sie in Fleckeby auf dem Parkplatz

neben Bäcker Sievers, den sie vor einem Jahr noch des Mordes verdächtigt hatte. Ein Fall, der mitten in eine Ehekrise der Bäckersleute geplatzt war. Andreas hatte gewettet, dass die Beziehung in die Brüche gehen würde. Marie hatte das nicht geglaubt, und sie hatte recht behalten. Bum-Bum-Bäcker hatte seiner Frau ihren Fehltritt verziehen. Happy End. Das war kitschig. Na und?

Marie kaufte Wienerbröd und Apfelkuchen mit Sahne. Das süße Intermezzo genoss sie mit Andreas und Karl auf dem heimischen Balkon in Schleswig. Die Sonne hatte Kraft, und die Sahne verflüssigte sich. Als Marie nach Kaffee und Kuchen aufstand, schaute Andreas sie fragend an.

»Bin aufs Knie gestürzt«, erklärte sie.

Andreas deutete mit dem Kopf Richtung Wohnzimmer und folgte ihr. Sie legte sich auf die Récamiere, die sie Andreas zur Hochzeit geschenkt hatte. Andreas beugte, drückte, drehte und befand: »Wir fahren mal zum Kollegen Sondermann. Der macht ein Sono.«

»Du findest Orthopäden doch scheiße.«

»Wir fahren zu Mc Sondermann.«

»Später. Ich muss im neuen Fall noch einen Besuch machen. Hier in Schleswig. Das dauert sicher nicht lange. Ich kann dich ja anrufen, wenn ich fertig bin. Außerdem brauche ich keine Begleitung. Mc Sondermann kenne ich besser als du. Der empfängt mich rund um die Uhr, weil er nämlich um meine Qualitäten im Strafraum weiß. Ätsch.«

»Orthopäde eben. Behandelt vermutlich im HSV-Trikot.«

»St. Pauli.«

»Ich möchte trotzdem dabei sein.«

»Guck nicht so ernst. Da kriege ich ja Angst.«

»No German Angst«, proklamierte Karl, der die Treppe heruntergerannt kam.

»Wo hast du das denn her?«, fragte Marie.

»Sagt unser Trainer immer.«

Karl verschwand im Garten.

»Übrigens. Bei den Sievers in Fleckeby alles im Lack. Händchen halten, verliebte Blicke.«

»Naiver Typ. Sie hat ihn einmal betrogen. Sie wird es wieder tun.«

»Misanthrop, trauriger.«

»Ich bin Realist. Du hast immer nur Leichen um dich herum. Da kann man leicht romantisch werden. Ich sehe täglich das Elend der Lebenden.«

»Meinst du, ich kann mit dem Knie Fahrrad fahren?«

»Warten wir ab, was wir im Ultraschall sehen.«

»Typisch Arzt. Bloß nicht festlegen. Ich fahre jetzt. Bis nachher.« Marie küsste Andreas und wackelte zur Tür hinaus, nachdem sie ihre kurze Hose noch schnell gegen eine lange Trainingshose getauscht hatte.

EMOs Scheiben waren von innen beschlagen. Die nassen Klamotten lagen noch immer im Fußraum. Marie griff nach ihnen und warf sie im hohen Bogen aus dem Seitenfenster auf die blaue Papiertonne, die vor dem Carport stand.

## Die Witwe

Rüdiger Jansen hatte in einem der Schleswiger Gewoba-Häuser nahe dem ehemaligen Landeskrankenhaus gelebt. Einander gegenüberliegende Wohnblocks, ein Garagenhof am Ende der Sackgasse. Spielende Kinder, abschätzig blickende Jugendliche. Mit dem Finger fuhr Marie die Reihe der Klingeln ab. Nicht jede hätte man anfassen wollen. Auf einer klebte ein Kaugummi. Marie drückte den Knopf neben dem Namensschild mit der Aufschrift »L.+R.+J. Jansen«.

Ohne Nachfrage über die Sprechanlage summte es, die Tür sprang einen schmalen Spalt weit auf, Marie trat ins Treppenhaus. Eine Mischung aus Essensgerüchen und Essigreiniger empfing sie. Wenige Stufen bis zum ersten Treppenabsatz. Die Tür links war bereits geöffnet. Auf einem getöpferten Namensschild las Marie: »Hier wohnen Lieselotte, Rüdiger und Judith.« Auf der Fußmatte das Bekenntnis: »My home is my castle.«

»Is offen«, rief eine Frauenstimme. »Küche.«

Marie schob die Wohnungstür auf. Ein Flur, von dem Türen nach links und rechts zu den Zimmern führten. Klassischer Schnitt. Die Küche gleich links hinter dem Eingang. Bratgeräusche. Marie tippte dem Duft nach auf Frikadellen. Sie machte einen Schritt, klopfte, eine Frau mit rot gefärbten, langen Haaren drehte sich zu ihr um.

»Huch, wer sind Sie denn?«

»Marie Geisler«, sagte Marie. »Sie sind Lieselotte Jansen?«

»Steht ja an der Tür. Ich dachte, es wäre eine Freundin. Egal. Was wollen Sie hier?«

Die Frikadellen brutzelten, Dampf stieg aus einem Topf auf. Lieselotte Jansen wendete die Frikadellen. »Also?«

»Es riecht toll. Machen Sie mal. Ich warte einen Moment.«

Lieselotte Jansen schaute zwischen Marie und den Frikadellen hin und her, zog dann aber die Pfanne von der Platte, legte einen Deckel auf, rückte ihn schräg und drehte den Herd runter.

»So, jetzt.«

Marie griff in die Jackentasche und förderte ihren Dienstausweis zutage, hielt ihn Lieselotte Jansen hin, ließ sie lesen, trat in die Küche und zog einen Stuhl vom Tisch weg. »Können wir uns setzen?«

Lieselotte Jansens Miene verfinsterte sich. »Judith? Ist was mit Judith? Sie wollte gestern bei ihrer besten Freundin übernachten. Und jetzt geht sie nicht ans Handy. Meine WhatsApp-Nachricht ist auch nicht zugestellt worden.«

Ihre Stimme, jetzt eine Tonlage höher: »Was ist mit Judith?«

»Setzen Sie sich doch.« Marie legte einen Arm um die Schulter der zierlichen Frau, die sich widerstandslos auf den Stuhl dirigieren ließ. »Ich bin nicht wegen Judith hier.«

»Rüdiger?«

Marie nickte.

»Was?«

»Leider muss ich Ihnen sagen, dass Ihrem Mann etwas zugestoßen ist.«

Lieselotte Jansen schlug beide Hände vors Gesicht. War stumm. Atmete nicht. Dann begann sie zu schluchzen. Leise. Hände und Arme zitterten.

Es klingelte.

»Moni«, sagte Lieselotte Jansen. »Meine Freundin Moni.«

Marie ging zur Wohnungstür, drückte auf den Knopf des Türöffners. Eine Frau in pinkfarbenem Jogginganzug betrat das Treppenhaus.

»Moin, ich wollte zu Lotte.«

Marie zeigte ihren Ausweis. »Das passt jetzt nicht. Ihre Freundin meldet sich im Laufe des Nachmittags bei Ihnen.«

»Ist etwas passiert?«

»Das erzählt sie Ihnen dann.«

Aus der Küche drang lautes Schluchzen. Die Freundin schob sich an Marie vorbei. Marie ließ es geschehen, schloss die Wohnungstür, schaute sich im Flur um. Fotos einer glücklichen Familie. Posieren auf der »Wappen von Schleswig«, ein kleines Schuhregal, an der Garderobe eine Jeansjacke, Schals und Tücher obendrauf. Ein Foto, das Lieselotte, Rüdiger und ein halbwüchsiges Mädchen zeigte. Marie ging wieder in die Küche. Die beiden Frauen in enger Umarmung.

»Frau Jansen, ich muss allein mit Ihnen sprechen. Vielleicht geht Ihre Freundin solange ins Wohnzimmer?«

Die Frau in Pink löste sich vorsichtig von Lieselotte Jansen und verließ die Küche. Marie setzte sich der verheulten Witwe gegenüber auf den anderen Stuhl.

»Wann haben Sie Ihren Mann zuletzt gesehen, Frau Jansen?«

»Heute Morgen um fünf. Rüdiger hatte eigentlich frei. Aber es kam ein Anruf. Er musste in eine andere Dienstgruppe. Eigentlich ist er am Flughafen. Es sind wohl viele krank, er sollte zu den Objektschutzleuten. Was ist mit ihm passiert? Ein Unfall? Ist er wieder zu schnell gefahren?« Lieselotte Jansen schniefte, riss sich aber zusammen.

»Wer hat Ihren Mann denn angerufen?«

»Ja, sein Chef, Mehmet. Der ist erst seit drei Jahren bei Bronsky, aber schon Gruppenleiter. Sagen Sie mir endlich, was passiert ist!« Jetzt klang sie aggressiv, legte beim Sprechen den Kopf ein wenig in den Nacken, machte eine offene, wütende Bewegung mit beiden Händen. Authentisch. In ihrer Körpersprache fand Marie keinen Grund, sie auf die Liste der Verdächtigen zu setzen.

»Gab es Streit mit diesem Mehmet?«

»Nein, also ja. Es gab immer Streit, aber nicht heute Morgen. Was soll das denn, diese Fragerei?«

Marie legte ihre Hände über die Hände der Frau. Kleine Hände. Raue Hände. Lieselotte Jansen zog sie ein wenig zurück, spürte dann aber wohl die Bedeutung der Geste. Ihr Gesichtsausdruck änderte sich, die Augen weiteten sich. Sie schüttelte den Kopf, und Marie fühlte, dass Lieselotte Jansen in diesem Moment ahnte, dass ihr Mann keinen Unfalltod gestorben war.

»Wir haben Ihren Mann heute Vormittag tot in einer Villa aufgefunden, die momentan nicht bewohnt ist. Es könnte sich um Mord handeln. Es tut mir sehr leid.«

Die Frau in Pink stürzte wieder in die Küche. Sie hatte gelauscht. Zitternde Leiber, heiße Tränen. Unermessliches Leid. So herzzerreißend war es nicht immer. Die Frikadellen hatten aufgehört zu braten.

»Frau Jansen. Wie heißt die Freundin Ihrer Tochter?«

»Emma«, antwortete die Frau in Pink. »Emma Brinker, Flachsteich. Gleich um die Ecke. Die haben Geld. Passen gar nicht zu uns, die Leute.«

Marie notierte Namen und Adresse in ihrem Schleibook.

»Frau Jansen, wollen Sie noch mal versuchen, Judith zu erreichen?«

Lieselotte Jansen ging in den Flur und zog ihr Handy aus der Jeansjacke, tippte und hielt es ans Ohr. Marie konnte das Freizeichen hören. Dann sagte eine Frauenstimme: »*The person you have called is temporarily not available ...*«

Marie streckte die Hand nach dem Smartphone aus. »Lassen Sie mich eben die Rufnummer aufschreiben, bitte.«

Lieselotte Jansen reichte ihr das Telefon.

»Sagen Sie, Frau Jansen, welches ist Judiths Zimmer? Ich würde mir gern ein Bild machen.«

Lieselotte Jansen machte eine unbestimmte Bewegung und ging zurück in die Küche.

»Lotte, ich bin immer für dich da«, hörte Marie die Frau in Pink sagen. »Heul ruhig. Es ist furchtbar, ganz, ganz furchtbar. Aber du musst jetzt an dich und an Judith denken.«

Judiths Zimmer war leicht zu finden. An der Tür prangte, mit Heftzwecken befestigt, ein Poster, das Musiker auf einer Bühne zeigte, der Türgriff war rot lackiert, und rote Farbspuren an der weißen Tür sollten wohl Blutspritzer darstellen. Der Vermieter würde die Kaution einbehalten, so viel war sicher. Marie zog Handschuhe an und öffnete die Tür.

Das Zimmer war klein. Keine zehn Quadratmeter und zugepflastert mit weiteren Postern. Offenbar zeigten die Fotos immer dieselbe Band namens Skálmöld. Die Musiker mit langen Haaren, langen Bärten. Die Schrift wie aus einer anderen Zeit wirkend. Ein Poster zeigte einen wilden Mann mit Schwert, Fell und Wikingerhelm. Mit Hörnern. Marie grinste schief. Bis heute hatten Archäologen keinen Wikingerhelm mit Hörnern gefunden.

Über dem schmalen Schreibtisch hatte Judith Eintrittskarten angepinnt. Von Konzerten und auch eine für das Wikinger-

Museum Haithabu. Judith schien ihr Hobby gefunden zu haben. Unter der Glasauflage des Schreibtisches ein Stundenplan und Fotos, die Mädchen in ausgelassenen Posen zeigten. Mit Duckface, mit Bierflaschen auf den Königswiesen unten an der Schlei mit dem Turm von St. Petri im Hintergrund, beim Baden, Shoppen und beim Bogenschießen. Über dem Bett waren Landkarten mit Heftzwecken an der Wand befestigt. Schleswig-Holstein, Dänemark. Und überall Markierungen. Auf dem Regal darunter zwei Bücher über Geocaching und ein hochwertiger Kompass.

Marie schaute sich anschließend das Wohnzimmer an. Der Flachbildschirm beanspruchte ein Viertel der Wand. Über dem Sofa Fanschals von Holstein Kiel, auf dem Rauchglastisch zwei Aschenbecher, Tabak und eine Stopfmaschine für Zigaretten. Ein Regal mit DVDs. Fantasyfilme und das Gesamtwerk von Arnold Schwarzenegger.

Lieselotte Jansen kam dazu.

»Was ist denn genau passiert?«, fragte sie und wirkte einigermaßen gefasst.

Marie war nicht erstaunt, dass sich die Frau zunächst hatte trösten lassen. Beim Überbringen von Todesnachrichten hatte sie von hysterischen Ausbrüchen über analytische Nachfragen bis hin zu einer gewissen Erleichterung schon eine breite Palette menschlicher Reaktionen erlebt. Sie schilderte knapp die Auffindesituation, ohne ins blutige Detail zu gehen.

Die Witwe fragte nicht nach, wollte aber wissen, wie es weitergehe. Selbst bei natürlichen Toden standen die Angehörigen oft ratlos vor dem Procedere bis hin zur Beisetzung. Dass nun gerade eine Obduktion durchgeführt wurde, erwähnte Marie nicht, sie beruhigte und empfahl Lieselotte Jansen, darüber nachzudenken, wo und wie sie ihren Mann bestatten wolle.

Lieselotte Jansen konnte ihre Hände nicht still halten, strich unentwegt über eine bestickte Stoffserviette. Sie schaute nicht auf, als sie erzählte, dass Judith die Serviette in der Grundschule bestickt habe.

»Judith versucht es immer allen recht zu machen. Sie ist so hilfsbereit und freundlich. Manchmal glaube ich, dass sie sich ausnutzen lässt.«

Lieselotte Jansen faltete die Serviette und legte sie auf die Fensterbank. »Rüdiger. Das hat sie von Rüdiger. Der kann auch nicht Nein sagen.«

Suchend schaute die Witwe im Wohnzimmer umher, griff dann nach einem zierlichen Kerzenleuchter und stellte ihn neben die Serviette ins Fenster. »Die zünde ich an, wenn es dunkel wird. Für Rüdiger. Und für Judith, damit sie bald nach Hause kommt.«

Es roch nach Frikadellen, auch hier im Wohnzimmer. Beide Frauen schauten auf den Tisch. Als der Kühlschrank brummend ansprang, stand Marie auf.

»Sicher habe ich noch Fragen an Sie. Ich melde mich dann. Und sollte sich Judith bei Ihnen melden, informieren Sie mich bitte umgehend. Wir halten auch Ausschau nach ihr.« Marie überreichte ihre Karte und ging.

Im EMO telefonierte sie mit einer Kollegin in Kiel und ließ sich die Adresse der Familie Brinker geben, die nur zwei Straßen weiter wohnte. Die Straße war kurz, und den Namen Brinker gab es nur einmal. Vielleicht wusste Emma ja, wo sich Judith aufhielt.

✳✳✳

Polizeihauptmeister Gregor Sachse war mit Leib und Seele Polizist. Und seitdem er ab und zu mit Marie Geisler vom LKA zusammenarbeiten konnte, leuchteten seine Augen, sobald er eine Kieler Vorwahl auf seinem Telefon sah. Heute aber war er übler Laune. Seit beinahe drei Monaten versuchte er erfolglos, den Sprayern auf die Spur zu kommen, die bevorzugt Fassaden wohlhabender Schleswiger Bürger ruinierten, und der Kollege der KTU hatte keine guten Nachrichten. Der verwendete Lack stammte erneut vom Marktführer, und es gab die Spraydosen beinahe in jedem Baumarkt.

Er hatte sich reingehängt, sich umgehört. Mit und ohne Uniform. Auf der Lauer gelegen, V-Leute in der Jugendszene zu akquirieren versucht – er war ausgelacht worden. Die betroffenen Bürger setzten ihm zu, zwei Rentner aus dem Stadtrat, die

Versicherungen, und er hatte außer einem Aktenhügel nichts zu bieten. Missmutig klickte er sich zum x-ten Mal durch die Fotos. Fassaden im ganzen Stadtgebiet waren beschmiert worden. Einzig in St. Jürgen gab es nur zwei Fälle.

Zuletzt hatten die Sprayer sich die Freiheit vorgenommen, das neue Stadtviertel auf dem ehemaligen Kasernengelände in Schleswig. Nur weiße Wände auf der Freiheit, dort wirkten ihre »Kunstwerke« besonders gut, und sie hatten darauf geachtet, dass man alle auch von der Straße aus sehen konnte. Sachse verstand nicht, dass man die Sprayer noch nie beobachtet hatte. Es gab keine einzige Täterbeschreibung.

Auffällig war, dass die Schmierfinken ihr Unwesen immer von Sonnabend auf Sonntag getrieben hatten. Jedenfalls waren die Anzeigen stets am Sonntag eingegangen. Die Täter hatten sich unsichtbar gemacht. Anfangs hatte Sachse vermutet, es seien Nachbarn, deren Anwesenheit nicht auffiel, aber nun lagen Luftlinie beinahe drei Kilometer zwischen dem östlichsten und dem westlichsten Tatort.

Sachse trank einen Schluck Kaffee aus dem Gewerkschaftsbecher und klickte ein Foto weiter. Allen Werken war gemein, dass sie Thors Hammer zeigten. Das war gewissermaßen das sogenannte »Tag«, die Signatur der Sprayer. Was Sachse nicht verstand: Alle Graffiti trugen dieselbe Handschrift. In ganz Schleswig waren augenscheinlich keine anderen Künstler zugange. »Thors Hammer«, murmelte er vor sich hin. Den trugen viele Norddeutsche um den Hals, ohne sich viel dabei zu denken.

Morgen würde er nach Haithabu fahren. Der Mitarbeiter, der sich am besten mit Runen auskannte, war krank gewesen, jetzt war er wieder im Dienst. Vielleicht hatte der eine Idee.

Das Telefon riss ihn aus seinen Gedanken. Ein Verkehrsunfall im Kreisverkehr am Gallberg. Personenschaden. Die Feuerwehr war informiert. Die Kollegen aus Schleswig waren anderweitig gebunden.

Sachse beeilte sich, in den Streifenwagen zu kommen, und rauschte mit Blaulicht und Martinshorn an Schloss Gottorf vorbei. Sachse schwitzte. Seit zwei Jahren schwitzte er, sobald es stressig wurde. Sein Arzt hatte gegrinst und von männlichem

Klimakterium gesprochen. Er hatte das gegoogelt, war auf Symptome gestoßen, die er nicht an sich beobachtete und sicher auch in Zukunft nicht an sich beobachten würde. Der Arzt war ein Idiot. Doof nur, dass er zu seinem engsten Freundeskreis gehörte.

Im Kreisverkehr ein Rettungswagen, zwei Pkw mit eingeschalteter Warnblinkanlage, ein E-Bike und ein älterer Herr, der auf den Treppenstufen eines Wohnhauses saß. Rasch wurde klar, dass der Verunfallte zu schnell in den Kreisverkehr eingefahren war und die Kontrolle über das »Biest«, wie er es nannte, verloren hatte. Außer ein paar Schürfwunden hatte der »Easy Rider« keine Verletzungen davongetragen, Schäden waren nur am E-Bike entstanden. Seiner Frau würde der Senior eine Räuberpistole auftischen. Sachse hätte es nicht anders gemacht.

Gerade als er wieder in den Streifenwagen steigen wollte, bremste das EMO neben ihm. Marie Geisler strahlte ihn an, stieg aus und umarmte ihn kurz. Sachse lächelte unsicher. Die Hauptkommissarin trug eine schmutzige Trainingshose und ein eng anliegendes Top. Sie wirkte jung. Ach, sie sah einfach unverschämt gut aus. Sie hätte beinahe seine Tochter sein können. Sachse wurde wieder warm.

»Moin, Kollege, lange nicht gesehen.«

»Jo.«

»Was macht der Rücken?«

Jetzt war er wieder da, wo er hingehörte. Bei den Alten und Fußlahmen. »Muss.«

»Und hier?« Marie schaute sich im Kreisverkehr um.

»Bagatelle.«

»Und sonst?«

Sachse stützte sich am Dach des Streifenwagens ab. »Ermittlungen in der Sackgasse.«

»Kann ich helfen?«

Sachse zeigte auf eine schräg gegenüberliegende Hauswand.

»Graffitis«, sagte Marie. »Hm. Die sind ja jetzt überall.«

»Das ist das Problem. Bin ich seit drei Monaten dran. Nix.«

»Das wird schon, aber wem sage ich das? Sie sind hier ja der alte Hase.«

Sachse richtete sich auf, atmete in die Brust. Alter Hase, hatte sie gesagt. Dabei fühlte er sich doch gar nicht so.

»Und was ist bei Ihnen auf der Liste, Sie Küken?«

»Ach, mir geht's auch nicht besser. Ich knabbere an einer Einbruchsserie und komme nicht weiter.«

»Die Villen«, warf Sachse ein.

»Genau, die Villen. Wird ja auch in der Presse breitgetreten. Und seit eben habe ich auch noch eine Todesfallermittlung am Hals. Da könnte ich Sie und Ihre Ortskenntnisse vielleicht wieder mal gut gebrauchen. Der Graffiti-Fall braucht sicher ein bisschen, um zu reifen.«

»Sagen Sie das mal den Hausbesitzern und den Politikern. Darf ich fragen, wer zu Tode gekommen ist?«

»Ein Wachmann hier aus Schleswig. Wir haben ihn in einer Villa in Kitzeberg gefunden.«

»Kitzeberg in Heikendorf? Bei den Reichen?«

Marie nickte.

Jemand hupte.

»Das hatten wir heute doch schon.« Marie fuhr herum. Direkt hinter ihr ragte weiß und orange der Rettungswagen in den blauen Himmel. Der Fahrer zuckte mit den Schultern. Marie und Sachse standen tatsächlich mitten auf der Fahrbahn.

»Ich ruf Sie an.« Marie stieg ins EMO. Das Knie schmerzte stärker als noch vor zwei Stunden. Sie fuhr durch den Kreisverkehr und entschied, ihr Glück bei Familie Brinker ein zweites Mal zu versuchen. Eben hatte ihr niemand geöffnet.

Frau Brinker war eine hoch aufgeschossene Frau, die angeekelt schaute, als Marie sich vorstellte, und tatsächlich sagte sie: »Eine Mitarbeiterin einer Behörde wie der Ihren hätte ich mir anders vorgestellt. Gepflegter.«

»Die Begrüßung durch eine Dame in einem Quartier wie dem Ihren hätte ich mir auch anders vorgestellt. Distanzierter. Schön, dass Sie kein Blatt vor den Mund nehmen. Ich möchte mit Ihrer Tochter Emma sprechen.«

»Warum?«

»Das sage ich Ihrer Tochter dann. Sie ist ja volljährig.«

»Sie ist nicht hier.«

»Wissen Sie, wo sie sich aufhält?«

»Muss ich Ihnen das sagen?«

»Noch nicht. Auf Wiedersehen, Frau Brinker.« Marie drehte sich um und hinkte unter Schmerzen die Stufen zum gepflegten Vorgarten hinunter.

Nicht dass sie sich auskannte, aber was hier wuchs, sollte wahrscheinlich japanisch wirken. Bonsaipflanzen, tippte Marie. Geharkter Kies, Wasserspiele. Nebenan hatte man sich für den Friesenwall entschieden. So arbeitete ein jeder an seiner Identität.

Marie kam das Graffito vorhin am Gallberg wieder in den Sinn. Sie hatte nur flüchtig hingeschaut, aber irgendwas war hängen geblieben. Minuten später wusste sie, dass es das Tag war. Thors Hammer. Ihn hatte Marie schon in den unterschiedlichsten Ausführungen gesehen. Dieser hier entsprach aber ziemlich genau jenem, der das Amulett zierte. Das Amulett, das sie blutbespritzt am Tatort nur wenige Meter neben Rüdiger Jansens Leiche gefunden hatten.

Vor Montag würde sie nicht erfahren, ob das Blut auf dem Amulett vielleicht doch Jansens Blut war, ob man es jemand anderem aus der Kartei würde zuordnen können oder ob das Blut einem Menschen gehörte, den die Polizei noch nicht kannte. Marie beschloss, morgen in Haithabu nach Thors Hammer zu fragen. Jetzt musste sie jedenfalls zügig das Bein hochlegen. Die Schwellung des Knies war inzwischen auch durch die lange Trainingshose sichtbar.

Im heimischen Carport angekommen, telefonierte sie mit den Kollegen im LKA. Nach Judith Jansen hielt die Polizei nun die Augen auf. Marie hatte mehrere Fotos aus der Wohnung der Jansens mitgenommen. Auf dem Kerbholz hatte die junge Frau nichts, und vielleicht tauchte sie ja schnell wieder auf. Bei Familie Brinker würde Marie später noch mal vorbeischauen.

Auf der blauen Tonne lagen noch die nassen Klamotten und erinnerten an den misslungenen Besuch in der Waschbox. Marie ging durch den Garten ins Untergeschoss. Wie immer hatten es weder Karl noch Andreas für nötig gehalten, die Tür abzuschließen. Einbrecher hätten bei Geislers leichtes Spiel. Marie ärgerte sich über die Nachlässigkeit. Sie hatte schon häufig erlebt, wie traumatisiert Einbruchsopfer waren, wenn ihre Privatsphäre verletzt worden war. Ganz davon abgesehen, würde die Versicherung sicher auch nicht anstandslos zahlen, hätten die Türen sperrangelweit offen gestanden.

Andreas traf sie auf der Treppe. Den Hinweis auf die nicht verschlossene Tür beantwortete er mit lässiger Geste. »Meine Frau ist Polizistin. Hier traut sich keiner was.«

Marie war verärgert. »Weder bin ich spießig noch naiv. Ich erwarte, dass du das ernst nimmst.« Sie ließ ihn stehen, ging in ihr kleines Arbeitszimmer und schaltete die »Sportschau« ein. Sie schloss die Tür. Andreas fand Fußball doof und brauchte nur den Kommentator zu hören, um Sprüche zu machen.

Um kurz vor neun weckte er sie. Er hatte mit Karl gekocht. Die beiden waren bemüht. Marie gefiel das.

Später räumten die Männer das Geschirr ab, und Andreas trug Marie ins Schlafzimmer. Er ging nicht in die Muckibude, trieb fast keinen Sport. Ihr Mann war naturstark. Vor dem Bett stehend kündigte er an: »Und morgen, mein Wickilein, morgen fahren wir zu Sondermann.«

»Mein Mann ist Arzt, ich werde nie krank«, nahm Marie den vor Stunden gespielten Ball auf. Sie schlief ein, ohne die Zähne geputzt zu haben.

## Verführer und Verführte

Im Trubel des Sonnabends hatte Marie vergessen, den Brief-
kasten zu leeren. Neben zwei Rechnungen und der monatlich
erscheinenden Postille ihres Fußballvereins stach in den Farben der Karibik eine Postkarte aus dem üblichen Druckwerk
hervor.

Marie trug sie an den Küchentisch, betrachtete in Ruhe das
Foto, fragte sich, wie wohl die verschwenderisch blühende
Pflanze im Vordergrund hieß, und drehte die Karte dann um.
Der komplette, in kleiner, säuberlicher Handschrift verfasste
Text stand auf dem Hintergrund eines mit Buntstiften schraffier-
ten Herzens. Eines anatomisch gezeichneten Herzens. Die Karte
hatte Ele Korthaus geschickt, und sie schloss ihren kleinen Ur-
laubsbericht mit dem Versprechen: »Da hast du immer einen
Platz.« Ein Pfeil zeigte mitten ins Herz.

Als Andreas die Küche betrat, drehte Marie die Karte um.

»Oh, eine Postkarte. Eine Rarität in digitaler Zeit. Wer
schreibt?«

»Ele, unsere Rechtsmedizinerin.«

»Wo ist sie?«

»Mauritius.«

»Auch so eine Rarität.«

»Du bist albern.«

»Du bist schön.« Andreas küsste Marie auf den Kopf. »So,
duschen, mien Deern, und dann geiht dat los. Ich habe eben mit
Mc Sondermann telefoniert. Er ist in einer halben Stunde in der
Praxis.«

Marie stand auf, ging in ihr Büro und schob die Postkarte
ins Schleibook, ins »Schleibook privat«, in dem sie die schönen
Dinge des Lebens festhielt.

Sondermann hatte seine Praxis im Schleswiger Gewerbegebiet
an der Schleidörfer Straße eröffnet. Man munkelte, er entferne
sich nur ungern weiter als zweihundert Meter von der dortigen

Burgerbraterei, warum ihn Patienten auch Mc Sondermann riefen. Marie und Andreas sagten auch nur Mc Sondermann, hieß er doch mit Vornamen Adolf.

»Hm«, machte Sondermann, als er Maries Knie auf dem Monitor des Ultraschallgerätes betrachtete. Er zeigte auf eine helle Fläche.

»Hm«, machte jetzt auch Andreas.

»Ob ihr mich freundlicherweise in euer Fachgespräch einbeziehen könntet?« Marie richtete sich auf.

»Flüssigkeit. Die muss weg«, befand der Orthopäde.

»Punktieren«, führte Andreas weiter aus.

»Och nö«, kommentierte Marie. Sie wusste, dass das nicht immer angenehm war.

Sondermann sagte: »Wat mut, dat mut«, und wechselte in Behandlungsraum »007«. Die beiden anderen Räume hörten auf »4711« und »0815«.

Die Praxis verließ Marie eine halbe Stunde später fluchend. »Scheiß-Betonboden, Scheiß-Rutschesohlen, Scheiß-Waschanlage. Ich verklag die. Ich hab einen Fall. Ach was, ich hab zwei Fälle. Wie soll ich denn mit diesem Mistding Verbrecher jagen? Mörder jagen. Hm? Kannst du mir das mal sagen? So ein elender Scheißdreck.«

»Aber die Farbe steht dir, Wickilein. Gib mir mal den Schlüssel. Ich fahre.«

Marie reichte Andreas EMOs Schlüssel und stieg schmollend ein. Vier Klettbänder fixierten die Orthese an ihrem linken Bein, die seitlichen Führungen waren pink.

»Pink«, rief Marie. »Als hätte er keine andere Farbe gehabt.« Sie bogen in den Möwenweg ab. »Wie lange?«

»Kommt ganz auf dich an. Du hast gehört, was Mc Sondermann gesagt hat. Schonen.«

»Ja, Papa, du hast recht, Papa. Versprochen. Du kannst dich auf mich verlassen. Wir sehen uns ja bald. Genau. Bis dann. Hm. Nee. Kenn ich nich. Also dann. Schlei grüßt Ruhr.«

Marie saß im Strandkorb auf dem Balkon. Sie schaute auf das Display des Telefons. Sechsunddreißig Minuten. Aber jetzt hatte er tatsächlich aufgelegt. Im Alter war ihr Vater gesprächig geworden. Man könnte auch sagen, er neigte zu Monologen.

»Kann ich die Erdbeeren mitnehmen?« Karl streckte ihr eine Tupperdose entgegen.

»Hast du die nicht gestern mit Oma für den Kuchen gepflückt?«

Karl nickte, Marie verdrehte die Augen und nickte dann ebenfalls. Karl drückte den Deckel auf die Dose, stopfte sie in seinen Tornister und hielt seine rechte Hand über den Kopf. Er wollte nicht von Marie gewuschelt werden. Sie schaffte es trotzdem.

»Tschüs, Marie«, rief er im Gehen.

»Du sollst Mama sagen.«

»Tschüs, Mama Marie.« Der Blondschopf zog die Haustür hinter sich zu, und Marie sah aus dem Augenwinkel seinen Schatten verschwinden.

Sie trank den letzten Schluck Kaffee und stand auf. Die Orthese war lästig, aber sie stabilisierte das Knie auch.

Auf dem Küchentisch blätterte sie ihr Schleibook auf. Gleich führe sie zur ersten Fallbesprechung ins LKA nach Kiel. Aber vorher wollte sie noch bei Sachse in Busdorf vorbei. Vielleicht ergab sich im Gespräch ein Zusammenhang zwischen Thors Hammer in den Graffiti und auf dem Amulett.

Fröhlich pfeifend betrat Marie die Polizeistation, die aus einem Flur, einem Büro, einer Miniküche und einer Toilette bestand. Marie fand das gemütlich und hoffte, dass die Politik die kleinen Wachen erhalten würde.

Sachse war allein. Er blickte auf und betrachtete Maries flexibel geschientes Bein. »Schicke Farbe. Pink steht Ihnen.«

»Wenn Sie Wert darauf legen, dass wir auch weiterhin zusammenarbeiten, sollten Sie mich nicht beleidigen.«

Marie pfiff weiter.

»Was pfeifen Sie da? Irgendwoher kenn ich das.«

Marie wechselte von Pfeifen auf Summen und brauchte selbst einen Moment, um zu erkennen, dass es das Streichquartett in B-Dur op. 76 von Haydn war. »Haydns Sonnenaufgang«, sagte sie.

»So fröhlich, so beschwingt. Woher kenne ich das bloß? Ich höre eigentlich keine Klassik.«

»Sie sind der Schlager-Typ, stimmt's?«

Sachse verzog das Gesicht, sagte aber nichts dazu. »Was führt Sie zu mir, Frau Geisler?«

»Die Wikinger. Thors Hammer. Das Amulett, die Graffitis.«

»Sagt man nicht ›die Graffiti‹ und im Singular ›das Graffito‹?«

»Mir schnuppe. Vielleicht suchen Sie sich einen germanistischen Debattierclub an der örtlichen Volkshochschule.«

Sachse lehnte sich zurück. Der Schreibtischstuhl, unter der Last des Hauptwachtmeisters knarzend, rollte ein Stückchen in den Raum. »Ich hatte Sie für bildungsaffiner gehalten, Frau Geisler.«

»Sagen Sie mal, Herr Kollege. Haben Sie Langeweile oder einen Clown gefrühstückt?«

»Ich bemühe mich lediglich um eine entspannte Gesprächsatmosphäre, in der wir den Wikingerfall im Handumdrehen lösen.«

»Den Wikingerfall? Jetzt wird's aber plakativ. Nicht dass Sie diese Zeitungstante anrufen.«

Marie zog das Tablet aus der Umhängetasche, tippte, wischte und zeigte Sachse das Foto, das sie vom Poster in Judiths Zimmer gemacht hatte. »Genug des Geplänkels. Was sagen Sie hierzu?«

»Ich dachte, Sie malen alles in Ihr Schleibook.«

Marie reagierte nicht.

»Viking-Metal. Das ist einfach«, antwortete Sachse, tippte etwas auf der Tastatur des Uraltrechners, drehte den Monitor zu Marie, und nur einen Moment später krachten harte Gitarrenriffs in die Busdorfer Wache. Doch dabei blieb es nicht. Als der Sänger seine Arbeit aufnahm, hielt sich Marie unwillkürlich die Ohren zu. Der Mann schrie, nein, er krächzte. Es war kaum erträglich.

»Skálmöld. Die waren vor ein paar Jahren mal in Wacken«, sagte Sachse. Er sagte das ganz beiläufig. Eine kurze Pause entstand.

»In Wacken. So, so. Und Sie, Herr Kollege, Sie waren dabei, oder was?«

»Yup. Skálmöld bedeutet übrigens Gesetzlosigkeit.« Sachse lauschte ungerührt.

Marie stand der Mund offen. »So viel zum Thema Schlager«, murmelte sie. Und die Stimme über den furchtbaren Radau des Schreihalses erhebend, fügte Sie hinzu: »Bitte stellen Sie das ab.«

Der animalisch wirkende Gesang verstummte.

»Und Sie«, Marie setzte neu an, »also Ihnen gefällt – so was?«

»Dem Rebell in mir«, antwortete Sachse, und Marie zog es die Augenbrauen nach oben.

Sie nickte. »Ja, dann. Dann sind Sie ja näher an Judith dran, als ich das bin.«

»Judith?«

»Die Tochter des Opfers. Wir wissen nicht, wo sie sich aufhält. War nach Aussage der Mutter bei einer Freundin, Emma Brinker. Deren Aufenthaltsort kennen wir auch nicht. Ob die auch so wikingermäßig drauf ist, weiß ich nicht.«

Sachse zog sich mit beiden Händen wieder an den Schreibtisch heran. »Und Sie vermuten nun, dass es einen Zusammenhang zwischen Judiths musikalischer Vorliebe, den Graffiti, oder Graffitis, und dem Amulett gibt, das am Tatort gefunden wurde?«

»Nichts spricht gegen eine These.«

»Spekulation«, warf Sachse ein.

»Sie weigern sich, anzunehmen, dass ein Mädchen aus ihrem Revier zu Schlimmerem als einem Ladendiebstahl fähig wäre?«

»Ich halte Thors Hammer für nicht speziell genug. Nur weil den jemand auf seine Speisekarte druckt, verdächtige ich ihn ja nicht, das Amulett des möglichen Täters getragen zu haben.«

»Könnten Sie das im Vorfeld ausschließen?«

»Natürlich nicht.« Sachse griff nach seinem Kaffeebecher, spähte hinein und stellte ihn wieder zurück.

»Ich bemühe mich, das Naheliegende nicht zu übersehen, nur weil ich ein entferntes Ziel vor Augen habe, Herr Sachse. Lassen Sie uns die Mädchen und deren Umfeld überprüfen. Kann ich mal lesen, was Sie zu den Graffitis zusammengetragen haben?«

Sachse stand auf, öffnete den grauen Aktenschrank und legte Marie einen ansehnlichen Stapel Papier auf den Tisch. »Ich mach mal frischen Kaffee.« Er verschwand in der Küche, Marie seufzte, legte das linke Bein auf einen Stuhl und begann zu lesen.

\*\*\*

»Mir ist kalt«, klagte Judith und kuschelte sich an Emma, die neben ihr lag.

»Wir haben ganz andere Probleme«, erwiderte Emma und drehte sich von Judith weg. »Der hat uns gesehen, da waren Kameras. Alles scheiße. Diese dänischen Eindringlinge. Die sind nicht besser als die Millionarios aus Hamburg und Berlin. Machen sich hier bei uns breit. Überall da, wo es am schönsten ist. Wir servieren den Bonzen Latte macchiato, und die halten sich Wachleute. Zum Kotzen.«

»Welche Probleme haben wir denn?«, fragte Judith und rutschte wieder an Emma ran.

»Na die Bullen, Kindchen. Und rück mir nicht so auf die Pelle.«

»He, was 'n los? Du bist doch sonst nicht so.«

»Ich muss denken. Irgendjemand von uns muss ja wohl denken, oder?« Emma stand ruckartig auf, warf die Decke hinter sich. Judith bekam einen Zipfel ins Auge. Sie sagte nichts. Emma trat nach einem Stein, trat in den Sand, ging weiter Richtung Strand, Richtung Wasser, Richtung Nichts.

Der Wind wehte frisch aus Osten. Der Himmel war hoch, kein Wölkchen. Und es war, auch für einen Sommer im Norden, verdammt kalt.

»Aber wir haben doch nur diese kleinen Figuren mitgenommen. Das ist doch voll übertrieben.« Judith flüsterte nur. Sie wollte nicht, dass die anderen sie hörten.

\*\*\*

Was Sachse im Graffiti-Fall in klassischer Polizeiarbeit herausgefunden hatte, setzte sich in Maries Vorstellung zu einem Sittengemälde zweier Generationen zusammen. Jener, die im Börsenrausch der neunziger Jahre an den Markt geglaubt und auf Wohlstand ohne Schweiß gehofft hatte, und jener, die ernüchtert auf Altersarmut und Pflegenotstand schaute wie das Kaninchen auf die Schlange. Enttäuschung auf der ganzen Linie. Und Wut. Wut auf die eigenen Eltern und Großeltern, die freudentrunken die deutsche Einheit gefeiert und Schuldenberge aufgetürmt hatten. Wut auf die, die es geschafft hatten, auf Zugezogene, ganz egal, wo sie herkamen. Die Jungen zockten weltvergessen und verloren sich im Netz, die gut und gerne Vierzigjährigen konsumierten, was der Dispo hergab, und der Gipfel der Lust schien nur hinterm Steuer eines SUVs bezwingbar zu sein.

Marie erschien Sachses Blick verengt. Sie erlebte die »Generation Unverpackt«, und sie kannte junge Leute, die ihr ökologisches Jahr im Watt verbrachten. Es gab wohl beides, aber vielleicht nicht in diesem Ermittlungsumfeld. Sachse hatte Heranwachsende befragt und Eltern und Lehrer und Mitarbeiter des Jugendamtes. Und durch alle Einlassungen zog sich wie ein roter Faden die Beobachtung, dass eine wachsende Zahl von Menschen nach Orientierung und Halt suchte. In der Fankultur rund um den Fußball, bei Verführern salafistischer, linksautonomer und rechtsradikaler Gruppen. Eines war allen gemein, sie versprachen Heimat.

Als Marie aufblickte, war Sachse nicht an seinem Platz. Sie hörte ihn vor der Wache mit einer Frau sprechen. Den Gesprächsfetzen konnte Marie entnehmen, dass sich die Frau vom Grillgeruch der Nachbarn belästigt fühlte. Marie spülte ihre Kaffeetasse und verließ den Multifunktionsraum. Sachse hatte die aufgebrachte Frau verabschiedet. Er wirkte genervt.

»Das tägliche Brot?«, fragte Marie.

»Ja, und es ist so hart und trocken, dass ich es manchmal kaum runterkriege.«

»Ihre Graffiti-Akte, Herr Kollege. Eine soziologische Feldstudie. Ich hätte nicht gedacht, dass sich in unserer kleinen Stadt all diese Strömungen finden lassen. Ganz schön bunt.«

»Sie finden das bunt? Ich finde das brandgefährlich. Da kann doch jeder beliebige Rattenfänger ums Eck biegen. Die nehmen alles, so verwirrt, wie die sind. Über uns Landeier wurde in der

Polizeischule immer gelacht. Ich habe Verwandtschaft in Hamburg. Die haben auch über uns gelacht. Über Schützenfeste und so. Kann sein, dass unser Horizont nicht so weit war, wie er hätte sein können, aber wir wussten immer, wo oben und unten war, was gut und was böse war.«

»Weiß unser Sohn auch«, warf Marie ein.

Sachse atmete hörbar und machte eine ratlos wirkende Bewegung mit der rechten Hand. »Ich habe versucht herauszufinden, was die Kids dazu bewegen könnte, Hauswände zu beschmieren, und warum sie sich für dieses Wikingerthema entschieden haben. Ich glaube, dass das zufällig entstanden ist. Es gibt ja keine Botschaft.«

»Doch, die Botschaft ist: Wir markieren unser Revier. Wir sichern unsere Heimat. Wir suchen nach Sicherheit, Verbindlichkeit, Orientierung.«

»Manchmal frage ich mich, ob wir noch bei der Polizei arbeiten.«

»Die Aufgaben der Polizei haben sich gewandelt, Herr Sachse. Die Gesellschaft ist stärker in einzelne Segmente gegliedert. Wir müssen unsere Leute kennen. Die Guten und die Bösen. Und meistens haben wir es mit solchen zu tun, die irgendwo zwischen Darth Vader und Mutter Teresa nach ihrer Rolle suchen.«

»Amen.«

»Auch so ein Problem. Den Kirchen laufen die Leute weg. Noch weniger Orientierung.«

»Kirche ist ja nicht so meins.«

»Kein Problem. Aber gegen den Pfarrer, der mich konfirmiert hat, konnte ich wenigstens Position beziehen. Wir teilten Grundwerte und rieben uns hier und da. Wir hatten ein Zuhause. YouTuber können einem doch kein Zuhause bieten.« Marie rieb sich das Knie. »Zwischen Schminktipps und dem Aufruf zum bewaffneten Dschihad liegen nur ein paar Klicks. Ich will hier nicht Äpfel mit Birnen vergleichen. Aber im Grunde geht es immer um Identifikation. Vielleicht ist Thors Hammer so was wie das Kreuz. Oder die Fahne eines Fußballvereins. Man kann sich dahinter, darunter oder davor versammeln. Mit Gleichgesinnten.«

Ein Alarm begann zu piepsen. Marie schaute sich um. »Was ist das denn?«

Sachse stellte den Reisewecker auf seinem Schreibtisch aus, winkte ab. Maries Blick fiel auf die Wanduhr.

»Mist. In zwanzig Minuten muss ich in Kiel sein. Wir telefonieren.« So rasch es das verletzte Knie erlaubte, hinkte sie aus der Wachstube.

Die Tür fiel ins Schloss, und Sachse klaubte ein Pillendöschen aus seiner Hosentasche hervor. Zeit für Betablocker.

Fahrten über Land waren für Marie eine willkommene Unterbrechung ihres Alltags. Das EMO erinnerte sie an diese unwiederbringliche Zeit zwischen Abitur und Erwachsenwerden. Eine Zeit, die sie in der Rückschau wie ein Jahrzehnt voller Sommerleben empfand. Im Bulli die französische Atlantikküste rauf und runter. Es roch nach Kaffee und Wein und Sand.

Marie startete Mozarts Streichquartett A-Dur, KV 464. Eine wunderbare Aufnahme des Hagen Quartetts. Kurz dachte sie an das Gekrächze dieser Wikinger-Band und hoffte, künftig verschont zu bleiben. Karls Musikgeschmack befand sich im stetigen Wandel. Metal war bisher nicht dabei gewesen.

Das Handy. Marie nutzte eine Einbuchtung, um anzuhalten. Holm hatte die Villenbesitzerin auf der anderen Leitung und stellte durch. Wortkarg und bar jeder Emotion reagierte die Frau auf Maries Schilderung. Nach der Vitrine befragt, konnte sie präzise Auskunft geben. Tatsächlich fehlten Arbeiten von Barlach. Ein Anwalt der Familie käme, um eine Bestandsaufnahme durchzuführen. Zudem kündigte sie an, überprüfen zu lassen, ob der Objektschutz seinen vertraglichen Verpflichtungen nachgekommen sei.

Doch ein Einbruch mit Folgen?, fragte sich Marie. Bemerkenswert war, dass wertvollere Figuren stehen geblieben waren. Fachkundig waren die Diebe nicht. Ganz anders als bei der Einbruchsserie, die sie seit einer halben Ewigkeit auf dem Schreibtisch hatte.

Der Schleichweg durch die Hüttener Berge gehörte zu Maries Lieblingsstrecken. Mozart und Landschaft waren wie Farbe und Leinwand. Auf der Eckernförder Straße in Haby weckte sie ein helles Licht aus ihren Gedanken. Dreißiger-Zone, der Tacho zeigte knapp fünfzig. Das war schon das dritte Mal in diesem Monat. Und jedes Knöllchen ging über den Schreibtisch ihres Chefs, der jüngst gefragt hatte, ob sie ihre Aggressionen nicht beim Fußball abbauen könne. Kriminalrat Dr. Holm gehörte zu den Männern, die Maries Leidenschaft für Fußball gleichermaßen interessant wie befremdlich fanden.

Fünf Minuten zu spät betrat Marie den Besprechungsraum im LKA. Am langen Tisch der langen Nächte, wie der abgenutzte Konferenztisch im Jargon genannt wurde, war ein Platz frei. Der Platz gleich neben dem Chef, der Maries Platz war. Sie war noch nie zu spät gekommen, und doch war es ihr jetzt unangenehm. Allerdings störte sich niemand an dieser Unpünktlichkeit. Stattdessen entstand sogleich eine angeregte Diskussion über Meniskusverletzungen, künstliche Kniegelenke der Schwiegereltern und Orthopäden, denen man nicht über den Weg trauen könne.

»Bevor es noch zur Gründung einer Selbsthilfegruppe kommt«, schritt Holm ein, »was ist der Stand?« Er schaute Marie an, die kurz zur Auffindesituation referierte, jedoch rasch das Thema Einbruch anriss.

»Ich glaube nicht, dass die Raubserie, an der wir arbeiten, in einem Zusammenhang mit diesem Fall steht. Habe mit der Besitzerin gesprochen. In der Villa gibt es Kunstwerke, die womöglich wertvoller sind als die Villa selbst. Die hätten unsere Kunsträuber nicht verschmäht. Man könnte anführen, dass sie überrascht worden sind. Aber es gibt ein weiteres Indiz, das für andere Täter spricht. Es ist offensichtlich, dass sie über das Wasser kamen und auch wieder verschwanden. Unsere bisherigen Räuber haben Autos benutzt.«

»Und unsere Räuber sind nach Spurenlage Männer, während wir es hier mutmaßlich mit Frauen zu tun haben«, mischte sich Elmar Brockmann ein. »Wir haben diese Schuhabdrücke in Größe 39 gefunden.« Elmar tippte auf einem Tablet, und an der Stirnseite des Konferenzraumes erschienen zunächst die Abdrücke, dann eine Vergrößerung. »Na?« Elmar schaute in die Runde. »Kommt, Leute. Keiner? Was kann man erkennen?«

»Eine Biene«, erbarmte sich Marie.

»Eine Biene«, echote Elmar. »Kennt jemand andere Insekten, die so ähnlich –«

»Ist gut jetzt.« Kriminalrat Dr. Holm klang genervt. »Also, wessen Logo ist das?«

»Hummel. Es sind beinahe neue Sneaker. Die Sohle. Die Abdrucktiefe.«

Holm nickte und forderte ihn mit einer Handbewegung auf, voranzukommen.

»Der Sand im Flur ist der Sand vom Strand. Die sind vom Strand ins Haus und dann vom Haus wieder zurück an den Strand.«

»Die?«, fragte ein Kollege, der eifrig mitschrieb.

»Wir haben Bewegtbilder. Die Kameras haben aufgezeichnet, wie sie das Haus verlassen.«

Elmar tippte wieder auf sein Tablet, und auf der Projektionswand tauchten gestochen scharfe Bilder auf. Jedenfalls traf das auf Büsche und Bäume zu. Die sechs Frauen in Gewändern, die aussahen, als hätte jemand auf den Wikinger-Tagen eingekauft, waren wegen der Bewegungsunschärfe allerdings nicht zu erkennen.

»Mutmaßlich Frauen«, ätzte Holm. »Mutmaßlich. Sie haben, was das Geschlecht angeht, Restzweifel, Herr Kollege? Das ist hier kein bunter Abend Ihres Kaninchenzuchtvereins. Und was baumelt der Frau, die zuletzt aus dem Haus kommt, am Gürtel? Wer als Erster Schwert sagt, darf einen Platz zu mir aufrücken. Kann man das vergrößern?«

Elmar errötete, schaute auf sein Tablet. »Haben wir zu prüfen versucht. Durch die Unschärfe entsteht der Eindruck, als handele es sich um ein Schwert. Verifizieren lässt sich das nicht.« Das Video lief weiter. Die Frauen waren geschminkt.

»Was hat das mit der Gesichtsbemalung auf sich?«, fragte Marie.

»Corpsepaint«, antwortete Elmar. »Passt nicht zum Wikingeraufzug, aber im allerweitesten Sinne in die Szene. Also in die Black-Metal-Szene. Angeblich sollen die Wikinger ihre Toten so ähnlich bemalt haben. Ist aber nicht belegt.«

»Wie kommen Sie auf Black-Metal-Szene?«, wollte Holm wissen.

»Die Kameras sind mit Mikrofonen ausgerüstet, und gleich, wenn die Frauen in die Reichweite der Mikrofone kommen, hört man Musikfetzen, die wir der Viking-Metal-Gruppe Skálmöld zuordnen konnten.«

Holm verschränkte die Arme. »Die sind bereits auf fremdem Grund und beschallen den Park mit Musik? Da müssen sich die Täterinnen schon sehr sicher gewesen sein, dass niemand sie hören konnte. Und überhaupt dieser demonstrative Auftritt. Die Kameras sieht doch jedes Kind.«

»Sie wollten gesehen werden?«, überlegte Marie laut. »Wie Sie schon sagten, eine Demonstration.«

»Autonomie für Schleswig-Holstein?« Holm grinste.

»Wo sind Sie geboren, Herr Dr. Holm?«, wollte Elmar wissen.

»Berlin.«

»Ost oder West?«

»Ost. Worauf wollen Sie hinaus?«

»›Schleswig-Holstein meerumschlungen‹. Das singen wir nicht nur so. Das empfinden wir auch so.«

»Wir?« Holm beugte sich vor.

»Wir, die wir hier geboren sind und dieses Land als unsere Heimat empfinden.«

»Sie wollen sagen, dass die Wikingermädels völkisches Gedankengut treibt?«

Unmutsäußerungen, Stühlerücken, Satzfetzen.

»Die Zahl derer, die sich unwohl fühlt mit Fremden, wächst. Da beißt doch keine Maus einen Faden ab«, meldete sich Marie zu Wort. »Diese Mädels, die sich als Wikinger präsentieren, könnten sich einfach nur vermummen wollen, aber sie könnten auch ein politisches Motiv haben. Ich schlage vor: Wir schließen nichts aus, ermitteln und hoffen darauf, schon bald klüger zu sein. Dann können wir neu diskutieren.«

Allgemeines Nicken. Es sah aus, als seien alle froh, das Thema schieben zu können. Allein Holm wirkte verkniffen und warf ein, man möge ihn zuvor möglichst umfassend über den Modus Operandi in Kenntnis setzen.

»Nun denn«, setzte Marie an und demonstrierte, in welchem Winkel Rüdiger Jansen der Hieb getroffen hatte und wie die Eindringlinge wohl ins Haus gekommen waren, nämlich durch den Seiteneingang, der aus unerfindlichen Gründen nicht kameraüberwacht war. Ein Komplize im Haus sei denkbar, aber nicht belegt.

Dr. Holm entspannte sich.

»Ich bin durch. Elmar?«

Elmar tippte wieder auf das Tablet. Alle Augen richteten sich auf das Amulett, dessen Foto auf die Wand projiziert wurde.

»Thors Hammer. Haben wir am Tatort gefunden. Gut drei Schritte von Rüdiger Jansen entfernt. Das Blut ist nicht das des Opfers. Kein DNA-Treffer im System. Aber es gibt Fingerspuren, und dazu haben wir ein Gesicht und einen Namen.« Elmar tippte, und die weichen Züge einer Heranwachsenden erschienen. Langes blondes Haar, strahlend blaue Augen.

»Emma Brinker, wohnhaft in Schleswig. Auf dem Foto ist sie sechzehn. Sie hat damals eine Segelyacht im Hafen aufgebrochen. Das Foto ist vier Jahre alt. Letzte Woche ist sie zwanzig geworden.«

»Das ist ein Volltreffer, Elmar. Diese junge Frau ist die beste Freundin von Judith Jansen, der Tochter unseres Opfers. Ich war bei ihr. Ihre Mutter hat mich abblitzen lassen. Ich fahre gleich nach der Besprechung hin. Vielleicht ist sie ja wiederaufgetaucht. Haben wir ein aktuelles Foto?«

Elmar schüttelte den Kopf. »Ich habe noch was. In der Rechtsmedizin haben sie an Jansens rechter Hand fremde DNA gefunden. An den Fingerknöcheln. Die Haut ist dort unterblutet. So als habe er jemanden geschlagen.«

»Kennen wir die DNA?«, fragte Marie.

Elmar verneinte.

»Okay, wer kümmert sich darum, die Mitglieder dieser Gruppe zu identifizieren? Klaus?« Marie schaute den Kollegen an.

Klaus nickte.

Nach Judith Jansen und Emma Brinker würde nun landesweit gefahndet werden.

Als Marie den Besprechungsraum verließ, spürte sie die beiden Espressi, die sie getrunken hatte. Sie war zitterig, setzte sich auf den Fahrersitz, griff nach der Wasserflasche und trank in langen Zügen. Bestimmt half es, zu verdünnen. Sie wählte Sachses Nummer.

»Herr Sachse, ich habe Neuigkeiten.« Sie berichtete und schloss mit einer Bitte: »Holm hätte Sie gern wieder dabei. Er kann das mit Ihrem Chef regeln. Einverstanden?«

»Och nö, ich hatte mich so auf die Geschwindigkeitsmessung morgen Vormittag gefreut.« Beide lachten.

»Ich bin auf der Fahrt nach Kiel geblitzt worden. In Haby. Da ist dreißig. Total überflüssig. Egal. Ich fahre jetzt zu den Brinkers. Könnten Sie in der Zwischenzeit mal in Haithabu recherchieren und herausfinden, was Thors Hammer so attraktiv macht?«

»Klar. Stand sowieso auf meiner Liste. Da spart der Steuerzahler richtig was. Vielleicht können wir die gewonnenen Erkenntnisse ja gleich in zwei Fällen verwenden. Wir telefonieren nachher?«

»Mok wi.« Marie drückte auf den roten Hörer.

✻✻✻

Der Umstand, wieder mit Marie Geisler arbeiten zu können, beflügelte Gregor Sachse. Von Oberwachtmeisterin Friese verabschiedete er sich mit dem Hinweis: »Wenn das LKA nach mir fragt, bin auf dem Handy erreichbar.«

Von der kleinen Wache in Busdorf bis zum Wikinger-Museum Haithabu war es nur ein Katzensprung. Sachse steckte den Schlüssel des Streifenwagens wieder in die Tasche; er würde laufen. Er war gern gelaufen, früher. In seinem Revier, aber auch privat. Als er noch ein Privatleben gehabt hatte, als er noch zwanzig Kilo weniger gewogen hatte. Vielleicht geh ich mal ins Tierheim, dachte er, ein Hund, ein Gefährte, ein Grund, die Wohnung zu verlassen. Rücken hatte Gregor Sachse seit Jahren. Empfehlungen, Ratschläge, Einsichten. Nichts hatte geholfen. Einzig Endorphine vermochten es, die Schmerzen im Zaum zu halten.

Der Weg war abschüssig, Sachses Schritt fest. Auf dem weitläufigen Wiesengelände linker Hand eine Herde friedlich grasender Schafe, rechts ein paar Gallowayrinder und voraus die im Gegenlicht glitzernde Wasserfläche des Haddebyer Noors.

Keine Autos weit und breit. Vor tausend Jahren, im Hochmittelalter, hatte es vielleicht gar nicht so anders ausgesehen.

Sachse näherte sich dem Ausstellungsgebäude. Er mochte die Architektur. Schiffsrümpfen gleich die Dächer der einzelnen Gebäudeteile. Modern, schlicht und mit einer beinahe kühnen Glaskonstruktion über dem Haupteingang. Sachse trug seinen Gesprächswunsch an der Rezeption vor, und kurz darauf tauchte Frank Ludwig im Foyer auf.

Sie gingen in dessen Büro, und Sachse erklärte den Grund seines Besuches. Dann zeigte er Ludwig Fotos der Graffiti auf dem Tablet. Ludwig grinste. »Das sind Phantasierunen. Wer auch immer die gesprüht hat, kennt sich nicht aus. Nur Thors Hammer ist zuzuordnen.«

»Aber die hier«, Sachse deutete auf einen Papierstapel, »die sehen doch auch so ähnlich aus.«

»Ja, kann sein. Wir haben immer wieder Schülerpraktikanten, die sich dann auch mit dem Thema Runen beschäftigen.«

»Schülerpraktikanten?« Sachse zog sein Handy aus der Jackentasche, suchte den richtigen Ordner und zeigte Frank Ludwig das alte Foto von Emma Brinker. »Kennen Sie dieses Mädchen?«

»Klar, das ist Emma. Die war schon drei- oder viermal hier. Sie ist voll fasziniert von der Wikingerkultur und will Archäologie in Kiel studieren. Warum haben Sie ein Foto von ihr? Das ist ein altes Foto. Emma ist ja inzwischen neunzehn oder zwanzig, glaube ich.«

»Ist auch eine alte Geschichte«, wiegelte Sachse ab. »Wann war sie denn zuletzt hier?«

»Ein paar Tage, bevor mich diese Sommergrippe umgehauen hat. Also vor gut drei Wochen, würde ich sagen. Sie wollte Literaturtipps.«

»Zu welchem Thema?«

»Sie interessierte sich für Dokumente zum Heimatgefühl der Wikinger. Spannendes Thema übrigens.«

»Warum war das für Emma interessant?«

»Sie sagte, das sei ja jetzt total dran. Die Diskussionen in Belgien, der Brexit, die Katalanen. Sie interessiert sich wohl grundsätzlich dafür, wie sich das Heimatgefühl im Laufe der Zeit wandelt. Da lässt sich später vielleicht eine Bachelorarbeit draus machen. Viele junge Leute, die ich hier kennenlerne, sind unglaublich zielstrebig und planen ihre Karriere, wollen für alles ein Zeugnis, für den Lebenslauf, sagen sie dann immer. Ich finde das befremdlich. Mit zwanzig hatte ich wahrlich anderes im Kopf.«

Frank Ludwig kniff die Augenbrauen zusammen. »Was soll das eigentlich mit Emma? Hat sie was angestellt?«

»Kann ich nicht drüber sprechen. Aber Sie können mir noch etwas zu Thors Hammer erzählen, bitte.«

»Gerade jüngere Besucher haben große Freude daran, ihn hier bei uns ein paarmal im Jahr aus Zinn gießen zu können«, berichtete Ludwig.

Er hakte nicht wegen Emma nach, holte stattdessen zum Thema Thors Hammer weit aus. Sachse konnte nur bedingt folgen. Am Ende blieb die unterstellte Symbolkraft übrig. Thors Hammer war wohl einfach populär. Auch im Museum.

Sachse bedankte sich, verließ das Museum und rief Marie an. Es dauerte.

»Das Amulett, das am Tatort gefunden wurde. Aus welchem Material ist das?«

»Silber.«

»Sicher?«

»Denke schon, aber ich frage noch mal in der KTU nach. Gab es was in Haithabu?«

»Kann man sagen.« Sachse brachte Marie auf den neuesten Stand.

»Ich bin jetzt gleich bei den Brinkers. Wir sprechen später.«

## Sehnsüchte

Marie war an den Straßenrand gefahren, als sie gesehen hatte, dass Sachse sie zu erreichen versuchte. Jetzt fädelte sie sich wieder in den Verkehr ein und bog am Schleswiger Busbahnhof links ab. Auf ihr Klingeln hin öffnete ein Mann in weißer Latzhose die Haustür der Familie Brinker.

»Oh, ich dachte, es wäre mein Chef. Frau Geisler, was machen Sie hier?«

»Wir kennen uns?«

»Klar, wir haben die Decken in der Praxis Ihres Mannes abgehängt. Trockenbau Friedrichs. Ich bin Björn.« Er streckte Marie die Hand entgegen.

»Hatte ich vergessen, das mit den Decken. Ist denn Frau Brinker im Haus?«

»Nö, die ist heute früh nach Husum gefahren. Hat da wohl zu tun.«

Marie zögerte, sagte dann: »Auch kein Problem, ich muss nur rasch was nachsehen.« Sie machte einen Schritt auf Björn zu, der nicht sofort zur Seite trat, es sich dann aber überlegte und beide Hände hob, als wolle er sich ergeben.

»Sie sind die Polizei, ich bin nur Trockenbauer. Ich mach dann mal weiter.« Damit ging er durch den Flur und verschwand hinter einer Staubschutzwand aus Plastikfolie.

Marie vermutete Emmas Zimmer im Obergeschoss. Sie stieg die Treppe hoch. Langsam und genervt. Sportverletzungen gehörten zu ihrem Leben, aber die notwendige Rücksichtnahme auf das Knie harmonierte nicht mit Maries Ungeduld.

Oben ein annähernd quadratischer Flur. Vier Türen zweigten von ihm ab. Marie entschied sich für die Tür, an deren Griff Thors Hammer baumelte. Auf den ersten Blick hätte dieses Amulett eine Kopie des Amuletts vom Tatort sein können. Ein starkes Indiz. Aber hatte Emma tatsächlich den Vater ihrer Freundin Judith erschlagen? Marie vermutete, dass die beiden sich gekannt hatten. Angenommen, er hätte Emma und ihre

Komplizinnen erwischt, hätte er nicht versucht, die jungen Frauen zu decken?

Marie rieb sich die Nase. Jansen sieht Emma, sie sieht ihn. Beide sind überrascht, überrumpelt. Emma fühlt sich ertappt, der Mann kennt sie. Vielleicht fühlt sie sich in die Enge gedrängt. Ein Hieb im Affekt. Hätte sie eine Schusswaffe benutzt, wäre das vorstellbar. Aber mit einem Schwert zuzuschlagen dauerte länger, als eine Pistole zu heben. Auszuschließen war eine Affekthandlung allerdings auch nicht. Emma flieht, folgt den anderen, jemand ist ihr auf den Fersen, ruft, schreit. Sie ist hochgradig erregt, hat Angst. Jemand greift ihr von hinten an die Schulter, zieht an ihrer Kleidung. Sie dreht sich um, reißt noch in der Bewegung das Schwert nach oben; ein sogenannter Notwehrexzess.

Marie hatte Zweifel, ob sich ein Verteidiger vor Gericht mit dieser Strategie würde durchsetzen können. Aber denkbar war es. Vorausgesetzt, dass Emma überhaupt für den Tod von Rüdiger Jansen verantwortlich war.

Von unten Geräusche einer Bohrmaschine. Marie rief sich zur Ordnung, zog Handschuhe an und öffnete die Tür. Ein großes Zimmer, ein helles Zimmer mit einem kleinen Balkon zum Garten und einer Tür, die zu einem eigenen Bad führte. Die Einrichtung nicht nach Maries Geschmack, aber sicher mit Kennerblick ausgewählt. Jugendstil. Das waren handgemachte Stühle vor dem Bett, asymmetrische Ornamente. Von einem befreundeten Tischler wusste Marie, dass Möbel für dessen Kunden auch eine Form der Geldanlage waren. Welch ein Gegensatz zu Judiths Zimmer. Zu Judiths beengtem, mit Wikingerdevotionalien überladenem Zimmer.

Von Thors Hammer abgesehen, deutete hier nichts auf eine Vorliebe für die Kultur der Nordmänner hin. Emmas Zimmer wirkte elegant, und es wirkte unpersönlich. So, als habe man es lediglich hergerichtet, ohne es zu bewohnen.

Marie öffnete die Tür des Kleiderschrankes. Blusen auf Kleiderbügeln nach ihrer meist blassen Farbe sortiert, Poloshirts säuberlich gefaltet. Nein, nicht säuberlich, akribisch, korrigierte Marie ihre Wahrnehmung. Sie griff hinter die Wäschestapel, fuhr mit der Hand unter den Regalbrettern her. Das würde die KTU womöglich schon bald mit größerer Sorgfalt erledigen.

Über dem Bett ein Bücherregal. »Prähistorische Archäologie. Konzepte und Methoden«, las sie auf einem Buchrücken; »Gender Archaeology« auf einem anderen, und das »Handbuch der Grabungstechnik« fehlte auch nicht. Auf dem Nachttisch drei Bücher, die sich mit der Neuen Rechten befassten, eines zeigte den griechischen Buchstaben Lambda, das Symbol der Identitären Bewegung, auf dem Titel. Mit spitzen Fingern griff Marie nach dem Buch und schlug es auf. Sie blätterte über die bibliographischen Angaben hinweg. Ein Post-it fiel zwischen den Seiten heraus und landete auf Emmas Kopfkissen. Mit feinsten Strichen hatte jemand eine Schlange gezeichnet, eine Schlange, die den Bug eines Schiffes zierte. Es war die Midgardschlange, die Weltenschlange, in der Mythologie die mächtige Gegenspielerin von Thor. Das wusste Marie von einer Mitspielerin aus dem Fußballverein. Die hatte sich die Schlange tätowieren lassen, weil ihr Freund das sexy fand. Der Freund war weg, die Schlange nicht.

Ob Emma nun mit Thor oder der Midgardschlange sympathisierte, wusste Marie nicht; nicht einmal, ob das für ihre Ermittlungen überhaupt eine Rolle spielte. Sie legte den Zettel ins Buch und das Buch zurück auf den Nachttisch, wandte sich wieder dem Zimmer zu. Was sie sah, war aufschlussreich. Was sie nicht sah, war es auch. Keine Modezeitschriften, keine Liebesromane, kein Szenemagazin. Emma war auf der Suche. Ganz systematisch. In der Vergangenheit und in der Gegenwart.

Marie betrat das Bad, suchte und fand eine Bürste, zupfte Haare zwischen den Borsten hervor und barg sie in einer Plastiktüte. Neben der Tür zum Flur hing eine Jacke, und aus der rechten Tasche blitzte die Spitze eines weißen, handbeschriebenen Notizzettels hervor. Ein Griff, ein Blick und die Erkenntnis, dass sich die Dinge zu fügen begannen. Auf dem Zettel waren eine Adresse, eine Mobilfunknummer und vor allem ein Name notiert worden, den Marie nur allzu gut kannte. Sie hatte mehrere Monate für den Verfassungsschutz gearbeitet und wusste, dass Publikationen dieses Mannes vor einigen Jahren auch im Verfassungsschutzbericht erwähnt worden waren.

Emmas Interesse an nationalen Themen war offensichtlich; dass sie womöglich Kontakt zu einem der Köpfe der rechten Szene hatte, überraschte Marie nicht. Wer glaubte, die Rechten rekrutierten ihre Anhänger nur in prekären Milieus, verschloss die Augen vor der latenten nationalistischen Gesinnung von Menschen aller Schichten. Der Schoß war fruchtbar noch. Marie tütete den Zettel ein, nahm mit zusammengekniffenen Lippen die Stufen ins Erdgeschoss, steckte den Kopf durch den Staubschutzvorhang und rief: »Bin wieder weg. Frohes Schaffen.«

Der Trockenbauer rief »Tschüüüs«, und Marie verließ das Haus der Brinkers. Im EMO schaute sie nach der Telefonnummer des Kollegen, mit dem sie im Innenministerium zusammengearbeitet hatte.

Er bummelte Überstunden ab. Marie beschloss, dass sie zunächst mit Dr. Holm sprechen würde. Sie schob eine CD in den Schacht. Es erklang Brahms' Streichquartett Nr. 1 c-Moll. Die Musik begleitete Marie bis zur Autobahn. Heute zum zweiten Mal nach Kiel zu fahren passte ihr nicht, aber Emmas Haare mussten ins Labor. Sollte die DNA mit der des Blutes am Amulett übereinstimmen, wären sie einen großen Schritt weiter, wenngleich damit nur die Anwesenheit am Tatort bewiesen wäre, nicht die Tat.

Im LKA angekommen, informierte eine Kollegin sie über den Stand der Nachforschungen im Zusammenhang mit dem Fluchtfahrzeug der Täterinnen, also dem Boot. Die Befragung von Anwohnern hatte ergeben, dass sich innerhalb des aus der Obduktion hergeleiteten Tatzeitraumes ein Schlauchboot mit hoher Geschwindigkeit vom Strand in Kitzeberg entfernt hatte. Der Rudergänger der Oslofähre hatte das bestätigt und war sehr sicher, dass es sich um ein Zodiac PRO mit einem Yamaha-F-200-Motor gehandelt hatte.

»Wie bitte, der Typ erkennt von seiner Brücke, geschätzte fünfzig Meter über dem Wasser, den Typ des Bootes und des Motors?«

»Der Vater des Mannes handelt mit Schlauchbooten, und natürlich hatte er ein Fernglas zur Hand. Ein Zufall. Kommt vor. Und das Beste: Er hat ziemlich interessante Angaben zur

Besatzung gemacht. Sechs Gestalten in Wikingerkleidung. Er denkt, dass es Frauen waren. Er ist am Nachmittag wieder in Kiel, und wir zeigen ihm dann das Video vom Gelände in Kitzeberg. Vielleicht erkennt er das Damenkränzchen ja. Das Boot hat sich schnell entfernt. Es fuhr in nördliche Richtung, also raus aus der Förde.«

»Hat er Fotos gemacht?«

»Nein, so interessant fand er das wohl nicht.«

»Also kein Kennzeichen?«

»Nö.«

»Wie schnell ist so ein Boot?«

»Mit diesem Motor etwa dreißig Knoten.«

»Also deutlich über fünfzig. Gute Stunde bis Fehmarn oder nach Dänemark oder in die Schlei rein und mehr als eine Möglichkeit, an Land zu gehen. Mist.«

»Die Kollegen der Wasserschutzpolizei halten die Augen offen.«

Marie drückte der Kollegin die beschriftete Tüte mit Emmas Haaren in die Hand. »Kannst du das bitte Elmar bringen?«

Sie nickten einander zu.

In der Tür zu Holms Büro traf Marie auf Elmar. »Habe dir gerade eine Haarprobe bringen lassen«, begrüßte Marie den Kriminaltechniker. »Haare von Emma Brinker.«

»Da bin ich ja mal gespannt. Wird eng für die Mädels.«

»Von denen wir leider nicht wissen, wo sie sich aufhalten«, ergänzte Holm, der dazugekommen war. Elmar schlurfte den Gang runter.

»Sie klingen so pessimistisch. Das kenne ich gar nicht.«

Holm machte eine wegwerfende Handbewegung. »Mir liegt der andere Fall auch noch im Magen.«

»Die Einbruchsserie?«

Holm nickte. »Im Ministerium kommt man mir wieder mal mit Zahlen, mit Vergleichszahlen. Aufklärungsquoten. Sie kennen das ja.«

»Ja, aber das ist doch nicht neu. Wir geben unser Bestes. Sie wissen das, ich weiß das. Lassen Sie die doch reden.«

»Steter Tropfen, Frau Geisler.« Holms Gesichtsfarbe tendierte ins Graue. »Ach, lassen wir das. Sie haben ja recht. Was ist eigentlich mit dem Hintergrund des Opfers? Haben Sie da schon was?«

»Ich hinke gewissermaßen hinterher«, entschuldigte sich Marie und zeigte auf die pinkfarbene Orthese.

Holm grinste müde. »Dann – dann fahre ich jetzt mal ins Ministerium.«

»Augenblick noch«, bremste ihn Marie und berichtete von Emmas möglichem Kontakt zu Holger Sennz, dem rechten Aktivisten.

»Schlimmer Finger. Hat der nicht vor ein paar Jahren versucht, eine Jugendorganisation aufzubauen?«

Marie nickte. »Ich informiere mich über ihn, und dann scheuche ich ihn auf. Hat der Staatsschutz eine Presseschau?«

Holm nickte. »Bestimmt. Lasse ich Ihnen schicken.«

»Haben wir Ressourcen, um ihn gegebenenfalls zu beobachten?«

Jetzt lachte Holm gequält. »Sie könnten sich klonen lassen. Aber – ja, irgendwie kriegen wir das dann schon hin.«

Matt hob er die Hand und folgte Elmar den Gang runter. Dynamisch wirkte das nicht. Marie schaute ihm nach, spielte in der Tasche mit dem Wickie-Anhänger, den ihr Andreas mal wegen ihres Spitznamens geschenkt hatte, und dachte an das Amulett.

»Ach, Marie«, schimpfte sie sich. Sie hatte vergessen, Elmar nach dem Material des Amuletts zu fragen. Also hinkte sie, Elmar und Holm folgend, den Gang zu den Aufzügen entlang. In der KTU angekommen, war Elmar nirgends zu sehen. Ein anderer Kriminaltechniker, ein wahrer Hüne, fragte, ob er helfen könne. Konnte er. Gemeinsam gingen sie zu Elmars Schreibtisch, schlugen die Akte auf. Selbst im Sitzen reichte der Mann Marie fast bis zur Schulter. Sie fragte sich, wie er in ein Auto, ins Bett oder in eine Hose passen sollte. Das Beste war ja, man war mittelmäßig. Mittelmäßig schön, mittelmäßig schlau.

»Zinn«, sagte der Hüne nun und schlug die Akte wieder zu.

»Zinn?« Marie wurde ihrem Spitznamen gerecht und rieb sich schon wieder die Nase.

Der Hüne schlug die Akte noch mal auf, zeigte mit dem Finger auf die entsprechende Zeile und bestätigte: »Zinn.«

Marie bedankte sich und ging. Wie hatten sie nur Zinn mit Silber verwechseln können. Eigentlich sah man das doch, und leichter als Silber war Zinn auch. Und weicher. Egal, Emma Brinker verteidigte die Poleposition. Um ehrlich zu sein, blieb sie vorerst die Einzige auf Maries Liste. Es gab keine Anhaltspunkte für andere potenzielle Täter. Vielleicht würde sich das ändern, wenn sie Rüdiger Jansens Arbeitskollegen befragte.

Marie schaute auf die Uhr. Der Tag war an ihr vorbeigerauscht. So jedenfalls fühlte es sich an. Um Jansens berufliches Umfeld würde sie sich gleich morgen kümmern. Jetzt brauchte sie was in den Magen, und das Bein verlangte danach, aufs Sofa gelegt zu werden. Sie fuhr runter zur Kiellinie, parkte neben dem Landtag, kaufte ein Matjesbrötchen, ein Krabbenbrötchen und eine Flasche Flens bleifrei. Sie ging die paar Schritte Richtung Wasser, setzte sich und dachte an Ele Korthaus, die Rechtsmedizinerin. Mit ihr hatte sie hier schon öfter gesessen, gegessen, gealbert, aber auch ernsthaft diskutiert. Marie hoffte, dass Eles Urlaub bald zu Ende sein würde.

Die Dampfer auf der Förde waren groß, die Fischbrötchen waren großartig, und nachdem sie sich die Finger abgewischt hatte, rief sie Sachse an, um ihn über das Material des Amuletts zu informieren.

»Wir müssen in den nächsten Tagen Emma, ihre Familie und Freunde genauestens unter die Lupe nehmen«, schloss sie das kurze Gespräch und blieb noch eine Weile sitzen. Sitzen am Wasser – das würde sie demnächst als Hobby angeben, wenn sie von Karls Mitschülern noch mal ein Freundschaftsbuch mit der Bitte um persönliche Eintragungen bekommen sollte.

*　*　*

Emma sprach nicht viel, sie war blass. Entweder kauerte sie am Strand und starrte aufs Wasser, oder sie lief unruhig hin und her. Judith vermisste ihre Freundin, die doch immer eine Lösung wusste, die sie trösten konnte, die immer so fröhlich war. Sie hatte Emma gefragt, was denn los sei, und war von ihr schroff zurückgewiesen worden.

Judith hatte in der Nacht wieder gefroren. Den ganzen Tag hatte sie ihr Handy gesucht. Die anderen hatten ihre Handys ins Wasser geworfen, jedenfalls hatten sie ihr das erzählt. Aber sie wusste genau, dass sie selbst das nicht gemacht hatte. Sie glaubte, eine der Freundinnen habe es ihr heimlich weggenommen. Judith wollte ihre Eltern anrufen. Bestimmt machten die sich Sorgen.

Die anderen fanden, das sei ein cooles Abenteuer. Sie wollten nach Kopenhagen, sich falsche Papiere besorgen. Geld hatten sie ja genug. Die Einbrüche hatten sich echt gelohnt. Emmas Mister X hatte Männer geschickt. Die hatten den ganzen Kram nach den Einbrüchen immer direkt vom Boot abgeholt und Emma Geld gegeben.

Judith schob sich einen Müsliriegel in den Mund. Bald würden sie einkaufen müssen. Wasser gab es in der kleinen Hütte, die sie aufgebrochen hatten. Wo konnte nur das Handy sein? Judith warf einen Kiesel ins Wasser, eine Möwe flog auf, die Sonne ging langsam unter. »Ich will nach Hause«, flüsterte Judith.

# Eifersucht

Schleswig war Maries Geburtsstadt, Bochum und das Ruhrgebiet insgesamt waren die Bühne ihrer Jugend gewesen, aber Eckernförde war Maries große Liebe. Hier kam sie her, auch wenn sie nichts zu besorgen, zu organisieren hatte. Nur so, um durch die St.-Nicolai-Straße zu schlendern, die Nase ins Grüne Haus zu stecken und einen kurzen Schnack zu halten, ein Stück Torte in Heldts Café zu essen, am liebsten draußen mit Blick auf den Rathausmarkt. Danach Stöbern und Schnacken bei Liesegang, ihrer Lieblingsbuchhandlung. Heute entschloss sich Marie gegen ihre übliche Runde. Gehen gehörte gerade nicht zu ihren Stärken.

Sie parkte am Siemsenspeicher und setzte sich in einen der Strandkörbe des »Luzifer« mit Blick auf Hafen, Holzbrücke und Siegfried-Werft. Die Sonne stand tief, und Marie setzte die Sonnenbrille auf. Nachdem sie eine Sanddornschorle bestellt hatte, schlug sie das Schleibook auf. Die zarte Zeichnung, die sie am Tatort von Rüdiger Jansen angefertigt hatte, überblätterte sie und las sorgfältig ihre Notizen. Bei dem, was Lieselotte Jansen gesagt hatte, blieb sie hängen.

Die Witwe hatte von ihrer Tochter Judith erzählt, nachdem ihr Tränenfluss versiegt war. Auf der Kante der abgewetzten Couch hockend, hatte sie kleine Geschichten aus Judiths Kindergartenzeit gestenreich zum Besten gegeben, von Geburtstagen und Ausflügen hatte sie ausführlich berichtet; in Erinnerungen schwelgend gelächelt. Einmal war in der Schule eine Flasche Kakao weggekommen. Judith hatte der Klassenlehrerin gestanden, sie habe die Flasche mit nach Hause genommen. Später stellte sich heraus, dass ihre Freundin Beatrix die Flasche verbotenerweise mit auf den Schulhof genommen hatte. Die Flasche war beim Spiel zerbrochen. Beatrix hatte geweint, Angst vor Strafe gehabt.

Marie zog eine geschlängelte Linie an ihrer Aufzeichnung entlang und schrieb »Mitläufer, Freundin, Vasallentreue?« an den Rand. Beim Lesen ergaben sich nicht immer neue Einsichten, aber es war wie beim Fußball, je besser die Spielzüge einstudiert waren, je automatisierter die Abläufe, desto wahrscheinlicher, dass man zum Erfolg kam.

Marie lernte die Fakten und Vermutungen, wie Schauspieler ihren Text lernen. Wer in der vielleicht entscheidenden Situation, in der ein Zeuge das zentrale Detail nannte, nicht schnell kombinieren konnte, würde die Aufklärungsquote, die Holm so quälte, nicht verbessern. Sicher, es gab andere Polizisten, die sich stärker auf ihre Intuition und Spontanität verließen, aber Marie glaubte, gute Vorbereitung sei der Schlüssel. Alles konnte eine Rolle spielen. Die Schuhgröße der auf dem Anwesen in Kitzeberg sichergestellten Abdrücke, die Beobachtungen zu der Flucht über das Wasser, die schroffe Reaktion von Emmas Mutter, der mögliche Kontakt zu dieser Gestalt aus der rechten Szene, die Bezüge zur Kultur der Wikinger. Sobald die Staatsanwaltschaft und der Verfassungsschutz einer Überwachung zustimmten, würde Marie Holger Sennz kontaktieren.

Sie hob den Blick, musste trotz Sonnenbrille blinzeln, drehte den Kopf nach rechts, raus aus der Sonne, und sah, dass Andreas über die Holzbrücke kam. Gerade wollte sie winken, als er seinen Arm um Sabine legte. Sabine war die in Andreas' Praxis angestellte Ärztin, zu der Andreas und Marie ein oberflächlich freundschaftliches Verhältnis pflegten. Man sah sich zu Geburtstagen, besuchte gemeinsame Freunde. Sabine war mit Markus, einem Marinesoldaten, verheiratet, ernsthafte Probleme jenseits der beruflichen Ebene besprachen die Paare nicht.

Jetzt blieben die beiden auf der Brücke an einer der Ausbuchtungen stehen, ihr Umgang miteinander wirkte auf Marie allzu vertraut. An einer der anderen Einbuchtungen hatten Marie und Andreas vor einigen Jahren ein Vorhängeschloss befestigt. So, wie Liebende das machen. Und nun stand ihr Mann mit Sabine nahe dieser Stelle ans Geländer gelehnt, und sein Arm lag noch immer um ihre Schulter. Marie rutschte tiefer in den Strandkorb. Eine Mischung aus Scham und Trauer flutete ihr Herz. Sie stellte sich doch den Problemen, und jetzt versteckte sie sich. So wenig Vertrauen hatte sie zu ihrem Mann, so viel Angst wohnte in ihr?

Sie gab sich einen Ruck, sie würde hingehen. Marie richtete sich auf. In diesem Moment wendeten sich Andreas und Sabine wieder Richtung Borby und gingen zurück, wohl den Mühlenberg hoch zur Praxis. Marie sank in das Polster zurück. Verfolgen würde sie ihren Mann nicht.

»Bei Ihnen alles in Ordnung, darf ich vielleicht noch was bringen?«, sprach sie eine Kellnerin an. Marie bekam keinen Ton heraus, winkte mit einer kleinen Bewegung der rechten Hand ab. Sie kramte drei Euro aus ihrer Jeanstasche und ging zum Parkplatz.

✳✳✳

Er hatte Feierabend, er saß im Ohrensessel, den seine Mutter so geliebt hatte, der Fernseher lief. Sachse schaute nicht hin, hörte nicht zu. Er fühlte sich voller Energie. »Die Scheiß-Glotze brauche ich auch nicht«, sagte er und drückte auf den roten Knopf der Fernbedienung.

Vor ihm lag die Liste der Hausbesitzer, die Schmierereien an den Fassaden ihrer Häuser angezeigt hatten. Es musste mehr Hinweise geben. Es gab immer mehr Hinweise. Er bildete neue Kategorien. Ort, Lage des Graffitis, von der Straße einsehbar oder auch nicht, Größe des Hauses, Tatzeit, soweit ungefähr bekannt. Er schrieb alles auf kleine Zettel und schob sie auf seinem Couchtisch hin und her. Es musste doch einen Zusammenhang geben.

Sachse stand auf, ging an den Kühlschrank, griff nach einer Flasche Bier und hielt inne. Das Licht des Kühlschranks flackerte leicht, der Kompressor brummte, und Sachse dachte. Er dachte über das nach, was er tat. Die Glotze, das Bier zum Runterkommen. Alles so automatisiert. Er stellte die Flasche zurück, machte zwei Schritte nach rechts zum Wasserhahn, beugte sich vor, öffnete den Hahn, wartete, bis das Wasser kalt war, und trank dann aus der hohlen Hand. »Sachse, aus dir wird noch was«, sagte er in das Halbdunkel des Zimmers hinein und wischte die nasse Hand an der Jogginghose ab.

Nur die Leseleuchte der hässlichen Stehlampe warf einen

Lichtkegel auf den Couchtisch, auf sein Puzzle aus kleinen Papierschnipseln. Er würde die Stehlampe spenden. Und den Teppichboden würde er rausreißen. Es war Zeit für was Neues. Für eine Häutung. Er war doch in seinem Inneren gar nicht so. So traurig, so gebeugt, so – beige. Er war Klassenclown gewesen. Unbeschwert. Das war seine Persönlichkeit.

Er stoppte an der Längsseite des Couchtisches. Was, wenn die Graffitis was Persönliches waren? Er setzte sich und schrieb die Namen der Geschädigten auf weitere kleine Zettel. Die Kruses hatte es zweimal getroffen, Micha kannte er noch aus der Schützengilde, ein verrückter Hund, der aus Hamburg hierhergezogen war. Dann hatte er die Familie Brüderle unten auf der Freiheit, die Vögeles – den Sohn hatte er letzte Woche geblitzt –, den selbstständigen Installateur Czimsky aus Berlin und das Ehepaar Schätzle, das sich ganz stark in der Kulturszene engagierte. Geld spielte für die wohl keine Rolle. Sachse schaute auf die Namen, sortierte sie alphabetisch.

»Quatsch«, befand er dann. »Vögele, Brüderle, ob das Schwaben sind?«

Berliner, Hamburger. Nur die Kruses kamen von hier. Aber das Haus gehörte einem Bauingenieur aus Düsseldorf. Es hatte nur Zugezogene erwischt. Sachse lehnte sich zurück und legte beide Hände auf den Bauch. Ob er wohl das verbindende Element gefunden hatte?

✳✳✳

Der Montagabend gehörte Günther. Die Suche nach einem Millionär bot genau den Tiefgang, den Marie für einen friedlichen Sofaschlaf benötigte. Jedenfalls war das bisher immer so gewesen. Heute fand sie keine Ruhe. Nachdem sie den von Schule und Fußballtraining erschöpften Karl ins Bett bugsiert hatte, saß sie nun da, schaute, ohne zu erkennen, hörte, ohne zu verstehen. Aufgewühlt, mit den Gedanken bei Andreas und Sabine. Bei ihrem Mann, der mit der anderen Frau auf der Holzbrücke – ja, was eigentlich? Was war das gewesen? Flirten, turteln oder doch nur der entspannte Umgang unter Kollegen, die sich mögen?

Eine eigentlich harmlose, alltägliche Situation, die sich aber ganz anders anfühlte.

Marie spürte, wie sie sich mit Eifersucht angesteckt hatte, wie der Virus an ihrer Immunabwehr arbeitete. Sie schaltete den Fernseher aus. Diesem schmierigen Kandidaten gönnte sie die sechzehntausend Euro sowieso nicht.

Sie wusch sich, putzte sich die Zähne mit links. Im Apothekenblättchen hatte sie gelesen, dass das gut für das Gehirn sei. Und dann wälzte sie sich im Bett von einer Seite auf die andere. Bei jedem Umdrehen spürte sie ihr Knie. Bilder von Rüdiger Jansen, wie er dort im eigenen Blut lag, die Frauen, wie sie wie ein aufgescheuchter Hühnerhaufen über den Rasen des Anwesens rannten. Alles deutete darauf hin, dass eine von ihnen den Mann erschlagen hatte. »An das Offensichtliche mach einen Haken«, hatte der Leiter ihrer ersten Mordkommission immer gesagt, »an das Denkbare ein Ausrufezeichen.«

Das Denkbare. Die Wikingerfrauen dringen mit der Absicht in das Haus ein, fette Beute zu machen. Sie werden vom Wachmann überrascht und fliehen. Im Haus hält sich neben dem Wachmann jemand anderer auf, der den Wachmann erschlägt.

Aber wie passte das Blut auf dem Amulett dazu? Marie verdrängte den Gedanken.

Der Nebeneingang wird nicht von Kameras überwacht. Wer die Gegebenheiten kennt, kann unerkannt ins Haus und auch wieder raus. Die Besitzer zum Beispiel. Die wissen sicher um den »toten Winkel« ihres Sicherheitssystems. Noch waren sie in Kanada. Nach ihrer Rückkehr würde Marie vor Ort mit ihnen sprechen. Und morgen führe sie zu Jansens Arbeitsstelle am Hamburger Flughafen.

Sie hörte, wie sich die Haustür öffnete. Andreas ließ seinen Schlüssel in die Schale aus Porzellan gleiten, die Marie in Taarstedt gekauft hatte. Bei jener Porzellankünstlerin, die auch die Türschilder für ihre Schwiegereltern angefertigt hatte. Andreas ging in die Küche, öffnete den Kühlschrank. Marie hörte, dass Kohlensäure entwich, als Andreas einen Kronkorken entfernte. Er trank. Schritte. Leise rief er nach ihr. Jetzt kam er die Treppe hinauf. Marie drehte sich zum Fenster. Sie hörte ihn atmen. Er stand in der Tür, wartete einen Moment, ging wieder, öffnete die Tür zu Karls Zimmer, kam wieder am Schlafzimmer vorbei. Jetzt wäre der Zeitpunkt, ihn anzusprechen, jetzt sollte sie sich einen Ruck geben. Schritte auf der Treppe. Marie schluckte. Das Denkbare war undenkbar. Eigentlich.

Als Marie am nächsten Morgen die Augen aufschlug, sah sie ein leeres Bett. Sie drehte sich auf die linke Seite, schaute auf den Wecker. Kurz vor sechs. Andreas sollte noch neben ihr liegen. Sie lauschte ins Haus. Keine Dusche, die rauschte, keine Kaffeemühle, die brummte, kein Andreas, der schief, aber fröhlich sang.

Marie atmete, reckte sich, spürte im Brustkorb eine Unsicherheit, die sie nicht kannte. Sie setzte sich auf, rieb ihr Knie, das noch immer schmerzte. »Du musst das schonen«, hatte Andreas gesagt. Aber ein Krankenschein kam nicht in Frage. Lieselotte Jansen fragte sich, warum ihr Mann hatte sterben müssen. Dessen Tochter Judith war noch immer nicht aufgetaucht; auch Emma Brinker blieb verschwunden.

Marie ging nach nebenan, küsste Karl auf die Stirn. Der war wie immer sofort bei hundert Prozent und berichtete vom Fußballtraining. Begeistert. Und er berichtete von einer anstehenden Mathearbeit. Lässig.

»Ist was?«, fragte er und wuschelte Marie durch die Haare.

Ein Augenblick des Zögerns. Dann antwortete sie. »Das doofe Knie tut immer noch weh.«

»Ein Knie kann nicht doof sein, Mama. Es hat ja kein Gehirn.«

»Klugscheißer. Ich fahre gleich nach Hamburg, werde aber mittags zurück sein. Spaghetti carbonara.«

»Super«, urteilte Karl und hüpfte auf einem Bein Richtung Bad.

Gemeinsam verließen Marie und Karl das Haus gegen zwanzig vor acht. Karl voller Energie, Marie mit einem Knoten im Bauch.

## Erpresser und Diebe

Zum ersten Mal wurde es vor der Rader Hochbrücke zäh. Marie fuhr gern über die Brücke, die den Nord-Ostsee-Kanal in fünfzig Metern Höhe überspannte und einen weiten Blick über das Land gewährte. Weit sehen zu können gefiel ihr. In der Lürssen-Werft lag wieder eine beeindruckende Luxusyacht. Gern würde sie sich mal an Bord umsehen.

Die Bremslichter des vorausfahrenden Wohnmobils lenkten Maries Aufmerksamkeit wieder auf die Straße. Die Blitzsäulen an den Enden der Brücke sorgten wie immer für einen Ziehharmonikaeffekt. Stockend verlief die Weiterfahrt im dichten Verkehr Richtung Hamburg. Das Streichquartett Nr. 1 in C-Dur op. 49 von Dmitri Schostakowitsch half Marie, eine dynamische Stimmung aufzubauen, die lähmende Unsicherheit der letzten Stunden ein bisschen hinter sich zu lassen.

Kurz vor der Raststätte Aalbek klingelte Maries Handy. Ein Seitenblick zeigte ihr, dass es Sachse war. Sie ließ das Handy klingeln, fuhr auf den Rastplatz und rief Sachse zurück.

»Moin, Frau Geisler, ich will mich nicht zu weit vorwagen, aber ich habe das Gefühl, am richtigen Ende des Knotens gezogen zu haben.«

»Das klingt vielversprechend. Um welchen Knoten geht es denn?«

»Den Graffiti-Knoten. Alle Geschädigten sind nicht von hier, kommen aus Hamburg, Berlin, Düsseldorf, und drei sind aus Baden-Württemberg.«

Ein Kühl-Lkw fuhr so dicht an Maries EMO vorüber, dass Marie den letzten Halbsatz nicht hatte verstehen können.

»Wie bitte? Bin auf einem Rastplatz. Ist laut hier.«

»Die Sprayer arbeiten sich an Zugezogenen ab«, rief Sachse ins Telefon.

Rauschen auf der A 7, Rauschen in der Leitung.

»Frau Geisler?«

»Ich denke.«

»Und?«

»Sie meinen – Fremdenfeindlichkeit?«

»Jo.«

Noch mehr Rauschen.

»Büschen weit hergeholt, oder?«

»Wenn sich HSV- und Pauli-Fans aufs Maul hauen, wenn in Deutschland lebende Türken Syrer als Ausländerpack beschimpfen, wenn sich Freunde klassischer Musik für die besseren Menschen halten und den Schlagermove belächeln, dann ist doch wohl klar, worum es vielen Leuten geht. Abgrenzung.«

Sachse hatte sich in Rage geredet. Er atmete schwer.

»Hm. Da gehe ich mit, Herr Sachse. Aber es gibt keine explizite Botschaft. Nirgendwo stand zu lesen ›Haut ab‹.«

»Muss das?«

Rauschen.

»Ich bin heute nicht so fix im Denken. Sorry. Nein, muss nicht. Thors Hammer ist womöglich die Botschaft, und vielleicht sind die Sprayer ja auch noch nicht am Ende. Vielleicht kommt noch was.«

Wieder zog ein Lkw dicht an Marie vorbei. Sie öffnete das Seitenfenster und klappte den Spiegel an.

»Nicht zwingend, Ihr Ansatz, Herr Sachse, aber mit Potenzial. Nehmen wir mal an, die Sprayer haben es tatsächlich auf Zugezogene abgesehen. Was sagt das über die Täter? Menschen, die der Heimattümelei der bunten Blättchen erlegen sind, dem Versuch mancher Kreise, das Thema Heimat als Kernbotschaft von Politik zu kultivieren? Und – was ist das Ziel? Sollen die Zugezogenen vergrault werden, oder will man bei der eigenen Klientel punkten?«

»Kann alles sein. Aber vielleicht steckt da gar nicht so viel Kalkül dahinter. Vielleicht ist es einfach nur Wut.«

»Und Wutbürger sind Angstbürger. Wovor haben die wohl Angst? Vorm schwäbischen Dialekt ja sicher nicht. Ob sie sich in ihrer Sicherheit bedroht fühlen?«

»Von Familie Vögele? Kaum. Sie könnten neidisch sein. Die von den Graffiti Betroffenen gehören sicher zu den eher wohlhabenden Bürgern unserer Stadt.«

Marie schaute auf die Uhr. »Ich bin unterwegs zu Rüdiger Jansens Arbeitsplatz am Flughafen und habe in dreißig Minuten einen Termin. Wir verschieben das hier jetzt. Interessant wäre auch, könnten wir eine Idee entwickeln, wie das Tun der Sprayer mit dem Einbruch und Mord in Kitzeberg zusammenhängen könnte. Kann ja sein, dass der Einbruch die nächste Eskalationsstufe war. Ich melde mich.«

Marie beendete das Telefonat. »Der Sachse, der hat Ideen.« Ihre Laune besserte sich. Sie klappte den Spiegel wieder aus und schaltete die Zündung ein. Eine gelbe Warnlampe leuchtete auf. »Nee, komm EMO, mein Freund, du warst doch letzten Monat erst in der Inspektion.« Sie startete den Motor. Keine komischen Geräusche. Marie legte den ersten Gang ein, beschleunigte, schaltete. Alles normal.

In Schnelsen-Nord verließ sie die Autobahn. Nach drei Kilometern fuhr sie an roten Backsteinmauern links und rechts vorbei. Die Straße leicht abschüssig. Tunnel voraus. Marie liebte diese Stelle, denn der Tunnel führte unter der Start- und Landebahn des Flughafens hindurch, und wenn man Glück hatte, landete gerade ein Flieger. In Paris war Marie als Kind mal mit ihren Eltern unter einer Landebahn des Flughafens Charles de Gaulle hindurchgefahren, als gerade die Concorde landete. Ihr Vater hatte sich gar nicht mehr eingekriegt.

Bronsky-Security hatte seine Büros ganz in der Nähe der Bundespolizei. Marie parkte auf einem Dienstparkplatz. Der Flughafen roch, wie er immer roch, und er hörte sich auch so an. Marie dachte an die letzte Flugreise nach La Palma. Karl hatte am Fenster gesessen, daneben sie, dann Andreas. Sie hatten Händchen gehalten.

Die Mitarbeiterin von Bronsky kontrollierte Maries Dienstausweis, nannte eine Raumnummer und schaute wieder auf ihr Handy. Candy Crush.

»Ich wünsche Ihnen auch einen schönen Tag«, sagte Marie und lächelte die junge Frau an. Keine Reaktion.

Die lichtgraue Tür stand offen, als Marie ihr Ziel in einem lichtgrauen Gang erreichte. Ein Mann Mitte dreißig saß auf einem pinkfarbenen Gymnastikball vor dem lichtgrauen Schreibtisch, bemerkte Marie und stand auf. Er kam zwei Schritte auf sie zu, lächelte charmant und reichte ihr die Hand.

»Moin, Herr Akasoy?«

»Atasoy, nicht Akasoy. Aber nehmen Sie doch Platz, Frau Geisler.« Er deutete auf einen lichtgrauen Tisch mit zwei Bürostühlen, deren Polster in Steingrau gehalten waren.

»Mögen Sie einen Kaffee, vielleicht einen Tee?«

»Tee? Ja, gern.«

In Windeseile stand ein Glas mit dampfendem Tee vor Marie.

»Zucker?«

Marie nickte.

»Atasoy, wenn ich das kurz erklären darf, Atasoy suggeriert, dass der Träger dieses Namens edle Vorfahren hat. Ja, ja. Herkunft, das ist es, worum es immer geht, nicht wahr. Du kommst aus Anatolien? Verstehe, du machst es mit Ziegen. Du kommst als Berliner aus Neukölln? Drogenhändler. Du bist in Blankenese zur Schule gegangen? Arrogantes Reedertöchterlein. Ich komme übrigens aus Dithmarschen, und in meiner türkischen Fußballmannschaft ruft man mich Grünkohl.«

»Ich habe Sie verstanden, Herr Atasoy.«

»Wussten Sie, dass es Nachnamen in der Türkei erst seit 1934 gibt? Hat Kemal Atatürk eingeführt.«

»Sie sind ein belesener und reflektierter Mann. Ich habe das verstanden, Herr Atasoy. Tatsächlich interessiere ich mich nicht für Ihre Herkunft, sondern für Sie als Gruppenleiter von Rüdiger Jansen.«

Mehmet Atasoy zog kurz die Augenbrauen nach oben. Er war es nicht gewohnt, dass Frauen seinen Flirtversuchen widerstanden.

»Ja, schlimme Sache, das. Rüdiger wurde in der Regel hier am Flughafen eingesetzt. Er war zuverlässig, und er war kommunikativ. Darum habe ich ihn in der letzten Woche aushilfsweise in den Objektschutz geschickt. Da hat man bisweilen auch mit den Besitzern der Objekte zu tun, und nicht jeder unserer Mitarbeiter – wie soll ich sagen – entspräche in seinem Sozialverhalten den Erwartungen unserer Kunden. Kulturelle Hemmnisse, sprachliche Eigenheiten. Sie verstehen.«

»Sie sprechen über Ihre Mitarbeiter aus Nordstrand?«

»Ich sehe, Sie haben Humor, Frau Kommissarin. Rüdiger wollte nicht in den Objektschutz. Er war gewissermaßen ein Kind des Flughafens, kam auch in seiner Freizeit hierher und fotografierte.«

»Planespotter?«

»Genau.«

»Und so als Mitarbeiter?«

»Wie gesagt. Zuverlässig, kommunikativ, nie krank. Er war – bitte verstehen Sie das nicht falsch – von schlichtem Gemüt. Was seine Grundtugenden betrifft, da hätte er hier Karriere machen können. Seine Frau hat sich mal beschwert, als ich Gruppenleiter wurde. Aber Rüdiger Jansen kam als Führungskraft nicht in Frage. Was ich sagen kann: Er hatte Geldsorgen. Aber wer hat die nicht.«

»Geldsorgen?«

»Sorgen nicht direkt. Aber er hätte seiner Familie gern mehr geboten. Er sah täglich, wie Menschen in ferne Länder flogen. Er sah, was sie in ihren Koffern hatten. Da ist es doch nur natürlich, wenn man auch was vom Kuchen abhaben möchte.«

Ein Sprechfunkgerät quäkte.

»Verzeihen Sie, da muss ich mich kurz kümmern.«

Eine Mitarbeiterin schilderte Probleme mit einem Fluggast. Mehmet Atasoy entschied schnell.

»Machen Sie erst mal weiter. Da brauchen wir die Bundespolizei nicht. Ich komme runter und regel das.«

»Bevor Sie gehen, Herr Atasoy. Ich hätte gern die Personaleinsatzplanung für das Objekt in Kitzeberg. Ich möchte wissen, wer dort außer Herrn Jansen eingesetzt war, ich möchte Herrn Jansens Spind sehen, und ich möchte mit Kollegen sprechen, die mit ihm im Team gearbeitet haben. Warum war er eigentlich allein in Kitzeberg?«

»War er nicht. Jedenfalls nicht zu Dienstbeginn. Sein Kollege ist aus dem Dienst heraus zum Arzt gefahren.«

»Warum?«

»Frau Kommissarin, das darf und kann ich Ihnen auch nicht sagen. Ich weiß es nicht. Er hat eine Krankmeldung eingereicht.«

»Wie heißt der Mann, wo wohnt er?«

»Moment, ich drucke Ihnen das aus.«

Mehmet Atasoy stand schließlich auf. »Ich zeige Ihnen Jansens Spind.«

Gemeinsam gingen Marie und Atasoy zum Umkleideraum.

»Der hier mit dem Aufkleber. Ich bin in ein paar Minuten zurück.«

Rüdiger Jansens Spind zierte Thors Hammer. In Schwarz-Weiß und in verschlungenen Buchstaben las Marie: »Donnern muss es.« Das Wikingerding hatte also nicht nur seine Tochter Judith erwischt.

Der Spind war verschlossen. Marie sah sich um, schloss die Tür zum Gang, zog Handschuhe an, holte ihr Pickingbesteck heraus und öffnete die Spindtür. Das würde sie sich, falls nötig, nachträglich absegnen lassen.

Straßenkleidung, ein Sixpack Energydrinks, Waschzeug, Handcreme und ein Stoffbeutel. Beige mit rotem Schriftzug von Famila. Marie schaute hinein. Ein A5-Umschlag, nicht zugeklebt. Marie nahm ihn aus dem Beutel und öffnete ihn. Er enthielt Hundert- und Fünfzig-Euro-Scheine. Marie zählte. Fünftausend Euro. Jansen hatte seiner Familie was bieten wollen. Er hätte es gekonnt. Marie rief Holm an. Die KTU war wieder mal an der Reihe.

＊＊＊

Ein dänischer Schlager zauberte der alten Dame ein Lächeln ins Gesicht. Emma lächelte zurück, drehte sich nach rechts und stolperte in ein Regal mit allerlei Andenken. Solche aus Porzellan zerschellten am Boden, kleine Plastikbälle hüpften kreuz und quer durch den Gang, und mehrere Flaschen Bier einer lokalen Brauerei zerplatzten direkt vor der Obsttheke. Sofort roch es nach Kneipe. Die alte Dame schlug die Hand vor den Mund, Emma saß auf dem Boden; mitten in einer Pfütze aus Bier. Sie hielt sich den Knöchel und gab leise Klagetöne von sich.

Die alte Dame kam hinter ihrem Tresen hervor. So weit es noch ging – die alte Dame war wirklich alt –, beugte sie sich zu Emma hinunter und streichelte ihr über den Kopf. Einige Bälle hüpften noch immer umher. Zwei Kundinnen kamen dazu und betrachteten das Schlachtfeld. Im Refrain des Schlagers ging es um Smilla. Eine der beiden Kundinnen half Emma wieder auf die Beine. Emmas Klagen wurde lauter, als sie mit dem linken Fuß auftrat. Zwei Gänge weiter füllten Judith und die anderen Taschen und Rucksäcke mit allem, was ihnen in die Finger kam. Dosentomaten, Thunfischkonserven, Zahnpasta und Schokolade, jede Menge Schokolade.

*** 

In Schleswig schnitt Marie geräucherten Speck in Würfel. Das Geheimnis ihrer Carbonara war der Südtiroler Speck, der würzig war, ohne salzig zu sein. Den Speck briet sie bei mittlerer Hitze an, ohne Olivenöl hinzuzufügen. Der Speck hatte genügend Fett. Nur verbrennen durfte er nicht.

Sie hatte noch eine halbe Stunde, bis Karl aus der Schule käme. Das würde sie schaffen, und dann stand Dirk Bruns auf ihrer Besuchsliste. Rüdiger Jansens Arbeitskollege, der sich krankgemeldet hatte, kurz bevor Jansen erschlagen worden war. Oder kurz danach?

Marie hatte einen Schluck Wasser in den Mund genommen. Wenn man daran glaubte, tränten die Augen beim Zwiebelschneiden durch diesen kleinen Trick nicht ganz so schlimm. Zwiebeln gehörten nicht in eine klassische Carbonara, aber Marie stand auf Zwiebeln, die sie jetzt zu den Speckwürfeln gab.

Den Pecorino bezog sie aus derselben Quelle wie den Speck. Eine Freundin aus dem Ruhrgebiet war nach Italien ausgewandert und schickte ihr regelmäßig Fresspakete. Im Gegenzug schickte Marie Kieler Sprotten und Matjes. Und Musik regionaler Bands tauschten die beiden Frauen auch aus. Der Pecorino war ein Pecorino toscano, und er war ausschließlich aus Schafmilch hergestellt. Eher mild im Geschmack. Andreas mochte würzigeren Parmesan. Manchmal machte sie ihm die Freude. Heute nicht.

Vielleicht kam er ja auch nicht zum Essen. Vielleicht aß er mit Sabine. Die Eifersucht bohrte noch immer in Marie. Nur war sie inzwischen schärfer geworden. Wut hatte sich zur Verletztheit gesellt. Marie trennte zwei Eier. Sie verwendete nur das Eigelb. Sie musste mit Andreas reden. »Scheiß-Eifersucht, so eine elende Scheiße«, brach es unvermittelt aus ihr heraus. Sie schlug mit der Faust auf das Schneidbrett. Die Petersilie erzitterte.

Pünktlich um ein Uhr stand Karl in der Tür. »Ich bin ein Rechenteufel. Hat Frau Maalzan gesagt.« Er setzte sich an den Tisch.

»Klingt, als sei die Mathearbeit gut gelaufen.«

»Klar. Das habe ich von Papa. Hat Oma gesagt.«

»Und ich sage dir, dass es was auf den Teller gibt, nachdem du dir die Hände gewaschen hast.«

Karl zog ein schiefes Gesicht, verschwand aber im Gäste-WC. Als er zurückkam, standen zwei Teller auf dem Tisch. »Wo ist Papa? Der kommt doch dienstags immer zum Essen.«

Marie zuckte mit den Schultern.

»Soll ich ihn anrufen?« Karl griff nach Maries Handy und wählte Andreas' Nummer. Freizeichen, dann die Mobilbox. Karl legte das Handy wieder auf den Tisch und berichtete von Timo, der in der ersten großen Pause gestürzt war. »Voll aufs Knie, wie du. Er musste sogar heulen.«

Kaum hatten Marie und Karl das Besteck zur Seite gelegt, klingelte es. »Das ist Merle. Wir wollen Englisch lernen.«

Karl hatte kurz den Blick abgewandt. Marie wusste, dass die beiden nicht Englisch lernen wollten, aber sie wusste auch, dass sie allenfalls mit einer kleinen Notlüge konfrontiert worden war. Sie ließ sich nichts anmerken. Gegenseitiges Haarewuscheln, und Karl war so schnell weg, wie er gekommen war.

Vermutlich fuhren sie mit den Rädern zum Luisenbad. Da hingen immer die coolen Typen ab. Merle und Karl waren diesbezüglich ein bisschen früh dran. Marie wischte sich mit der Hand durchs Gesicht. Auch sie hatte dort einige ihrer ersten Erfahrungen gesammelt. Geschichte wiederholte sich. Sie räumte den Tisch ab und die Spülmaschine ein. Dann gönnte sie sich zwei Schmerztabletten. Ausnahmsweise. Das Knie nervte.

Als sie das EMO startete, leuchtete schon wieder eine gelbe Warnlampe. Vielleicht fragte sie ihren Schwiegervater mal.

## Der Jäger

Dirk Bruns wohnte in Eckernförde. Er und Rüdiger Jansen hatten am Hamburger Flughafen gearbeitet und eine Fahrgemeinschaft gebildet. Das wusste Marie von Gruppenleiter Atasoy. Marie hatte sich nicht bei Bruns angekündigt. Sie wollte ihn überraschen.

Auf dem Weg nach Eckernförde rollte das EMO durch Fleckeby. Das Café Matilda hatte dienstags für gewöhnlich geschlossen, aber Marie sah aus dem Augenwinkel, dass die Tür offen stand. Sie setzte spontan den Blinker links, bog ab und parkte direkt vor dem Café. Beim Gedanken an eine von Irinas Waffeln lief ihr das Wasser im Mund zusammen. Einen besseren Nachtisch konnte sie sich kaum vorstellen, und vielleicht hatte sie ja Glück. Sie stieg aus, ging um den Bus herum und sah, dass es hinter der Theke dampfte. Irina tüftelte an einer neuen Waffelkreation, und Marie kam in den Genuss einer ersten Verkostung.

Eine Viertelstunde hatten Schlemmen und Klönen gedauert. Gut investierte Zeit, wie Marie fand. Die B 76, inzwischen wieder baustellenfrei, verließ sie hinter Carlshöhe, bog auf die B 203 Richtung Kappeln ab und parkte wenige Minuten später vor einem der Wohnblocks in der Ostlandstraße. Bruns, das wusste Marie, war eigentlich Dachdecker von Beruf, zwei Jahre jünger als Jansen und Single.

Marie klingelte. Ein Mann jenseits der Hundert-Kilo-Marke öffnete. Ein Muskelmann, wie Karl gesagt hätte. Er hatte ein blaues Auge, und seine Augenbraue war verpflastert.

Marie zeigte ihren Dienstausweis. »Moin. Ärger gehabt?« Sie deutete in Richtung des kahl geschorenen Schädels.

»Ach das. Nö, kleine Meinungsverschiedenheit. Kein Ding.«

Bruns' Stimme klang wie die eines Zwölfjährigen. Auch die Sprachmelodie erschien Marie kindlich.

»Darf ich reinkommen? Es geht um Ihren Kollegen Rüdiger Jansen.«

Bruns wurde rot.

Er führte Marie in ein Wohnzimmer, das einem Jugendzimmer ähnelte. An den Wänden Poster von Stars und Sternchen, die Marie nicht kannte. In einem Wandregal hockten Stofftiere. Robben, wie sie jetzt sah. Ausnahmslos Robben.

»Bitte, hier. Ist das okay?«, fragte Bruns. Marie nahm in einem Freischwingersessel Platz, einem Schwedenmöbel, das vermutlich in jedem dritten Haushalt einen Platz gefunden hatte. Sie saßen sich gegenüber. Krank wirkte Bruns nicht.

»Herr Bruns, Sie sind über den Tod Ihres Kollegen Rüdiger Jansen von Ihrem Arbeitgeber informiert worden?«

Bruns nickte. Mehrere kurze Bewegungen. Seine Schultern ragten seitlich über die Rückenlehne des Freischwingersessels hinaus.

»Sind Sie traurig?«

Weitere kurze Nickbewegungen. Unterdrücktes Schluchzen.

»Sie waren Freunde?« Marie hatte die Stimme gesenkt.

Und jetzt flossen Tränen. Der Muskelmann weinte, wischte sich mit den Ärmeln die Augen, weinte weiter. Marie ließ ihn und schaute sich um. In einer Vitrine neben dem Fernseher entdeckte sie He-Man-Figuren. Viele He-Man-Figuren. Dirk Bruns hatte zwei Seiten. Niedliche Robben und Devotionalien der Actionserie »Masters of the Universe«. Vielleicht waren es auch zwei Seiten ein und derselben Medaille. Sehnsucht nach der einfachen Wahrheit. Sehnsucht nach dem Sieg des Guten.

Bruns schluchzte noch immer. Marie war nicht in Trösterinnenstimmung, gab sich aber Mühe. »Einen Freund zu verlieren tut immer weh. Das ist ganz normal, Herr Bruns.«

Bruns griff nach einer Rolle Küchenpapier. Warum diese auf dem Wohnzimmertisch stand, erschloss sich Marie nicht.

»Sie mögen He-Man?«

»Ja sicher. Er hat die Göttin von Eternia vor dem Monster gerettet, und er kämpft gegen Skeletor.«

»Ach so.«

Bruns wischte sich mit einem Küchentuch Gesicht, Glatze und Nacken.

»Wie war das eigentlich, letzten Sonnabend in Kitzeberg?«

»Schlimm. Alles war ganz schlimm.« Bruns schaute Marie an wie ein Kind, das etwas verbrochen hatte.

Marie fragte nicht nach, gab ihm Zeit.

»Rüdiger hat gesagt, ich kriege nie eine Frau ab. Ich soll mit He-Man aufhören. Albern und kindisch, hat Rüdiger gesagt. Ich soll endlich erwachsen werden.«

»Sicher wollte er Ihnen nur helfen.«

»Ach, er hat mich die ganze Zeit nur beleidigt.«

»Sie beide waren in der Villa?«

»Ja, wir haben einen Rundgang gemacht. Und Rüdiger hat die Überwachungsanlage mit dem Tablet gecheckt. Die ist ja ganz neu.«

»Und er hat Sie beleidigt.«

»Ja. Und dann habe ich gesagt, dass ich lieber allein bleibe, bevor ich mit so einer Klette zusammenlebe wie Lieselotte. Seine Frau heißt Lieselotte. Die hängt an ihm dran, lässt ihm null Spielraum. Furchtbar.«

»Und dann?«

»Dann hat er mich geschlagen.«

»Wegen der Klette?«

»Ja, niemand darf seine Lieselotte beleidigen.«

»Sieht aus, als täte das weh.«

»Ach, nur ein Kratzer.«

»Und weiter?«

»Ich bin rausgerannt.«

»Sie haben sich nicht gewehrt?«

»Ich schlage niemanden. Außerdem ist Rüdiger mein Freund.« Jetzt weinte er wieder.

»Sie wollen, dass wir den finden, der ihn umgebracht hat?«

»Ja sicher.«

»Wissen Sie, ob Ihr Freund Feinde hatte?«

Bruns senkte den Blick. Er wusste was.

»Herr Bruns.«

»Soll ich Tee machen oder 'ne Limo?«

»Eine Limo, gern.«

Bruns stand auf, ohne sich aufzustützen. Marie tippte, dass sein Oberschenkelumfang ihrem Taillenumfang entsprach. Er klapperte in der Küche, kam mit zwei Gläsern zurück, reichte eines Marie, kleckerte ein paar Tropfen auf ihre Hand, entschuldigte sich.

»Nicht schlimm. Wir haben ja Küchenrolle«, sagte Marie.

Bruns setzte sich, trank einen Schluck. »Der Jäger aus Itzehoe.«

»Der Jäger?«

»Hm. Ja, der Jäger.«

»Der ist Rüdigers Feind?«

Bruns nickte. Nur einmal. Sehr bestimmt.

»Warum?«

»Rüdiger hatte ihn in der Hand. Wegen dem Elfenbein.«

»Elfenbein.«

»Genau. Wir haben ihn erwischt. Er hat Elfenbein geschmuggelt.«

Marie ertrug die neuerliche Pause.

»Ich muss meine Miete bezahlen, hat Rüdiger gesagt. Der Jäger hat Rüdiger zum Essen eingeladen und ihm eine Uhr geschenkt. Rüdiger hat gesagt, der schuldet mir noch was. Die haben sich dann getroffen, und der Jäger hat Rüdiger Geld gegeben. Glaube ich jedenfalls.«

»Und Sie haben nichts abgekriegt?«

»Ich mach so was nicht.«

»Was?«

»Erpressen und so. So was Kriminelles.«

»Rüdiger hat den Jäger erpresst?«

»Ja, was sonst? Warum sollte der Rüdiger freiwillig Geld geben?«

»Und warum glauben Sie, dass Rüdiger ihn erpresst hat?«

»Ja, weil der Jäger ist. Wegen dem Elfenbein, denke ich mal. In Afrika ist der Großwildjäger. Der macht Safaris.«

»Wie heißt der Mann denn?«

»Weiß ich nicht. Aber ich weiß, wie der aussieht.«

»Meinen Sie, der Jäger könnte Rüdiger was angetan haben?«

»Hundertpro. Ist ein Jäger. Der tötet ja sowieso. Das macht dem nichts aus.«

Marie hatte in ihr Schleibook geschrieben, blätterte zurück zu den Aufzeichnungen, die sie am Tatort gemacht hatte. »Sagen Sie, Herr Bruns. In der Villa und vor der Villa sind ja überall Kameras. Hätte trotzdem jemand ungesehen ins Haus kommen können?«

»Klar, durch den Anbau, den Nebeneingang. An der Garage vorbei. Kein Problem. Und wer die Steuerung hat, kann die Überwachung auch kurz stoppen.«

»Sie meinen, Rüdiger hätte jemanden reinlassen können.«

»Klar.«

»Warum haben Sie sich eigentlich krankgemeldet?«

Bruns zeigte auf die Augenbraue. »Die hätten mich doch ausgelacht. Die wissen nicht, dass ich nicht zurückschlage. Wenn die bei Bronsky erfahren, dass Rüdiger das war, bin ich raus. Das war bei Grabmann auch so.«

»Grabmann?«

»Mein Ausbildungsbetrieb. Der Dachdecker. Wir waren Bier trinken. Da gab's 'ne Schlägerei. Ich hab mich rausgehalten. Da war ich unten durch. Die haben mich gehänselt. Riesenbaby, haben sie gesagt. Hab gekündigt und bei Bronsky angefangen.«

Kurz dachte Marie über die Kindheit des Riesenbabys nach. Da war irgendwas ziemlich danebengegangen. Dann konzentrierte sie sich wieder auf ihre eigentliche Aufgabe.

»Der Jäger, wie Sie ihn nennen, Herr Bruns. Können Sie mir mehr zu ihm erzählen?« Marie sah sich Passagierlisten abarbeiten. Schreibtischarbeit ohne absehbares Ende drohte.

»Nö, ich kenn den ja nicht. Aber ich weiß, wo der wohnt.«

»Sie wissen, wo der Jäger wohnt?«

»Klar. Hab Rüdiger da mal abgeholt, weil er nicht mehr fahren konnte.«

»In Itzehoe?«

»Jo.«

»Adresse?«

»Keine Ahnung, aber ich finde dahin.«

Eine gemeinsame Fahrt nach Itzehoe mochte Marie nicht in Erwägung ziehen. »Haben Sie Internet?«

»Klar.«

Keine fünf Minuten später hatte Dirk Bruns das Haus des Jägers bei Google Earth ausfindig gemacht.

»Herr Bruns, das haben Sie richtig gut gemacht. Vielen Dank. Und lassen Sie sich nichts erzählen. Irgendwann finden Sie die Richtige.«

Bruns strahlte, Marie ging. Im EMO rief sie Holm an. Der Jäger hieß Reimer Biesenkämper, war sechsundfünfzig Jahre alt, geschieden, von Beruf Kiesgrubenbesitzer und wegen mehrerer Körperverletzungen vorbestraft.

»Da fahren Sie jedenfalls nicht allein hin«, entschied Holm streng.

»Aber wäre es nicht schlauer, den Ball flach zu halten, ohne großes Besteck, und über einen Vorwand mit Biesenkämper ins Gespräch zu kommen?«

»Sie mit Ihrem Knie?«

»Polizeiarbeit ist Kopfarbeit.«

Holm atmete. »Immer das Gleiche mit Ihnen. Reimer Biesenkämper ist vorbestraft. Wir haben Fingerspuren, sogar DNA. In einem Fall war er der Vergewaltigung beschuldigt worden. Wir haben ja die KTU an Jansens Spind. Wir warten ab, was die Kollegen finden, und entscheiden dann, wie wir vorgehen.«

»Sie sind der Chef.«

»Wo Sie recht haben.« Holm klang nicht süffisant oder ironisch. Er wirkte so erschöpft wie beim letzten Gespräch.

Marie wechselte das Thema. »Gibt es Hinweise auf den Aufenthaltsort unserer Wikingerfrauen?«

»Nichts. Nur die Sichtung des Rudergängers. Die können sonst wo sein. Ich tippe aber, dass sie irgendwo noch in der Förde an Land gegangen sind. Wo sollen die denn hin in einem offenen Boot?«

»Aber da hätte doch jemand das Boot finden müssen.«

Holm reagierte nicht.

»Das Boot verschwindet doch nicht einfach so. Es sei denn, sie hätten es versenkt.«

»Ja, kann sein.« Holm wirkte abgelenkt. »Emmas Mutter hat sich übrigens über Sie beschwert.«

»Weil ich im Haus war?«

»Genau. Ich habe sie beschwichtigt und an ihr Mutterherz appelliert. Zudem haben wir einen gemeinsamen Bekanntenkreis. Theaterleute. Sie wird stillhalten. Aber sie weiß offenbar wirklich nicht, was ihre Tochter so treibt. Keine Hilfe, die Dame. Wer neben Judith Jansen zu Emmas Freunden gehört, konnte sie nicht sagen.«

»Ich war ja erst gestern bei den Brinkers. Wann haben Sie denn mit ihr gesprochen?«

»Keine zehn Minuten ist das her. Sie hat mich angerufen. Ich hätte Sie informiert, Frau Geisler, keine Sorge. So, ich muss in eine Besprechung. Ach, das hätte ich beinahe vergessen. Wegen unseres Patrioten. Holger Sennz kommt Donnerstagabend von einer Urlaubsreise zurück. Zwei Kollegen vom Staatsschutz stehen vor seiner Tür. Die nehmen das sehr ernst. Der Mann ist brandgefährlich.«

Marie hörte, dass angeklopft wurde, jemand versuchte, sie zu erreichen.

»Weiß ich Bescheid. Danke. Ich wünsche einen fröhlichen Nachmittag.« Sie hatte das so gemeint, aber kaum dass es raus war, klang es so beiläufig, fast schon geschäftsmäßig.

Holm hatte aufgelegt. Marie ärgerte sich. Sie nahm den weiteren Anruf entgegen.

»Hier ist Elmar. Moin. Das Blut auf dem Amulett ist das Blut von Emma Brinker. Alle Spuren am Amulett sind also ausschließlich von ihr.«

»Moin. Weiß Holm Bescheid?«

»Ich wollte zuerst dich anrufen, sehe ihn aber gleich. Eine Besprechung mit den großen Chefs. Ich bin da als Personalrat. Fehlende Stellen, Überstunden. Kennst das ja.«

»Du bist Personalrat? Das wusste ich ja gar nicht.«

»Bist ja nie da.« Elmar klang jetzt konspirativ. »Wenn du mal ein Alkoholproblem hast, kannst du dich immer vertrauensvoll an mich wenden.«

»Ich habe keine Probleme. Ich habe ja dich. Ach, was mir eben einfällt. Sei doch so gut und schick mir mal was zu Reimer Biesenkämper. Der ist im System. Danke.«

Marie stand noch immer in der Ostlandstraße vor Bruns' Wohnung, schaute sich um. Arabisch aussehende Frauen mit Kinderwagen, arabisch aussehende junge Männer in aufgemotzten Autos. Laute Musik. Plötzlich fühlte sich Marie unwohl. Fremd. Ein Gefühl, das sie sofort beiseiteschob, runterschluckte. Sennz, dieser elende Nazi, streckte seine schmierigen Finger nach jungen Frauen aus, um sie zu rekrutieren, und sie entwickelte fremdenfeindliche Gefühle. So weit kam's noch.

Sie startete EMOs Motor und wartete darauf, dass die gelbe Warnlampe aufleuchtete. Tat sie nicht. Einige hundert Meter weiter parkte Marie vor einem der beiden großen Discounter. Nach dem Mittagessen hatte sie beim Blick in den Kühlschrank Einkaufsbedarf festgestellt. Eigentlich wäre Andreas dran gewesen, aber nun war sie schon mal hier.

Die Filiale war umgebaut worden. Alles wirkte irgendwie größer. Marie irrte durch die Gänge, fand nicht, wonach sie suchte, war genervt. Im Wagen ein bisschen Obst und Gemüse, Milch, Käse. Sie konnte sich nicht konzentrieren. Zu Hause würde sie eine anständige Einkaufsliste schreiben. Die Schlange an der Kasse war lang. Das Stehen tat weh.

Kurz bevor sie in den Bereich der Artikel kam, die man beim Warten sinnloserweise in den Wagen lud, drehte sich der alte Mann vor ihr um. Er stützte sich auf einen Rollator.

»Na, dann gehn Sie mal vor«, sagte er und schaute auf Maries Orthese. »Ihre Rentenbeiträge brauche ich noch.«

»Nein, Quatsch. Das ist sehr freundlich. Aber es geht schon. Wirklich.«

Der alte Mann zuckte mit den Schultern und legte eine Flasche Schnaps, eine Dose Würstchen und eine Tube Senf auf das Transportband der Kasse.

Auf dem Parkplatz sah Marie, wie der Mann, auf seinem Rollator sitzend, die Flasche öffnete. Er war vielleicht nicht viel älter als ihr Vater. Wann genau wollte der eigentlich kommen? Sonntag oder doch schon Sonnabend?

Im EMO zückte Marie ihr Nokia 6310i. Sie war entschlossen, sich möglichst lange gegen ein Smartphone zu wehren. Zwei verpasste Anrufe von Andreas und eine Nachricht auf der Mobilbox.

»Moin, Wickie, hoffe du hast einen schönen Tag. Wollte nur sagen, dass es heute Abend spät wird. Sitzung der Bürgerinitiative. Solltest du schon schlafen, wenn ich komme – träum von mir. Kuss.«

Er klang wie immer. Und doch fragte sich Marie, ob die Bürgerinitiative heute Abend wirklich tagte. Sie rief ihren Vater an.

»Rudolf Geisler.«

»Hallo, Papa.«

»Marie, mein Töchterlein, wie schön, dass du mich anrufst.«

Ein warmes Gefühl der Liebe überschwemmte Marie. Sie heulte los. Hielt das Mikrofon des Handys zu, zog schniefend die Nase hoch.

»Marie, was ist los?«

Natürlich konnte sie ihrem Vater nichts vormachen. Sie erzählte von ihrer Beobachtung, der Eifersucht, die ihr fremd war, dem Misstrauen, das sie nicht haben wollte.

»Du willst meine Meinung?«

»Ich will, dass alles wieder gut ist.«

»Wer daran zweifelt, dass der Stürmer den Ball annehmen kann, spielt keinen guten Pass. Den Zweifel räumt man aber nur aus, indem man den Pass spielt. Also: Frag ihn!«

»Er wird gekränkt sein.«

»Er ist schlau, und er liebt dich. Ich traue Menschen alles zu. Aber Andreas traue ich nicht zu, dass er dich belügt.«

»Nicht?«

»Nein.«

Marie fing wieder an zu heulen. »Wann kommst du?«

»Voraussichtlich Sonnabend. Ich fahre aber nach Maasholm.«

»Du bist mit Rita und Uwe verabredet?«

»Ja, du hast die besten Schwiegereltern erwischt, die du erwischen konntest. Wenn es euch recht ist, komme ich zum Kaffee, oder ihr kommt nach Maasholm.«

»Ich bespreche das mit Andreas und Karl. Gut, dass ich dich habe.«

»Tschüs, mein Töchterlein. Wir sehen uns Sonnabend.«

Marie startete den Motor. Die gelbe Warnlampe meldete sich wieder. Marie legte eine neue CD ein. Joseph Haydn, Streichquartett Nr. 2 C-Dur. Sie schaltete die Zündung wieder ab, schloss die Augen und lauschte. Und dachte an ihren Vater, an ihre Mutter, die sie vermisste. Sie musste bald an die Ruhr, auf den Friedhof, an ihr Grab, ihr nahe sein.

Tränen liefen ihr übers Gesicht. Sie ließ es geschehen, hörte, beruhigte ihren Atem. Dann fuhr sie nach Hause, räumte die Einkäufe an ihre Plätze in Küche und Speisekammer. Eine Speisekammer zu haben erschien Marie schon beinahe dekadent. Aber sie liebte die Kammer, in der immer ein Schinken hing und duftete, sodass Marie bei jedem Öffnen der Tür der Speichel in den Mund floss.

Im Bad sah sie, was die Tränen mit der Wimperntusche angerichtet hatten. Sie restaurierte sich, wie sie es nannte, und schlenderte zu Merle, um Karl einzusammeln. Mit Merles Eltern verband sie eine lose Freundschaft. Sie ging durch den Garten. Mittlerweile gab es rund um die Häuser auf der Freiheit viel Grün, und es wirkte nicht mehr so kahl wie noch im letzten Jahr.

Die Bebauung des ehemaligen Bundeswehrgeländes war in Schleswig nicht nur auf Gegenliebe gestoßen. Marie fand, dass sich die Freiheit gut entwickelte. Kinder wie Merle würden sich nicht an die Kaserne erinnern und die Freiheit als ihre Heimat empfinden. Die Lage gleich an der Schlei war toll.

Merle und Karl lagen nebeneinander in einer Hängematte. Merles Mutter Julia telefonierte gestenreich. Sie war, wie man sich eine leidenschaftliche Südamerikanerin vorstellte. Als sie Marie sah, öffnete sie ihre großen dunklen Augen noch ein bisschen weiter und winkte sie heran. Marie setzte sich ihr gegenüber und lauschte der Melodie der Sprache. Julia hatte ihr einmal erklärt, dass sie Río-de-la-Plata-Dialekt sprach. Tatsächlich klang Julias Spanisch viel harmonischer und weicher als das Spanisch, das Marie von ihren wenigen Besuchen an der Costa Brava noch im Ohr hatte.

Julia war Immobilienmaklerin. Nachdem sie ihr Telefonat beendet hatte, sprach sie Marie gleich auf die Graffiti an.

»Das spricht sich rum. Der Ruf der Stadt leidet. Da müsst ihr was machen.«

»Machen? Och, wir finden das eigentlich ganz schön. Ein bisschen wie die Murales, die Wandmalereien auf Sardinien. Die locken die Touristen regelrecht an.«

Julia brauchte einen Moment, um zu verstehen, dass Marie das ironisch meinte. Dann winkte sie ab. »Egal. Trinken wir ein Glas Wein?«

Marie schaute auf die Uhr. »Warum nicht. Die Kinder haben morgen erst um neun, oder?«

Julia nickte, stand auf und verschwand im Haus.

Es war dunkel, als Marie und Karl sich verabschiedeten. Karl war müde und schlief ein, kaum dass er sich ins Bett gelegt hatte. Marie setzte sich auf den Balkon, schlug das Schleibook auf und stieß auf Eles Postkarte. Wieder dieser Stich in der Herzgegend. Für eine Frau hatte Marie noch nie so empfunden. So zärtlich. Ruckartig stand sie auf und duschte. Pubertierende Jungs schickte man ja auch kalt duschen.

Als sie sich trocken gerubbelt und an den Schreibtisch gesetzt hatte, sah sie die E-Mail vom Staatsschutz. Im Anhang Dutzende Veröffentlichungen, in denen sich Holger Sennz zu den Themen innere Sicherheit, Heimat und Identität geäußert hatte. Die häufigsten Stichwörter suchten die Kollegen stets raus und listeten sie auf. Marie seufzte. Rechtes Gedankengut vor dem Zubettgehen. Ihr blieb aber auch nichts erspart.

Sie las und wunderte sich nicht. Die Strategie des Rattenfängers glich der von Nationalisten in ganz Europa. Er betonte die regionale Kultur, hier insbesondere die der Wikinger. Das fand Marie ziemlich lächerlich, weil es wenige gesicherte Erkenntnisse gab, sie fand es aber auch clever, weil die Wikinger so beliebt waren. Der zweite, sich ständig wiederholende Strang der immer gleichen Argumente bezog sich auf das Land Schleswig-Holstein als Heimat im physischen Sinne. Anleihen bei der Blut-und-Boden-Ideologie der Nationalsozialisten waren deutlich erkennbar, wenngleich es Sennz weniger um die Landwirtschaft als um angestammtes Land am Wasser ging, wie er es nannte. Er bezog sich auf konkrete Orte, in denen tatsächlich Investoren von jenseits der Landesgrenzen Immobilien und Grundstücke in besten Lagen gekauft hatten.

In einer der letzten Veröffentlichungen tauchte plötzlich der Name einer neuen Partei auf. Sennz nannte sie IfN – Initiative für

Norddeutschland. Marie ging ins Bett, schlief ein und träumte schlecht.

✳✳✳

Die Rückkehr ins Lager hatten sie gefeiert. Emma war nach reichlich Alkohol zur Hochform aufgelaufen. »Thor war mit uns. Er hat uns die Kraft gegeben, und er wird uns auch die Kraft geben, wenn wir zurückkehren. Wir werden Midgard verteidigen und die Eindringlinge aus Utgard vertreiben. Wir werden stark sein, und wir werden mehr. Wir haben Verbündete und lassen uns Schleswig-Holstein nicht wegnehmen. Der Norden gehört den Wikingern. Der Norden gehört uns.«

Alle waren johlend um Emma herumgetanzt. Auch Judith. Sie war froh, dass Emma wieder die Richtung vorgab. Sie würden also zurück nach Schleswig gehen. Judith war erleichtert. Sie freute sich auf ihre Mutter und auf ihren Vater, und auf ihr Zimmer freute sie sich auch. Noch war die Sonne nicht aufgegangen. Es war kalt, und Judith brummte der Schädel. Sie vertrug einfach keinen Alkohol.

## Solo

Von einem alten Mann hatte Marie geträumt. Er trug ein Wikingerwams, trank aus einer Schnapsflasche und starrte sie an. Er saß an Sachses Schreibtisch. Als sie hochschrak, lag Andreas neben ihr. Er schnarchte. Andreas schnarchte nie. Vielleicht hatte er getrunken.

Von links nach rechts wälzte Marie sich, immer mit der Orthese hadernd. Sie schlief nicht mehr ein. Schlimmer noch, sie war hellwach und hatte eine Idee. Leise stand sie auf. Mit Slip, T-Shirt und Jeans unterm Arm schlich sie nach unten, wusch sich im Gäste-WC, schrieb einen Zettel für Andreas und nahm einen Apfel aus dem Weidenkorb, den Rita und Uwe ihnen zu Karls Geburt geschenkt hatten. Es war kurz nach vier Uhr, als sie vorsichtig die Haustür hinter sich zuzog.

Sie überquerte zwanzig Minuten später den Nord-Ostsee-Kanal, sah, wie die Sonne das weite Land in ein Strahlen hüllte, das ihr majestätisch erschien, unschuldig und rein. Marie stoppte auf dem Parkplatz hinter der Rader Hochbrücke, lehnte sich mit dem Rücken an EMOs Fahrertür und schloss die Augen. Sie sollte öfter am frühen Morgen unter dem offenen Himmel sein.

Ein Lkw fuhr vorüber und hupte. Der Fahrer winkte ihr zu. Marie stieg wieder ein und setzte die Fahrt fort. Vorbei an Jevenstedt und Hohenwestedt, grobe Richtung Hohenlockstedt. An Schleswig-Holstein mochte sie sogar die Ortsnamen. Rechts lag der Flugplatz Hungriger Wolf, und das passte. Das Jagdfieber hatte Marie gepackt. Reimer Biesenkämper war ein Schmuggler. Was Marie ekelte, war, dass Biesenkämper sich skrupellos am knapper werdenden Gut bereicherte. Nashörner starben aus. Das Pulver aus ihrem Horn war wohl auch deshalb so wertvoll. Biesenkämper war gewalttätig, und man hatte wegen Vergewaltigung gegen ihn ermittelt. Allerdings ergebnislos. Marie hatte so ein Gefühl. »Ich komm und hol dich, Jäger«, sagte sie und überholte einen Schlepper. Bauern hatten ja auch immer zu tun.

Marie wusste, sie musste ganz durch Itzehoe durch, in den

Südosten der Stadt. Biesenkämper wohnte nahe der Stör am Breitenburger Wald. Hier kannte Marie sich aus. Sie hatte gleich um die Ecke ein Praktikum bei der Polizeiinspektion Itzehoe gemacht. Es war noch nicht halb sechs. Eine gute Zeit, um Menschen auf den Zahn zu fühlen.

Marie fuhr durch den Wald. Dunkel war es hier. Die Sonne hatte es noch nicht über die Amönenhöhe geschafft. Sie fuhr ein paar Meter in einen unbefestigten Weg und stellte das EMO ab. Biesenkämpers Haus war eher ein Anwesen, zu dem eine leicht ansteigende Stichstraße führte, die sie in Angriff nahm. Am schmiedeeisernen Tor angekommen, hielt sich Marie seitlich im Sichtschutz einiger Büsche, massierte das leicht geschwollene Knie. Nicht auszuschließen, dass sie noch mal zum Punktieren musste.

Unten an der Landstraße näherte sich aus der Stadt kommend ein Fahrzeug. Marie hörte das markante Geräusch eines Dieselmotors, schaute über die Schulter und sah den Lichtkegel der Scheinwerfer durch den Wald huschen. Das Motorengeräusch veränderte sich, jemand schaltete runter. Ein Lkw, ein kleinerer Lkw, der nun abbog und die Stichstraße hinauffuhr. Kurz stand Marie im Licht der Scheinwerfer, drückte sich rasch hinter einen Baum, dann fuhr der weiße Siebeneinhalbtonner auch schon an ihr vorbei.

Auf dem Gelände bellte ein Hund. Marie nutzte die Geräuschkulisse und ging, so schnell es ihr möglich war, durch den Torbogen, über den Kies nach links hinüber zu einer offenen Remise. Zwischen einem Oldtimerbus und einer Kutsche blieb sie stehen. Armut herrschte hier nicht. Beide Fahrzeuge waren blitzblank und augenscheinlich perfekt restauriert worden.

Der Fahrer des Lastwagens war inzwischen ausgestiegen. Die Tür des Haupthauses öffnete sich, und ein Mann stieg die Treppe zur Vorfahrt hinunter. Ob es Reimer Biesenkämper war, konnte Marie nicht sehen. Das Licht war noch fahl, und sie war zu weit weg. Zu dumm, dass das Fernglas im Handschuhfach lag. Sie hörte Wortfetzen, glaubte, »Halle« und »Fähre« verstanden zu haben. Der Lkw-Fahrer stieg wieder ein, startete den Motor und fuhr um das Haupthaus herum, verschwand aus Maries Blickfeld. Der Mann, der die Treppe hinuntergekommen war, folgte dem Lastwagen, der eine kleine Staubwolke hinter sich herzog. Marie verließ ihr Versteck, blieb auf der linken Seite, beobachtete das Haupthaus. Wer an einem Fenster stand oder vor die Tür trat, würde sie sofort sehen.

Sie erreichte die Schmalseite des Hauses. Hier gab es einen Zwinger. Ein großer Hund mit kurzem hellbraunen Fell hatte sie entdeckt und wedelte mit dem Schwanz. Marie trat an den Zaun, hielt dem Hund ihre Hand hin. Freunde. Dann ging sie vorsichtig weiter bis zur Hausecke. Der Lastwagen hatte gewendet und stand mit dem Heck vor einer niedrigen, schlichten Lagerhalle, die architektonisch nicht zum Gebäudeensemble passte. Aus der Halle war ein Rücken, Schaben und Poltern zu hören.

Jetzt trennten Marie nur noch wenige Meter von der Front des Lastwagens. Ein niederländisches Kennzeichen. Was in der Halle geschah, konnte sie von hier aus nicht sehen. Die Geräusche, so glaubte sie, kamen aus dem hinteren Teil der Halle. Sie machte einen Schritt nach rechts und sah die Männer in etwa dreißig Metern Entfernung vor einer Gitterbox stehen. Weitere Schritte nach rechts, und Marie war nicht mehr im Blickfeld. Sie erreichte die hellgraue Fassade. Neben dem Rolltor gab es eine Eingangstür und ein Fenster. Sie griff nach der Klinke. Die Tür öffnete sich.

Marie trat ins Dunkel eines Raumes, der nach Zigarillo roch. Auch zur Halle gab es ein Fenster. Der Lkw-Fahrer bestieg gerade einen Gabelstapler.

Im hellen Licht der Hallenbeleuchtung erkannte Marie den Jäger. Auf den Fotos, die Elmar ihr geschickt hatte, trug Reimer Biesenkämper die Haare lang, jetzt waren sie bis auf wenige Millimeter gestutzt. Dennoch war er kaum zu verwechseln. Selbst auf die Entfernung sah Marie die typische Boxernase, die schmalen Augen. Biesenkämper dirigierte den Gabelstapler zu einem der großen Drahtkörbe, deren Inhalt Marie nicht sehen konnte. Sie rieb sich die Nase. Plötzlich kam sie sich blöd vor. Was genau wollte sie hier eigentlich, welche Handhabe hatte sie? Beobachten, dachte sie, beobachten schadete nie.

Zwei Gitterboxen verlud der Lastwagenfahrer. Mittlerweile

hatte Biesenkämper mehrere Kartons aus einem Regal zum Lkw getragen. Die Männer lachten, sprachen miteinander. Nur verstehen konnte Marie sie nicht. Der Fahrer griff nun in seine Jacke und holte einen Umschlag heraus. Biesenkämper nahm ihn entgegen.

Marie verließ den Raum, betrat die Halle und ging zügig auf die Männer zu, zückte im Gehen ihren Dienstausweis.

»Geisler, Landeskriminalamt. Guten Morgen.«

Kaum hatte sie sich zu erkennen gegeben, drehte sich Biesenkämper um und rannte zu einer Tür an der Rückseite der Halle. Einen Moment war Marie unschlüssig, dann folgte sie ihm. Als sie die Tür erreichte, sah sie Biesenkämper in Richtung einer Garage laufen. Rennen konnte Marie nicht. Der Abstand zwischen ihr und Biesenkämper vergrößerte sich. Dann hörte sie, wie ein Motor ansprang. Ein Garagentor öffnete sich, Biesenkämper auf einem grünen Quad.

»Halt, stehen bleiben, Polizei«, hörte Marie sich rufen. Dann fuhr das Quad an ihr vorbei, über den befestigten Parkplatz auf einen Schotterweg. Schließlich verschwand es am hinteren Ende des Grundstückes im Wald. Hinter sich hörte Marie den Dieselmotor des Lastwagens. Das Geräusch entfernte sich. Jetzt sah Marie den weißen Lkw kurz neben dem Haupthaus auftauchen, dann verschwand auch er. Marie drehte sich in Richtung Wald, dann wieder zur Halle. Beide Männer waren weg.

»Meine Güte, Marie«, brüllte sie. »Wie blöd kann man eigentlich sein?« Sie griff in ihre Jackentasche, fasste an die Hosentasche. Nichts. Ihr Handy lag zu Hause in Schleswig neben ihrem Bett. Fluchend hinkte sie zurück zur Halle. Einer der Kartons stand noch dort, wo Biesenkämper ihn abgestellt hatte. Die anderen hatte der Fahrer offenbar eingeladen, bevor sie die Männer aufgescheucht hatte.

Marie zog Handschuhe an und öffnete den Karton. Unbeschriftete Beutel mit Pulver. Sie hatte keine Ahnung, worum es sich handelte. Sie ging hinüber zum Regal, in dem weitere Kartons standen. Im ersten stieß sie auf Armreifen, die aus Horn hergestellt sein konnten, vielleicht aus Knochen. Im zweiten Karton lag in einer durchsichtigen Plastiktüte etwas Graues, Zylinderförmiges, vielleicht einen halben Meter lang. Ein Horn, ein Stoßzahn. Das hier war etwas für den Zoll. Sie musste nach Itzehoe zur Polizeiinspektion. Wenige Minuten nur mit dem Auto. Aber bis zum Auto brauchte sie zu Fuß auch fünf Minuten.

Sie wandte sich dem Ausgang zu. Was, wenn Biesenkämper in der Zwischenzeit zurückkäme und mit den Kartons verschwände? Sie hatte keine Fotos, keine Zeugen, sie hatte nichts. Man würde sie auslachen. Sie musste Beweismittel mitnehmen. Zumindest eine der Tüten. Hätte sie wenigstens ihr Tablet, das eigentlich immer in EMOs kleinem Safe lag. Aber auch das lag in Schleswig. Zum Laden an der Steckdose. Dieser idiotische übereilte Aufbruch. Es half nichts. Sie würde sich zum Gespött der gesamten Polizei machen, aber sie musste jetzt zur Inspektion.

Zwei Stunden später parkten Streifenwagen, zwei Fahrzeuge vom Zoll und ein Transporter der KTU vor Biesenkämpers Halle. Etwas abseits standen Marie und Holm. Er hatte sie nicht angebrüllt. Er war blass, er war wütend, er sprach leise.

»Wir bleiben bei der Wahrheit. Beinahe bei der Wahrheit. Wir werden intern sagen, dass wir gestern gemeinsam entschieden haben, dass Sie Biesenkämper einen unangemeldeten Besuch abstatten. Dass sich die Lage hier entwickelt hat, wie sie sich entwickelt hat, ist dem Zufall geschuldet. Öffentlich stellen wir zunächst keinen Zusammenhang mit dem Mord an Rüdiger Jansen her. Der Zoll soll das hier als seinen Erfolg verkaufen. Sollten wir Biesenkämper erwischen und sollte er der sein, nach dem wir suchen, wird es eine Sprachregelung geben. Sie werden sich zum Fall nicht äußern. Mit keinem Wort.«

Marie nickte.

»Gut, dass Sie so zerknirscht sind«, sagte Holm, zog sein Smartphone aus der Tasche und drehte sich um. »Ich werde Herrn Sachse damit beauftragen, eine Durchsuchung bei den Brinkers zu leiten.« Ohne eine Antwort abzuwarten, ging er in die Halle.

Marie fühlte sich degradiert. Auf dem Weg zum EMO traf sie auf einen Beamten vom Zoll. »Was ist das eigentlich für ein Zeug in den Beuteln?«, fragte sie.

»Rhino-Horn. Auf dem Schwarzmarkt ist Rhino-Horn teurer als Kokain. Für Koks gibt's ungefähr siebzigtausend Euro je Kilo, für Nashornpulver locker neunzigtausend.«

»Neunzigtausend Euro, und was macht man damit«?

»Dran glauben. In Asien ist die Nachfrage riesig. Rhino-Horn soll sogar gegen Krebs helfen. Ist aber wohl alles Unsinn.« Der Mann hob die Hand. »Ich muss weiter.«

*\*\**

»Und Frau Geisler weiß Bescheid?«

»Ich habe sie informiert. Die hat genug zu tun, glauben Sie mir.«

»Ja dann. Sie können sich auf mich verlassen. Kein Problem. Ich fahre gleich rüber. Danke, Ihnen auch. Tschüs.«

Sachse legte den Hörer auf die Basisstation, lehnte sich zurück und verschränkte die Arme über dem Bauch.

Oberwachtmeisterin Friese betrat die Busdorfer Wache, schaute Sachse an und legte den Kopf schräg. »Also?« Sie setzte sich auf Sachses Schreibtisch und fixierte ihren Kollegen. »Wer war das? Du leuchtest ja förmlich.«

Sachse lächelte.

»Gregor, spuck's aus. Eine Frau, oder was?«

»Ein Mann.«

»Jemand will dein lächerliches Cabrio kaufen.«

»Das ist ein Fiat Barchetta. Eine Designikone.«

»Ist dir drei Nummern zu klein.«

Sachse schwieg.

»Na komm, sprich mit mir. Ich bewerbe mich auch nicht weg.«

»Das war Kriminalrat Dr. Holm. Er hat mich persönlich mit Ermittlungen betraut.«

Oberwachtmeisterin Friese schlug Sachse auf die Schulter. »Geil. Das gönn ich dir.« Damit stand sie auf und verschwand in der Miniküche. »Da mach ich dir zur Feier des Tages mal einen feinen Cappuccino.«

Sachse fand Frau Friese ein bisschen doof. Aber sie war verlässlich und hatte das Herz am richtigen Fleck. Er hoffte, dass sie bis zur Pensionierung an seiner Seite bleiben würde.

Der Cappuccino war ein Genuss, die Makrönchen dazu verkniff sich Sachse. Frau Friese produzierte Makrönchen nicht nur in der Adventszeit, sie produzierte sie rund ums Jahr. War ja auch schnell gemacht und schmeckte zum Niederknien. Aber Sachse hatte sich geschworen, seinen BMI bis zum nächsten Sommer in den Normbereich zu zwingen. Gleiches galt für den Bauchumfang. Und mit dem Verzicht auf Frieses Makrönchen wollte er anfangen.

Oberwachtmeisterin Friese schaute ihn von der Seite an. Sachse war bisher einer ihrer besten Kunden gewesen. Er reagierte nicht. Sie machte ein paarmal »Mhm« und sagte: »Ach, die sind aber auch wieder saftig heute.«

Sachse blätterte in der Akte Graffiti und ließ sich nichts anmerken.

»Doch 'ne Frau, oder?«

»Du erfährst es als Erste«, versprach er, griff nach Smartphone und Dienstmütze, zwinkerte Friese zu und ging.

Im Streifenwagen wählte er Marie Geislers Nummer. Sie ging nicht ran. Er sprach auf die Mobilbox, berichtete, dass Holm ihn angerufen hätte. Er stotterte, machte eine Pause. »Frau Geisler, ich bin ganz hin- und hergerissen. Ich freue mich über Dr. Holms Vertrauen. Ich falle Ihnen nicht in den Rücken, oder?« Er legte auf und fuhr los.

Emmas Mutter öffnete auf sein erstes Klingeln. Sie telefonierte, sprach Englisch. Sachse geduldete sich.

»*See you in Cape Town, love.*« So beendete Frau Brinker das Gespräch und musterte Sachse nun abschätzig.

»Guten Morgen, Frau Brinker, mein Name ist Sachse.« Er öffnete seine Mappe. »Das hier ist ein Durchsuchungsbeschluss. Möchten Sie, dass ich ihn vorlese?« Sachse schaute freundlich.

Frau Brinker antwortete nicht. Sie nahm ihr Telefon wieder hoch und drückte auf eine Taste. »Brinker. Dr. Mansfeld bitte. Es eilt.«

Sachse betrachtete die Blumen im Vorgarten, entdeckte

Schmetterlinge und Bienen. Eine wahre Pracht, die man in Städten sah, auf dem Land immer seltener.

»Und du meinst, da kann man nichts ... Kann man nicht. Nun. Danke. Ich melde mich wieder.«

Frau Brinker trat einen Schritt zur Seite.

»Danke, Frau Brinker. Gleich kommen noch Kollegen dazu, Sie öffnen dann bitte, ja. Bevor ich mir Emmas Zimmer ansehe, eine Frage. Haben Sie inzwischen Kenntnis, wo sie sich aufhält?«

Frau Brinker schüttelte den Kopf.

»Wir ermitteln wegen eines Tötungsdeliktes, und es gibt Hinweise darauf, dass Ihre Tochter beteiligt sein könnte.«

Frau Brinker wechselte die Gesichtsfarbe, ging einige Schritte rückwärts, stützte sich am Handlauf der Treppe ab und setzte sich auf eine der Stufen.

»Geht's? Soll ich Ihnen einen Arzt rufen?«

Erneut schüttelte Frau Brinker den Kopf.

»Ein Glas Wasser?«

Sie nickte. Sachse ging an ihr vorbei in die Küche. Es duftete nach Rosmarin. Mit einem Glas kam er zurück, reichte es ihr.

»Dass Ihre Tochter beschuldigt wird, bedeutet noch nicht, dass sie schuldig ist. Dennoch: Sobald Sie wissen, wo Sie sich aufhält, informieren Sie uns. Umgehend.« Er legte seine Visitenkarte auf eine Kommode neben dem Treppenaufgang. »Geht's wieder?«

Frau Brinker brummte, blieb aber sitzen.

»Das Zimmer Ihrer Tochter?« Er deutete nach oben.

Wieder brummte sie. Ihre Stimme klang jetzt tiefer, rauer als während des Telefonats.

Sachse setzte einen Fuß auf die Stufe, auf der Frau Brinker saß. Sie wendete sich ab.

Emmas Zimmer konnte er nicht verfehlen. Thors Hammer an der Klinke wies den Weg. Sachse ging systematisch vor, ließ sich weder vom Titel des Buches ablenken, das er auf dem Nachttisch sah, noch von der Spitzenunterwäsche, die unter der Bettdecke hervorblitzte. Er war wild entschlossen, nichts zu übersehen. Er arbeitete sich von links oben nach rechts unten durch. Dass die Kollegen auf sich warten ließen, war ihm sehr recht. Routine hatte er in solchen Dingen nämlich nicht.

In einer Schublade des Kleiderschrankes stieß er auf Sport-schuhe von Hummel. Er drehte sie um. Die Sohle sah der Sohle ähnlich, die er auf Fotos der KTU gesehen hatte. Jemand mit Schuhen wie diesen war in Kitzeberg gewesen. Die Dinge pass-ten zueinander, aber mehr als ein Indiz war das nicht. In der Kommode neben dem Fenster wurde er fündig. Unter dem Bo-den der obersten Schublade war ein Schlüssel festgeklebt. Sachse kniete vor der Kommode, drehte sich dann aber auf den Rücken.

Wie ein Käfer, dachte er, einer dieser blauen Käfer, die es frü-her im Garten seiner Eltern gegeben hatte. Und dann dachte er, dass er einen Garten pachten könnte. Er war kürzlich bei einem Bekannten gewesen, der sein halbes Leben in einem Schreber-garten in Eckernförde verbrachte. Das hatte ihm gut gefallen. Gemüse würde er anbauen und einen Pfirsichbaum pflanzen. Ob der wohl hier im Norden gedieh? Lesen könnte er dort in aller Ruhe. Sachse fühlte, wie sich eine wohlige Erregung in seinem Körper ausbreitete. Ein Garten. Eine Perspektive auch für die Zeit nach dem Arbeitsleben.

Er fotografierte den Schlüssel. Jemand, vermutlich Emma, hatte ihn des Öfteren abgenommen und wieder an den Boden geklebt. Das Gewebeband klebte nur noch mit halber Kraft. Als er wieder hochkam, sah er sein Gesicht im Spiegel. Es war knallrot. Bluthochdruck. Immerhin war der Schlüssel wie ein guter Bekannter. Er hatte auch mal einen solchen Schlüssel im Portemonnaie gehabt. Es war der Schlüssel zu einem Spind.

Sachse ballte die Faust und zischte ein leises »Yes« durch die Zähne.

∗∗∗

Marie war auf dem Rückweg. Sie hörte keine Musik. Sie verzog keine Miene, als sie ein Auto waghalsig überholte. Alles fühlte sich stumpf an. Kleine Fehler waren ihr im Dienst ab und an unterlau-fen. Aber heute, heute hatte sie einen ziemlichen Bock geschossen. Holm hatte deutlich signalisiert, sie solle warten, sie solle nicht allein zu Biesenkämper fahren. Was hatte sie nur geritten?

»Zweifel sind aber auch Mist«, erinnerte sie sich an die Worte ihres Vaters. Aber Zweifel waren es, die sie seit Tagen umtrieben. Die Sache mit Andreas, ihre irritierenden Gefühle, wenn sie an Ele dachte, der Umstand, dass sie den alten Fall, diese elende Einbruchsserie, nicht hatte aufklären können. Und mit dem Mord an Rüdiger Jansen kam sie auch nicht richtig weiter.

Trüb waren die Gedanken, als sie ein Hinweisschild passierte. Auf dem las sie:»Biesenkämper Kies- und Baustoff GmbH«. Sie bremste und bog ab. »Marie, lass es«, sagte eine Stimme. Es war ihre eigene Stimme.

Die Zufahrt war mit Schlaglöchern übersät, sie musste Schritttempo fahren. Zweige kratzten über EMOs Lack. Marie verzog das Gesicht. Endlich kam in Sicht, was nach einem Betriebsgelände aussah. Mehrere Container, ein flacher Zweckbau. Dächer und Fassaden mit einer beigen Schicht aus Staub überzogen. Vor einem der Container standen ein Lkw mit Hänger, ein riesiger Schaufelradbagger und drei Männer. Einer von ihnen war Reimer Biesenkämper. Marie fasste sich unter die linke Achsel. Ihre Dienstpistole war, wo sie sein sollte.

⁕⁕⁕

Der Schlüssel gehörte zu einem Spind des Fitnessstudios in der Nähe des dänischen Kindergartens. Sachse war ein paarmal dort gewesen, hatte den Vertrag aber wieder gekündigt, weil er dort auf Kunden gestoßen war.

Er suchte Emmas Zimmer weiter ab, allerdings ohne weitere Funde zu machen. Inzwischen waren Kollegen eingetroffen, die sich besser auf dieses Geschäft verstanden. Er ging hinunter ins Erdgeschoss und rief nach Emmas Mutter.

Sie machte sich mit einem schwachen »Hier« aus der Küche bemerkbar. Dort lehnte sie in der Tür zum Garten und blies Zigarettenrauch nach draußen.

»Frau Brinker, ich gehe jetzt. Bitte denken Sie daran, uns sofort anzurufen, wenn sich Emma bei Ihnen meldet oder gar hierherkommt. Es wäre nicht zu Emmas Vorteil, versuchten Sie, Ihre Tochter zu verstecken. Zu Ihrem übrigens auch nicht. Moin, Moin.«

Frau Brinker wandte sich Sachse zu. »Danke, dass Sie mir vorhin geholfen haben. Ich kann mir vieles vorstellen. Wir haben einige Jahre in Südafrika gelebt. Mein damaliger Mann war dort als Ingenieur beschäftigt. Wir haben viel Gewalt erlebt. Wirklich große Not, schlimmen Hass. Und Emma hat noch keinen Plan. Okay, Archäologie. Aber das ist doch brotlose Kunst. Sie ist impulsiv. Das ist wahr.« Frau Brinker machte eine fahrige Bewegung mit beiden Armen. »Zu einem Mord ist sie aber nicht fähig. Niemals. Glauben Sie mir.« Sie schloss die Augen, und mit gesenkter Stimme fügte sie »Bitte« hinzu.

»Das hat bisher auch niemand behauptet, Frau Brinker. Wir ermitteln. Das bedeutet, dass wir belastendes und entlastendes Material zusammentragen. Es ist nicht unser Ziel, Ihrer Tochter zu schaden. Es ist unser Ziel, den Menschen zu finden, der einem anderen das Leben genommen hat.«

Frau Brinker drückte die Zigarette aus, kam zu Sachse herüber und reichte ihm die Hand. »Danke, Herr …?«

»Sachse.«

»Danke, Herr Sachse. Ganz gleich, was kommt. Ich werde zu Emma stehen und ihr helfen, so gut ich nur kann.«

Sachse brummte und ging. Vorbei an wertvollem Interieur, an Kleidung, der man ansah, dass sie nicht von der Stange kam, einem Autoschlüssel, der vermutlich zu dem englischen Sportwagen gehörte, der vor der Tür parkte. Frau Brinker hatte es zu Wohlstand gebracht, wodurch auch immer. Zur Mutter im sozialen Sinne des Wortes wurde sie vielleicht erst in diesen Stunden.

Zum Fitnessstudio war es ein Katzensprung. Sachse ging gleich am Empfang vorbei. Dort saß niemand. Im Umkleideraum auch keine Menschenseele. Es roch nach Kokos. Sehr süß, sehr künstlich. Der Duft von Rosmarin, vorhin in der Küche, war deutlich angenehmer gewesen. Was sprühten sich die Menschen nur ständig mit diesem synthetischen Zeug ein.

Er suchte den Schrank mit der Nummer siebenundzwanzig, zog Handschuhe an, steckte den Schlüssel ins Schloss, drehte ihn nach links und zog am Griff. Nichts. Die Tür klemmte. Er zog fester, der Griff löste sich. So würde das nichts werden. Er brauchte Werkzeug.

Die Frau, die nach lautem Rufen zur Rezeption gekommen war, erinnerte sich an ihn. »Uniform steht dir aber voll gut«, sagte sie. Man duzte sich, hier im »Fit Twentyfourseven«. Der Name, Etikettenschwindel. Um einundzwanzig Uhr machten sie den Laden dicht und öffneten erst wieder um neun. Alles wurde immerzu aufgepumpt. Muskeln, Namen, Versprechungen. Sachse fand das überflüssig.

Mit einem Schraubenzieher stand er nun wieder vor dem Spind, führte ihn oben rechts zwischen Tür und Rahmen in einen schmalen Spalt, schlug zweimal mit dem Handballen auf den Griff, nutzte den Hebel, und schon sprang die Tür auf. Vorn, quer zum Schrank, ein langes schwarzes T-Shirt auf einem Bügel. Er nahm es heraus, schaute und staunte nicht schlecht. »Hab ich dich.«

Auf dem Boden und auf den beiden Regalbrettern reihte sich Spraydose an Spraydose. Säuberlich nach Farben sortiert, von links nach rechts, von Hell nach Dunkel. Und das Beste: Innen an der Spindtür hingen Schablonen. Verschiedene Buchstaben und, zu Sachses besonderer Freude, eine Schablone für Thors Hammer.

Nachdem er den Spind sorgfältig durchsucht hatte, korrigierte sich Sachse. Es gab darin noch etwas Besseres. Er hatte eine Notebooktasche aus Neopren gefunden, darin Bargeld. Sachse hatte es nicht angefasst. Im Landeskriminalamt verfügte man über eines der modernsten daktyloskopischen Labore in Deutschland. Die auf die Sicherung und Analyse von Fingerspuren spezialisierten Kollegen würden froh sein, wenn die Spuren möglichst im Originalzustand bei ihnen auf den Tisch kamen, zumal die Sicherung von Fingerabdrücken auf den seit einigen Jahren lackierten Geldscheinen keineswegs trivial war. Wie viel Geld in der Tasche war, konnte Sachse nicht schätzen.

Er telefonierte mit Holm. Die Kollegen der KTU konnten von Brinkers aus gleich ein Häuschen weiterziehen.

## Zu viel gewollt

Auf dem Betriebsgelände nahe Itzehoe stieg Marie aus. Biesenkämper nahm den Kopf hoch. Seine Augen konnte Marie nicht sehen. Sie war noch zu weit weg. Anders als bei ihrer Begegnung am früheren Morgen machte er nun keine Anstalten zu fliehen. Marie behielt eine Hand an der Waffe. Sie war auf Rufnähe herangekommen.

»Polizei, Herr Biesenkämper, nehmen Sie die Hände hinter den Kopf. Ich nehme Sie jetzt fest.«

Biesenkämper lachte laut. Marie nahm die Pistole aus dem Holster. »Hände hinter den Kopf.«

Jetzt tat Biesenkämper, was Marie gesagt hatte. »Guck dir das Flintenweib an, Günther. Demnächst schicken sie Einbeinige. Armes Deutschland.«

Marie war bis auf wenige Schritte herangekommen. Sie schaute den Mann im blauen Overall an. »Sie! Gehen Sie weg. Zur Seite. Da rüber, neben den Bagger.«

Der Mann reagierte sofort. Marie zog die Handschellen hervor, steckte die Pistole weg. »Hände auf den Rücken, Herr Biesenkämper.«

»Was in Herrgotts Namen wollen Sie von mir?«

Marie antwortete nicht, schob Biesenkämper vor sich her in Richtung des Flachbaus. Sie öffnete die Tür. »Rein da.«

»Da brauche ich Ihre Einladung nicht. Mir gehört das hier alles.«

Auf einem Schreibtisch stand ein Telefon. Das war, worauf Marie gehofft hatte. »Setzen.« Sie deutete auf einen der beiden Besucherstühle in der hinteren Ecke des Raumes.

»Wer sind Sie eigentlich?«, fragte Biesenkämper.

Marie rief Holm an. »Ich habe Reimer Biesenkämper gerade vorläufig festgenommen.« Sie erklärte, wo sie war.

Zehn Minuten später traf ein Streifenwagen ein und brachte Biesenkämper zur Polizeiinspektion Itzehoe. Marie stand noch vor dem Büroschuppen und blickte auf die Kraterlandschaft, die der Kiesabbau hinterlassen hatte. Wenn sie in sich hineinsah, erschien ein ähnliches Bild.

Holm hatte gesagt: »Sie haben frei, Frau Geisler. Ich melde mich.« Dann hatte er aufgelegt.

An den Rückweg konnte sich Marie nur in Ausschnitten erinnern. In Rendsburg war sie über eine rote Ampel gefahren und in Schleswig eine Straße zu früh abgebogen. Jetzt saß sie im Strandkorb auf dem Balkon. Ihr Lieblingsplatz. Das Haus war leer. Auf dem Küchentisch hatte ein Zettel gelegen. Zwei Herzen. »Deine Herzbuhben wünschen einen schönen Tag.« Unterschrieben hatten Andreas und Karl.

Karl hatte sich seit Kurzem in den Buchstaben »H« verguckt. Er dehnte, wo es nichts zu dehnen gab. Ob sie mal mit ihm üben sollte? Ob sie einen Termin mit Karls Klassenlehrerin machen sollte? In drei Tagen käme ihr Vater. Sie könnte einen gedeckten Apfelkuchen backen. Er liebte gedeckten Apfelkuchen. Gedankenkarussell. Holm hatte recht. Sie brauchte mal eine Pause. Und sie hatte keine Lust mehr auf diese elende Orthese. Das Knie tat weh und war dick. Das war doch alles Mist. Sie kippte den Rest Kaffee übers Geländer.

Marie dachte an die Villa in Kitzeberg. Dort kippte sicher niemand Getränke in die Rabatten. Die Besitzer der Villa hatten mitgeteilt, wichtige Termine verhinderten ihre zeitnahe Rückkehr. Was immer das heißen sollte. Im Moment hatten sie keinen Zugriff. Marie machte sich rasch eine Notiz im Schleibook. Nicht dass ihr das durchging.

In der Praxis von Mc Sondermann sprang der Anrufbeantworter an. Der Orthopäde bot mittwochnachmittags keine Sprechstunde an. Marie warf das Mobilteil des Telefons auf die Récamiere. Es rutschte über den Rand, fiel zu Boden, der Deckel des Batteriefaches sprang auf und schlitterte unter das Sideboard. Marie presste die Lippen aufeinander. Jetzt bloß kein Ausbruch. Yoga. Oder Tai-Chi. Sie musste was für sich tun. Marie stieg die Treppe hoch, legte sich aufs Bett und griff nach ihrem Handy. Sachse hatte angerufen. Sie hatte keine Energie, würde sich später darum kümmern. Sie wählte Sondermanns

Handynummer. Er ging ran, im Hintergrund lief Schlagermusik.

»Moin. Hier ist Marie. Das Scheiß-Knie tut weh, die Scheiß-Orthese nervt. Mach was.«

»Gib mir eine Stunde. Dann treffen wir uns in der Praxis.«

»Ja, bis gleich.« Marie beendete das Gespräch, warf das Handy auf Andreas' Bettseite. Es sprang zweimal wieder hoch, bevor es auf dem Kopfkissen des Mannes landete, mit dem sie seit einer gefühlten Ewigkeit nicht mehr richtig gesprochen hatte.

»Hör auf zu jammern, hör auf, dich zu bemitleiden, und hör endlich mit diesen Selbstgesprächen auf.« Marie rappelte sich hoch. Sie hatte am Morgen nicht geduscht. Bestimmt war sie deswegen so schlecht drauf.

*\*\*\**

Sachse fühlte sich, als hätte er einen ganzen Eimer von Kollegin Frieses extrastark gebrühtem Cappuccino getrunken. Er hatte Dr. Holm angerufen und gefragt, ob er mal nach Kiel kommen könne, ob er mal dabei sein könne, wenn die Kriminaltechniker Spraydosen und Geldscheine untersuchten. »Klar, Sie sind Mitglied des Teams«, hatte Dr. Holm geantwortet. Morgen führe er ins LKA.

Er bremste an der Fußgängerampel. Menschen eilten die Schleswiger Fußgängerzone rauf und runter. Kleine, große, junge und alte Menschen, viele Menschen. Die Stadt brummte, und Sachse dachte.

Emma ist keine Einzelgängerin, dachte er. In Kitzeberg war sie in einer Gruppe unterwegs gewesen. Immer vorausgesetzt, dass das Amulett mehr als ein Indiz war und Emma tatsächlich in der Villa gewesen war. Aber daran bestand allenfalls ein professioneller Zweifel. Wer waren die Gestalten, die sie begleitet hatten? Hatte sich schon jemand dafür interessiert?

Sachse dachte nicht aktiv, nicht angestrengt, er ließ den Gedanken freien Lauf. Er fühlte sich frei, wie er sich lange nicht gefühlt hatte.

Die Ampel sprang auf Grün, er fuhr an, bog ab in die Königstraße und hielt schräg gegenüber der Domschule wieder an. Er wählte Marie Geislers Nummer. Wieder nur die Mobilbox. »Hm, hilft ja nix«, brummte er vor sich hin und rief in Kiel an. Er erfuhr, dass der Kollege Klaus Martens damit beauftragt worden war, die Gestalten auf dem Video zu identifizieren, aber erkrankt war. Niemand hatte in den vergangenen vier, eigentlich fünf Tagen nachgeforscht, wer Emmas Begleiterinnen waren.

Nach einem erneuten Gespräch mit Dr. Holm war Sachse nun mit dieser Aufgabe betraut. Immerhin hatte Martens noch herausgefunden, dass keine der aktuellen Vermisstenmeldungen passte. Er würde Emmas Umfeld ausleuchten wie das Flutlicht den Platz des frisch gebackenen Zweitligisten Holstein Kiel.

Sachse startete den Motor und fuhr zur Wache nach Busdorf. Er erklärte Kollegin Friese die Situation und erwartete ein langes Gesicht. Schließlich blieb die übrige Arbeit an ihr hängen. Doch sie kam um den Schreibtisch herum und breitete die Arme aus.

»Komm, ausnahmsweise, sieht ja keiner.« Und dann drückte sie ihn an ihre Brust. »Eines Tages wirst du noch Polizeipräsident. Ich bin richtig stolz auf dich.«

»Kannst ja mitmachen«, sagte Sachse und löste sich von Friese. »Ob wir die Verkehrskontrolle nun diesen oder nächsten Mittwoch machen. Na?«

Friese strahlte und setzte sich sofort wieder an ihren Schreibtisch. Sie knöpfte die Manschetten des Hemdes auf und schob die Ärmel hoch. »Emma Brinkers Umfeld. Das kriegen wir schon.«

*∗*

»Adolf Sondermann, der schönste Orthopäde zwischen Schaalby und Lürschau. Stets zu deinen Diensten«, flötete Mc Sondermann, als Marie dessen Praxis betrat.

Sie überlegte kurz. »Du bist der *einzige* Orthopäde zwischen Lürschau und Schaalby, kann das sein?«

Sondermann grinste und nickte. »Und der schönste. Die Kollegin in der Stadt ist *die* schönste. Aber ich habe mehr Privatpatienten. Na, dann komm mal mit, mein Täubchen.«

»Hast du getrunken?«, fragte Marie.

»Nein, es ist deine bloße Anwesenheit, die mich in Hochstimmung versetzt.«

»Du flirtest nicht ernsthaft mit mir, Sondermann? Dann gehe ich wieder.«

»Ich übe nur ein bisschen. Habe mich in einem dieser Partnerportale angemeldet. Ich habe die Schnauze vom Alleinsein gründlich voll. Wenn ich nicht aufpasse, sind eines Tages Zigarren und Whisky meine besten Freunde.«

Marie knuffte ihn in die Seite. »Ich habe einen Segelschein gemacht, und Andreas hat mir ein Folkeboot geschenkt. Du hast doch früher auch gesegelt. Komm doch in den Verein. Nette Leute da.«

Sondermann setzte sich auf den schwarzen Hocker und schürzte die Lippen. »Keine so schlechte Idee, Marie, keine so schlechte Idee. So, jetzt mach dich mal nackig.«

»Sondermann, lass das. So kriegst du mit Sicherheit keine ab.« Marie nahm die Orthese ab und legte sich auf die Liege. Sondermann rollte heran.

»Beine wie deine sieht man selten.«

»Sondermann!«

»Ich meine, bei einer Frau. Solche strammen Fußballerbeine.«

»Das macht es auch nicht besser. Dann lieber Komplimente.«

Der Orthopäde beugte Maries Bein, tastete, fragte, ob dies oder jenes wehtäte, rollte wieder ein Stück zurück und gab ein Brummgeräusch von sich. »Ist Wasser drin«, fasste er das Ergebnis seiner Untersuchung zusammen.

»Punktieren?«, wollte Marie wissen.

Er nickte. »Wollen wir?«

Jetzt brummte Marie.

Sondermann zog Handschuhe an.

»Das ist ein bisschen so, wie wenn ich einen Tatort betrete.« Marie kicherte. Das war wirklich nicht ihre erste Punktion. Aber ein bisschen Angst hatte sie doch.

Er rasierte die feinen Härchen, wischte nach, sprühte ihr Knie großzügig mit einer antiseptischen Flüssigkeit ein, deckte das Knie mit einem Lochtuch ab. Marie wusste, dass das so hieß, weil sie mit Andreas mal Fingerpuppen aus alten Lochtüchern gebastelt hatte.

»Ich punktiere heute seitlich, von unterhalb der Kniescheibe. Da komme ich besser an die Flüssigkeit ran.«

»Ohne Ultraschall?«, fragte Marie.

»Ich weiß ja, wo ich hinwill.« Sondermann riss eine Blisterpackung auf, in der eine Hohlnadel steckte.

»Ohne lokale Anästhesie?«, fragte Marie.

»Ja sicher. Ohne ist ja doch immer irgendwie intensiver.«

»Sondermann!«

Zwanzig Minuten später standen Marie und Mc Sondermann vor dem Stand der »Burgermeisterin« am Capitolmarkt. Wikinger-Burger für Sondermann und Schlei-Burger für Marie.

»Du bist eingeladen.« Sondermann strahlte und biss mit Appetit in den Burger, den eine der Katrins ihm gereicht hatte.

Der Burger hatte mit Fast Food so viel zu tun wie FIFA-Zocken mit einem Derby gegen die friesische Gurkentruppe von der Westküste. Marie vermisste Fußball. Sie vermisste das Training, ihre Mitspielerinnen, die Punktspiele, den Gestank in der Umkleide, einfach alles.

»Marie, du kleckerst.«

»Ich wasch das ja auch wieder.« Sie wischte sich die Soße mit einer Serviette aus dem Mundwinkel. »Wann kann ich eigentlich wieder kicken?«, fragte sie.

»Sobald das Knie abgeschwollen ist, du schmerzfrei bist, den Muskel wieder ein bisschen aufgebaut hast.«

»Katrin, ich nehme eine Cola. Ist ja eh egal, ob ich fett werde.«

Die Cola kam und mit ihr eine Neuigkeit. »Wenn du jetzt hinfällig wirst«, Katrin deutete auf Maries Orthese, »bist du im Hafen besser aufgehoben. Wir machen da einen Laden auf. Mit Stühlen.«

Marie zerknüllte die Serviette und warf damit nach Katrin, die den Papierball lässig aus der Luft fischte.

# Zweifel

»Emma, ich hasse dich«, brüllte Judith und lief weinend weg.
Emma lachte. »Du Weichei«, rief sie ihr hinterher. »Stell dich
der Wahrheit. Je eher, desto besser.«

Judith hörte nicht mehr, welche Gemeinheiten Emma noch
auf Lager hatte. Sie umrundete den verwitterten Holzschuppen,
in dem sie Wasser holten, und setzte sich in dessen Schatten ins
Gras. Plötzlich war es still. Der Wind, der noch am Morgen
gierig an der Plastikplane gezerrt hatte, unter der sie die Nächte
verbrachte, war eingeschlafen. Neben ihr landete brummend eine
Biene auf einer Blüte. Judith wusste nicht, wie die Blume hieß,
sie kannte sich nicht mit Bienen aus und auch nicht mit Honig.
Vielleicht hatte Emma doch recht.

Judith träumte von einer Zukunft, in der sie ein Café an der
Schlei eröffnen würde, und hatte das auch erzählt. Emma hatte
sie das große Einmaleins abgefragt und gelacht. »Da brauchst du
aber eine Aushilfe für die Kasse.« Das mit der Schule war nicht
so gut gelaufen, die Lehre zur Bäckerin hatte sie abgebrochen.
Sie war mit den nächtlichen Arbeitszeiten nicht klargekommen.
Und jetzt diese Maßnahmen vom Amt.

Die anderen waren so assi, fand Judith. Emma hatte es gut.
Ihre Mutter hatte Geld, ein Haus, einfach alles. Judith schluckte.
Ihr Vater hatte gesagt, sie könnten sich vielleicht auch bald ein
Haus kaufen. Nicht in Schleswig, aber vielleicht ein bisschen
außerhalb. Und dann würde sie eigene Torten kreieren und zuerst einen kleinen Stand haben und die Torten an Touristen verkaufen. Und sparen würde sie. Das war doch ein guter Plan.

Als sie Emma davon erzählt hatte, war die richtig wütend
geworden. »An Touristen willst du dein Zeug verhökern. So, so,
also immer mehr Fremde in unseren schönen Norden locken.
Die legen sich an unseren Strand, kaufen die schönsten Häuser,
und wir bedienen sie wie Lakaien. Herzlichen Glückwunsch,
Judith. Hast du denn wirklich nichts von dem verstanden, was
ich dir erklärt habe? Hast du mal reingeguckt in das Buch? Du

kannst doch lesen, oder?« Da war Judith aufgestanden und weggelaufen.

Klar konnte sie lesen. Und blöd war sie auch nicht. Sie hatte mit Sigrid gesprochen. Die war Sozialarbeiterin im Jugendtreff. Und Sigrid hatte gesagt, das wären braune Ideen in Emmas Buch. Dann waren sie in die KZ-Gedenkstätte in Schwesing gefahren. Da hatten ganz viele Menschen aus Holland und Russland elend gelitten. Die sollten den Friesenwall bauen, wegen der Gegner im Krieg. Das hatte Hitler so gewollt. Judith hatte sich alles angehört und angeguckt. In Schwesing waren fast dreihundert Menschen gestorben, viele eben aus Holland. Judith fand Holland total gut. Emma hatte sie nichts davon erzählt. Sie sagte immer, die arroganten Bonzen aus Hamburg würden ihnen alles wegnehmen. Das ganze schöne Land. Und darum hatten sie angefangen, denen was wegzunehmen. Das war nur gerecht, hatte Emma gesagt, und irgendwie stimmte das ja auch.

Judith hatte Hunger. Die Müsliriegel waren alle. Bestimmt mussten sie bald wieder los und Nachschub besorgen.

***

»Listen sind die Basis. Ohne Listen würde hier alles zusammenbrechen.« Oberwachtmeisterin Friese hatte recherchiert. Im Internet, in Telefonbüchern, am Telefon. »So, Herr Kriminaldirektor«, sagte sie, »guck dir das mal an. Das sind alle Einrichtungen, in denen Jugendliche in Schleswig zugange sind. Jugendtreffs, Kirchenchöre, Fußballclubs. Wenn wir Emmas Umfeld feinmaschig durchpflügen wollen, haben wir Monate zu tun.«

Sachse drehte sich zu Kollegin Friese um. »Wir teilen das unter uns auf und fangen mit dem Naheliegenden an. Schule und Fitnessclub. Du den Fitnessclub und ich die Schule.«

»Warum muss ich in den Fitnessclub? Ich hasse Leute mit Bauchmuskeln.«

»Weil die mich da kennen.«

***

Punkt sechzehn Uhr. Erleichtert setzte sich Marie. Der Stuhl hinten links war der Stuhl ihrer Wahl, und heute hatte sie mal wieder Glück. Im Restaurant des Eckernförder Segelclubs war es noch ruhig, und ihr Platz auf der Terrasse war frei. Hier ging niemand an ihr vorbei, sie hatte freien Blick auf die Eckernförder Bucht, auf den Hafen, die Silhouette der Stadt. Sie war Mc Sondermann dankbar. Nach der Punktion war der Druck im Knie gewichen. Ihr war, als könne sie freier atmen.

»Hast dich reingeschlichen. Knie kaputt?«, vermutete Heike, die hier die Chefin war.

»Auf dem Wege der Besserung.« Marie grinste.

»Wünsche?«

»Weltfrieden, Apfelkuchen mit Sahne und einen schwarzen Tee deiner Wahl.«

Heike wurde ernst. »Du erlebst das auch so? Das mit dem Frieden. Ich hab noch so im Ohr, dass deutsche Politiker sagten, nie wieder Krieg, und es tat gut, das zu hören. Und zu glauben. Ich dachte, die Menschheit würde sich weiterentwickeln.«

Marie legte ihr Bein auf den gegenüberliegenden Stuhl. »Meine Eltern haben mir immer erzählt, dass sie 1981 bei der großen Friedensdemo im Bonner Hofgarten dabei waren. Gegen den NATO-Doppelbeschluss. Da waren dreihunderttausend Menschen. Und jetzt beleidigen sich Präsidenten und drohen einander mit vollständiger Vernichtung. Gruselig.«

»Okay, vielleicht sollten wir uns hier zunächst auf einen Terrassenfrieden einigen. Jeder vor seiner Haustür. Kuchen und Tee kommen gleich.« Heike verschwand Richtung Tresen, Marie setzte die Sonnenbrille auf. Schwestern im Geiste, dachte sie. Es ist gut, nicht allein zu sein. Und wir sind die Mehrheit, dachte sie auch.

Auf dem Wasser war gut was los. Segler, Surfer, ein Fischkutter, nah an der Hafenspitze zwei rote Kajaks. Am Wasser zu leben war ein Privileg. Eine Möwe zog ihre Kreise, näherte sich und ließ sich nur drei oder vier Armlängen von ihr entfernt auf dem Geländer nieder. Sie sah Marie an, als ahne sie, dass etwas für sie abfallen könnte. Sie sollte sich nicht irren.

Marie genoss die sommerliche Luft, den köstlichen Apfelkuchen und den Tee, den Heike fachkundig ausgesucht hatte. Dass sie sich ausgeklinkt und Zeit für sich genommen hatte, war eine Weile her. Man musste es wohl einfach tun. Sie musste auch Andreas einfach mal fragen, was da los gewesen war auf der Holzbrücke. Aber ständig verpassten sie sich. Ob sie kurz in der Praxis ihr Glück versuchen sollte? Eigentlich war das gegen die Absprache, Privates und Arbeit möglichst zu trennen. Sie war unschlüssig. Hatte sie an Spontanität verloren in der letzten Zeit? Zu viele Fragen für den Moment. Ihr Handy klingelte.

»Holm, ich möchte, dass Sie bei Biesenkämpers Vernehmung morgen anwesend sind. Nicht direkt beteiligt, sondern als Zuhörerin. Neun Uhr.«

»Danke.«

Erneut das Gefühl von Erleichterung. Holm war verärgert. Aber er bootete sie nicht aus. Marie nahm das Bein vom Stuhl, ging langsam zur Theke und zahlte. Die Treppe war nach wie vor ein Problem, aber das Knie schmerzte weniger als vor Sondermanns Intervention mit der Hohlnadel.

Marie dachte an Reimer Biesenkämper. Ihr kam er skrupellos und berechnend vor. Dirk Bruns, der Arbeitskollege von Rüdiger Jansen, hatte wohl recht, als er geäußert hatte, der Jäger habe kein Problem mit dem Töten. Aus Erfahrung wusste Marie, dass zum Töten mehr gehörte als Motiv und Gelegenheit. Insbesondere bei Mord brauchte es auch die Fähigkeit, sich über das Tabu hinwegzusetzen. Was Biesenkämper anging, zweifelte Marie nicht an dessen Eignung.

Dass Jansen in der Kitzeberger Villa umgebracht worden war, sprach allerdings gegen Biesenkämper. Warum hätte er das Risiko der Entdeckung eingehen sollen? Das Verbrechen war nicht von langer Hand vorbereitet worden. Niemand wusste, dass Jansen an diesem Tag dort sein würde. Und hätte Biesenkämper Jansen zufällig dort getroffen, hätte er sich auch im Streit nicht hinreißen lassen, hätte auf eine günstigere Gelegenheit gewartet.

Wenn der Mord doch auf einem Plan beruhte – Jansens Gruppenleiter hätte über die nötigen Kenntnisse verfügt. Aber der hatte kein Motiv. Wahrscheinlicher erschien Marie, dass sie es mit Totschlag zu tun hatten. Jansen war im Affekt erschlagen worden. Vielleicht sogar in Notwehr. Aber der Täter war geflohen. Eventuell ein Argument gegen die Notwehrthese. Es sei denn, es wäre darum gegangen, eine andere Straftat zu vertuschen.

Sie mussten diese Wikingertruppe finden. Emma, Judith und … ja, wer eigentlich noch? Warum gab es hinsichtlich der anderen Frauen noch keine Hinweise?

Marie wählte die Nummer von Klaus Martens. Ein erfahrener Kollege, der vom Schreibtisch aus ermittelte, was viele andere auch vor Ort nicht herausfanden. Marie erfuhr, dass Klaus krank geworden war. Niemand hatte sich um die anderen Frauen gekümmert. Marie dachte an Sachse und rief ihn an. Er war sofort am Apparat. Marie verstand ihn nicht gut.

»Wo sind Sie?«

»In einer Turnhalle«, antwortete Sachse.

Marie schilderte ihr Anliegen. Sachse sagte nichts.

»Hallo, hören Sie mich noch?«

»Ja, Frau Geisler. Ich höre Sie noch. Ich habe mehrfach versucht, Sie anzurufen.«

»Meine Schuld, ich habe mein Handy heute Morgen vergessen.«

»Es ist nämlich so.« Sachse druckste rum, erzählte stockend, wie er recherchiert hatte, von seinen Telefonaten mit Dr. Holm. »Das hört sich jetzt so an, als hätte ich hinter Ihrem Rücken –«

»Ach, Quatsch«, stoppte Marie ihn sofort. »Es ist alles noch viel schlimmer, Herr Sachse. Also für mich. Ich habe heute echt Mist gebaut. Mein Chef war nicht erfreut. Zu Recht nicht erfreut. Dass er Sie beauftragt hat, ist ganz in meinem Sinne, ganz im Sinne der Ermittlungen. Machen Sie mal. Vielleicht sehen wir uns ja morgen in Kiel. Das wäre doch schön.«

Sachses Antwort ging im Gejohle junger Stimmen unter.

»Herr Sachse, ich höre Sie schlecht. Viel Erfolg.«

Auf dem Parkplatz hinter Andreas' Praxis am Eckernförder Mühlenberg herrschte Rushhour. Zahnarzt Max fuhr vom Hof und winkte Marie zu, Patienten mit Autos, eine Arzthelferin, die mit dem Fahrrad kam. Marie drehte eine Runde und suchte gegenüber dem Friedhof einen Parkplatz.

Ob wir mal hier landen, fragte sie sich. Oder in Maasholm? Oder doch im Ruhrgebiet neben ihrer Mutter? Sie wusste, dass ihre Eltern darüber gesprochen hatten, auch mit Freunden. Sie hatte das Thema stets vom Tisch gewischt. »Ihr sterbt doch nicht«, hatte sie behauptet, hatte sie sich gewünscht. Das stärkste Heimatgefühl hatte sie in Schleswig, aber dort lebte niemand von ihrer Verwandtschaft.

»He, pass doch auf«, brüllte ein Radfahrer und fuhr einen wilden Schlenker um sie herum. Marie war auf die Straße getreten, den Radfahrer hatte sie nicht wahrgenommen. Sie rief ihm eine Entschuldigung hinterher, er hob den Arm. Manchmal war es ganz leicht, eine unangenehme Situation zu drehen. Marie hatte die Erfahrung gemacht, dass sich kaum etwas besser anfühlte als eine Aussöhnung.

Sie stieg, beinahe schmerzfrei, die Stufen zum Eingang hinauf, durchquerte das helle Treppenhaus, und noch bevor sie die Praxisräume betrat, vernahm sie das summende Geräusch, das Menschen erzeugen, wenn sie sich leise unterhalten. Tatsächlich war das Wartezimmer voll, vor der Theke standen drei Patienten, im Gang saßen Menschen mit gesenkten Köpfen vor den Sprech- und Behandlungszimmern. Das sah nicht so aus, als könne sie ein paar Sätze mit ihrem Mann wechseln. Sie wandte sich zum Gehen, als sich die Tür der Teeküche öffnete. Sabine, dicht gefolgt von Andreas, vertieft in ein Gespräch mit ihm. Andreas ging an Marie vorüber, ohne sie zu sehen. Marie spürte, wie ihr Tränen in die Augen schossen.

Rasch verließ sie die Praxis. In einer Art Hüpferlauf überquerte sie die Straße. Ich laufe weg, ging es ihr durch den Kopf. Ich laufe weg, vor meinem Mann. Ich laufe weg, vor der Angst. Und als sie sich auf den Fahrersitz setzte, völlig außer Atem, da dachte sie, hoffentlich läuft er mir hinterher. Und dann dachte sie, was, wenn ich nicht stehen bleibe?

\*\*\*

Emmas Sportlehrerin beendete die Fußball-AG und setzte sich neben Sachse auf die Bank. »So, jetzt habe ich ein paar Minuten.

Vorausgesetzt, die nehmen die Umkleide nicht auseinander.« Sie deutete mit dem Daumen über ihre Schulter nach hinten. »Was kann ich tun? Unsere Sekretärin hat nur gesagt, die Polizei wolle mich sprechen. Dabei habe ich gar kein Auto.« Sie lachte.

»Ich heiße Gregor Sachse und komme wegen Emma Brinker.«

»Emma, die ist ja fertig mit der Schule. Seit dem letzten oder, nein, dem vorletzten Jahr. Sie war der Star der Fußball-AG. Gutes Körpergefühl und zielstrebig. Also zielstrebig im Sinne von handlungsschnell. Was ist denn mit ihr? Nichts Schlimmes, hoffe ich.«

»Ich würde gern wissen, mit wem sie hier an der Schule befreundet war.«

»Warum wollen Sie das wissen?«

»Emma Brinker spielt eine noch ungeklärte Rolle in einem Fall, den wir gerade bearbeiten. Mehr möchte ich dazu nicht sagen.«

»Eine ungeklärte Rolle, hm. Sie wissen also nicht, ob sie als Täterin, Mittäterin oder Zeugin in Frage kommt.«

»So kann man es sagen.«

»Sie werden nicht konkreter?«

»Nein.«

»Muss ich Auskunft geben?«

»Was, glauben Sie, ist die Aufgabe der Polizei in unserem Gemeinwesen?«

Eine, wenn auch kurze, Pause entstand.

»Ich stamme aus einem Land, in dem die Polizei oft auf der anderen Seite stand. Tut mir leid. Also. Emma war nicht nur Star der Fußball-AG. Sie war auch Schülersprecherin. Alle, oder sagen wir, beinahe alle wollten mit ihr befreundet sein. Allerdings kann ich ein Mädchen hervorheben. Inga Sennz. Die beiden hingen immer zusammen, auch in ihrer Freizeit. Beste Freundinnen. Vertraute.«

»Sennz mit Doppel-n?«

»Genau. Und ja, sie ist mit dem Sennz verwandt. Dem Aktivisten der rechten Szene in Norddeutschland. Ihr Vater ist dessen Bruder.«

»Sie kennen Hintergründe?«

»Wer kennt sie nicht? Wenn Sie mich fragen, ist Holger Sennz ein Nazi reinsten Wassers. Aber von Inga habe ich nie rechtsnationales Zeug gehört. Ich unterrichte nicht nur Sport, sondern auch Politik. Mir wäre aufgefallen, hätte Inga die Thesen ihres Onkels vertreten.«

Sachse wechselte die Position.

»Der Rücken?«

Sachse bejahte.

»Bauchmuskeltraining.«

»Das hat mir eine Frau in ihrem Alter schon mal gesagt.« Sachse lachte. »Bleiben wir bei Inga. Wie würden Sie deren politische Überzeugung denn einschätzen?«

»Sie hat sich stets neutral geäußert, keine Inhalte vertreten, hat Politik eher nüchtern betrachtet. Auf der funktionalen Ebene. Mich hat das einerseits befremdet, andererseits war ich froh, dass in meinem Unterricht keine Naziparolen die Runde machten.«

»Können Sie mir sagen, wo Inga wohnt?«

»Wo sie wohnte. Ob sie noch zu Hause lebt, weiß ich nicht. Der Gutshof, wenn Sie aus Moldenit rausfahren.«

»Kenn ich. Danke. Weitere Kontakte, die Sie erwähnenswert finden?«

»Nö. Wie gesagt, Emma war sehr beliebt. Aber sie hielt sich Schüler und Lehrer eigentlich vom Hals. Richtig eng war sie nur mit Inga.«

∗∗∗

Die Brücke in Lindaunis war geöffnet. Wie ein Riese mit Armen aus Stahl und einem Bauch aus Asphalt ragte sie in den blauen Himmel. Dem Neubau sah Marie mit gemischten Gefühlen entgegen. Ihr hatte die bald hundert Jahre alte Konstruktion immer gut gefallen, und gewartet hatte sie hier auch gern. Wegen der kleinen Pause und wegen der Postkartenansichten.

Einige Schiffe passierten auf der Schlei Richtung Ostsee. Marie hatte den Motor abgestellt. Keine Musik. In ihr tobte es, trotz der Schlei-Idylle. In ihr tobten Jansens Witwe, Biesenkämper,

Emma, Holm, Andreas. Sie nahm sich vor, Regeln aufzustellen, wer wann und warum ein solches Theater in ihr veranstalten durfte. Sie hatte Feierabend und schmiss alle außer Andreas raus, und den setzte sie auf die Rückbank. »Du bist dran, wenn ich wieder zu Hause bin.«

Sie schaute auf die Uhr. Karl hatte sie versprochen, ihn in Maasholm bei den Großeltern abzuholen und pünktlich beim Training in Schuby abzusetzen. Würde sie locker schaffen. Die Brücke senkte sich, Marie startete den Motor, die gelbe Warnlampe gab ein Lebenszeichen von sich. Gleich in Maasholm würde sie ihren Schwiegervater danach fragen.

Marie fuhr untenrum, durch den Hafen. Häfen lagen im Ranking ihrer Lieblingsorte knapp vor dem Strandkorb auf dem heimischen Balkon. Sie hielt kurz an, schaute auf das bunte Treiben und ermahnte sich, mit den Gedanken und Gefühlen hier im Hafen zu bleiben. Als ihr das auch nach einigen tiefen Atemzügen nicht gelang, fuhr sie weiter und parkte direkt vor Ritas und Uwes Haus. Eine Traumlage mit freiem Blick auf die Schlei. Ihre Schwiegereltern und Karl waren nicht zu sehen. Marie ging durch den Garten ins Haus.

»Moin, ich bin's. Jemand zu Hause?« Keine Antwort. Dann hörte sie Stimmen aus der Küche, näherte sich, und schnell war klar, dass die drei Skat spielten. Karl hatte bei einem Besuch im Ruhrgebiet einer Skatrunde beigewohnt, die sich regelmäßig in der Küche ihres Vaters traf. Da hatte er beschlossen, Skat zu lernen und seinen Opa zu überraschen.

»Na, wer gewinnt?«, fragte Marie.

»Och nee, Mama. Ich kann jetzt noch nicht. Ich habe gerade einen Grand ohne Zwei gewonnen.« Karl klang weniger stolz als ehrgeizig.

»Aber die warten mit dem Training nicht auf dich, und dann musst du in die Mannschaftskasse zahlen.« Das zog. Die drei spielten die Runde zu Ende, dann holte Karl seinen Schulkram.

»Uwe, kannst du kurz mit raus? EMO macht Zicken.«

Marie drückte ihre Schwiegermutter und folgte Karl und Uwe nach draußen. Uwe saß bereits hinterm Steuer. Marie hatte den Schlüssel stecken lassen.

»Das ist die Anzeige für die Bremsbeläge. Deine sind wohl runter.«

»Aber ich war in der Inspektion.«

»Stehen Beläge auf der Rechnung?«

»Weiß ich nicht.«

»Habt ihr keine Fahrbereitschaft beim LKA? Das kommt den Steuerzahler wahrscheinlich billiger, wenn die Polizei das selber macht.«

Marie schaute nach unten. »Ich kümmere mich doch jetzt schon so lange ums EMO. Ich bezahle das immer privat. Ist ja irgendwie auch meiner.«

»Und das können die in Kiel abrechnen? Die Buchhaltung möchte ich nicht sehen.«

Uwes Pieper meldete sich. »Okay. Wie sehen uns ja am Wochenende. Eine Alarmierung. Ich muss. Tschüs.« Er küsste Marie auf die Wange und machte sich mit schnellen Schritten auf den Weg in den Hafen. Seenotretter waren immer bereit.

»Da wäre ich gern mitgefahren. Mist.« Karl stieg zeternd ein.

Marie blieb während des Trainings ausnahmsweise dabei. Aus dem Ballnetz hatte sie sich einen Ball geholt und kickte ihn ab und an vorsichtig gegen die Wand der Umkleide. Sie würde nie verstehen, wie man an einem Ball vorbeigehen konnte, ohne mit ihm zu spielen. Der zweite Vorsitzende kam auf die Anlage, sah Marie und näherte sich mit diesem Strahlen, das ihn bei allen beliebt machte. Da konnte es auf einer Sitzung noch so zäh sein, da konnten sie zu Hause unglücklich verlieren, Herbert verlor niemals seine gute Laune und Zuversicht. Von dem kann ich noch was lernen, dachte Marie und hörte, dass sich Herbert Sorgen um den Nachwuchs machte.

»Ich habe schon überlegt, ob wir mit anderen Vereinen kooperieren. Also nicht mit Fußballvereinen, sondern zum Beispiel mit Turnvereinen oder mit den Schützen, damit wir mehr bieten können. Die Kids legen sich ungern fest, habe ich den Eindruck.«

Marie verstand, was er meinte. »Ich spreche das mal in der Jugendabteilung beim SSC an.«

»Segeln? Als ob die uns Kicker wollen.«

»Fragen kostet ja nix.«

»Wenn du meinst. Ich würde das klasse finden.«

Das Training war rum, Karl hatte geduscht und roch nach Männerparfum.

Marie rümpfte die Nase. »Womit hast du dich denn eingesprüht?«

Keine Antwort, sie schaute Karl an. Der war rot geworden.

»Sag mal, weißt du schon, ob du am Wochenende spielst?«, wechselte sie das Thema.

»Ja, logisch. Fünf Tore in sieben Spielen. Der Trainer kommt nicht an mir vorbei.«

»Und ein Assist«, ergänzte Marie.

»Und ein Assist«, bestätigte Karl. »Ich werde Profi.«

## Zwei Welten

Marie kochte Rübenmus. Das aßen Karl und Andreas beide gern. Und aufwärmen konnte man das auch. Andreas erschien nicht zum gemeinsamen Abendessen, und Marie beherrschte sich, hinter ihm herzutelefonieren. Karl war beim Essen beinahe eingeschlafen. Aber Merle war gekommen. Mädchen fand Karl altersgerecht doof. Aber Merle war seine beste Freundin. Auf sie ließ er nichts kommen und hatte immer Zeit für sie. Sie saßen im Garten und tauschten Panini-Bilder.

Marie räumte die Spülmaschine ein, als ihr Handy klingelte. Es war Andreas.

»Wickie, meine Liebste. Ich habe leider eine schlechte Nachricht. Stefan hatte einen Unfall. Ich springe für ihn ein. Nur ein oder zwei Tage. Ich fahre direkt von hier aus nach Hamburg. Er liegt im UKE. Nichts Lebensbedrohliches, aber er muss operiert werden. Komplizierter Bruch des linken Oberarmknochens. Ihm ist jemand reingefahren. Und du weißt ja, er ist allein in der Praxis. Eine Vertretung kriegt er vermutlich erst Anfang der kommenden Woche. Und bei mir ist das nicht so dramatisch, wenn ich ein paar Tage weg bin. Sabine schafft das schon. Hoffe ich jedenfalls. Sonntag bin ich spätestens zurück. Nicht böse sein, ja. Bei euch alles gut?«

Marie war erschrocken, sie war sauer, Stefan tat ihr leid.

»Wickie?«

»Ja, alles gut.«

»Super. Grüß unseren Sohn. Ich liebe dich. Tschüs.« Er legte auf.

Marie war perplex. Dass Andreas für seinen alten Kommilitonen in die Bresche sprang, war okay. Dass er ein Gespräch beendete, ohne sie zu Wort kommen zu lassen, war neu und fühlte sich nicht gut an.

\*\*\*

Sachse war auf dem Weg zu Familie Sennz. Er kaute Kaugummi. Kam sich blöd dabei vor. Seit Jahrzehnten hatte er kein Kaugummi mehr gekaut. Statt der Kekse, hatte er sich gesagt und dachte nun ununterbrochen an Kekse. Er fuhr auf den Kirchhügel in Moldenit zu. Oft war er hier gewesen, als seine Mutter noch lebte. Die Feldsteinkirche aus dem 12. Jahrhundert mit Mauern, die so dick waren wie damals sein Kinderbett lang, war wie eine Burg für ihn gewesen. Auf dem kleinen Hügel hinter den trutzigen Mauern hatten sie gesungen. Aus voller Kehle. Auch er. Heute waren die Kirchen leer. Nicht nur die Kirchen. Auch ganze Dörfer entvölkerten sich.

Sachse bog ab Richtung Schaalby und stand wenig später vor der weißen Fassade des Gutshauses. Eine Klingel gab es nicht. Sachse zog an einem Seil, das eine Glocke ins Schwingen und zum Klingen brachte. Er wartete, schaute sich um. Wind in den Blättern der Kastanien. Er griff erneut nach dem Seil, als ein Mann etwa in seinem Alter die Tür öffnete.

»Die Staatsmacht. Moin.«

Man stellte einander vor. Hineingebeten wurde Sachse nicht. Er trug sein Anliegen vor.

»Unsere Tochter studiert in Kiel. Inga meldet sich bei uns weder an noch ab. Da kommt es vor, dass wir mal eine Woche nicht voneinander hören. Mit sechzehn war sie für ein Jahr in den Staaten. Wir sind das gewöhnt.«

»Herr Sennz, wissen Sie, ob Ihre Tochter noch Kontakt zu Emma Brinker hat?«

»Gewiss. Beide verbindet das Interesse an unserer Geschichte, an der Menschheitsgeschichte im Allgemeinen, an der Entwicklung der nordischen Kultur im Besonderen. Warum fragen Sie?«

»Wir haben Anlass zu der Annahme, dass Emma Brinker uns bei der Aufklärung eines Falles helfen könnte.« Mehr sagte Sachse nicht.

Sein Gegenüber schaute ihn wartend an.

»Dass wir uns in diesem Zusammenhang für Ihre Tochter interessieren, veranlasst Sie nicht, sich nach deren Aufenthaltsort zu erkundigen?«

»Sie bleiben im Ungefähren, Herr Sachse. Ich bin Mathematiker. Sie müssten schon konkreter werden.« Sein Lächeln war schmal, wie es schmaler nicht hätte sein können.

»Wir schließen nicht aus, dass Emma Brinker und weitere Personen an einem Gewaltverbrechen beteiligt waren. Konkret genug?«

Ingas Vater griff in die Innentasche seines Sakkos, holte ein Smartphone hervor. »Ich versuche es mal.«

Sennz schaute Sachse in die Augen. Freizeichen, weitere Freizeichen, dann die Stimme einer jungen Frau: »Inga Sennz. Ich bin nicht persönlich erreichbar. Bitte hinterlassen Sie gegebenenfalls eine Nachricht nach dem Signalton.« Die Stimme klang kühl, Inga Sennz formulierte sachlich.

»Sie haben es gehört, Herr Sachse.«

Sennz steckte das Smartphone weg. »Sonst noch was?«

»Wie ist die Beziehung zwischen Ihrer Tochter und Ihrem Bruder, Holger Sennz?«

Sachse hatte sich getäuscht. Das Lächeln des Mannes fiel noch eine Spur schmaler aus.

»Gut, soweit ich weiß.«

»Sie stimmen mit den politischen Ansichten Ihres Bruders überein?«

»Sind Sie von der Gesinnungspolizei?«

»In gewissem Sinne, durchaus. Der Polizeialltag lehrt, dass Gesinnung und Verhalten zusammenhängen. Emma Brinker kennt Ihren Bruder. Sie liest Bücher, die vielleicht auch im Regal Ihres Bruders stehen. Liest Inga auch solche Sachen?«

»Solche Sachen? Worauf wollen Sie hier eigentlich hinaus? Ich habe keine Zeit für Ihre Spielchen. Wenn Sie was von meiner Tochter wollen, wenden Sie sich auch an sie. Guten Tag.« Er drehte sich um, schloss die Tür.

»Den wunden Punkt kennen wir ja nun«, sagte Sachse zu sich selbst.

Er ging zurück zum Auto, setzte sich, nahm ein frisches Kaugummi. So übel waren die gar nicht. Er hatte sich für solche mit Salmiakgeschmack entschieden. Die ausgekauten sammelte er in einer Plastiktüte, die auf dem Beifahrersitz lag. Sachse telefonierte, notierte Inga Sennz' Adresse in Kiel und verließ den herrschaftlichen Vorplatz. Er holte sich bei Dr. Holm das Okay für einen Besuch bei Inga Sennz und fuhr los. Eigentlich hatte er Feierabend. Aber zu Hause wartete sowieso niemand.

***

»Dass die Schiffe unserer Ahnen legendär sind, das wisst ihr ja.« Emma hatte sich in die Mitte der jungen Frauen gestellt. »Und ihr Mut ist auch legendär. Niemand konnte ihnen die Stirn bieten. Sie trafen Entscheidungen und setzten sie um. Da gab es nicht so ein Gesabbel wie bei den Orientalen oder den Politikern in Berlin.«

Jetzt wendete sie sich Judith zu. »Verantwortung. Das Zauberwort ist Verantwortung. An ihr wachsen wir. Du auch, Judith. Ich hab nachgedacht, und ich habe beschlossen, dass du die Verantwortung für unsere Verpflegung übernimmst. Ab heute. Ab jetzt. Ich möchte, dass du überlegst, was wir brauchen, wo wir es beschaffen und wie wir es beschaffen. Der Campingshop fällt aus. Wir wollen ja keine Stammkunden werden.«

Emma lachte. Die anderen lachten.

»Denk nach. Morgen früh erwarte ich deinen Vorschlag.«

»Aber, wie soll ich denn ...?« Weiter kam Judith nicht. Emma hatte den Arm gehoben.

Judith stand auf, verließ den Kreis und ging zum Wasser. Sie konnte das Boot nicht fahren. Das war ja das reinste Monster. Das Automatikauto, das ihr Vater vor ein paar Jahren gebraucht gekauft hatte, das konnte sie fahren. Und woher sollte sie denn wissen, woher sie Nachschub bekommen würden? Hier im Lager war doch immer was zu essen gewesen, wenn sie sich am Wochenende getroffen hatten oder nach den Einbrüchen in der letzten Zeit. Und Geld hatte Emma auch immer gehabt. Vielleicht von diesem Mann, der sie einmal besucht hatte. Er hatte mit ihnen am Feuer gesessen. An einer Jagdhütte, irgendwo in den Hüttener Bergen. Sein Gesicht war im Dunkeln gewesen. Er hatte von den Freunden in Italien und Frankreich berichtet. Von jungen Leuten, die das Abendland retten würden. Mit ihnen zusammen. Abendland, das hatte so einen warmen Klang.

Judith schlenderte am Wassersaum entlang, kam zum Schlauchboot, das unter einem Tarnnetz lag. Sie kletterte an Bord, schob das beigefarbene Camouflagenetz zur Seite und setzte sich auf ihren Platz. Ihr Platz war ganz vorn. Sie wurde immer nass, wenn Emma so schnell fuhr. Sie senkte den Kopf und weinte. Was sollte sie denn machen? Sie kam hier doch nicht weg. Sie wollte nach Hause. Judith stampfte mit dem rechten Fuß auf den Holzboden. Es gab ein Knacken. Sie zuckte zurück. Wenn sie am Boot was kaputt gemacht hatte, bekäme Emma wieder einen Wutanfall.

Sie beugte sich zur Seite. Dort, wo der Boden an die Bord-wand stieß, gab es einen Spalt, und zwischen dem mattschwarzen Boden und dem schwarzen Gummi glänzte etwas. Judith schob einen, dann zwei Finger in den Spalt. Sie konnte nicht erwischen, was da glänzte. Sie schaute sich um. Kein Werkzeug. Dann fiel ihr der Leatherman ein, den ihr Vater ihr geschenkt hatte. Sie zog ihn aus der Hosentasche, klappte ihn auf und führte die kleine Zange vorsichtig in den Schlitz. Sehen konnte sie nicht, wonach sie tastete, aber sie fühlte, dass die Backen der Zange auf Wider-stand stießen. Kaum traute sie sich zu atmen, als sie die Zange langsam nach oben zog.

»Na, hast du schon eine Idee?« Emma kam über den Strand auf sie zu. Judith ließ die Zange los. Das, was sie gepackt hatte, rutschte wieder zurück unter den Bootsboden. Sie ließ die Zange fallen und schob ihr Halstuch über die Stelle neben ihrem rech-ten Fuß.

»Ja, ich habe eine Idee. Wir könnten uns an die fette Yacht ran-pirschen, die wir gesehen haben. Die da vor Anker lag.« Judith zeigte unbestimmt nach hinten. »Die haben bestimmt anständig Vorräte.«

Emma lächelte. »Judith, du überraschst mich. Gute Idee. Komm, wir sprechen im Kreis darüber.« Emma machte eine einladende Handbewegung. Judith stand auf, kletterte an Land. Sanft legte Emma ihren Arm um Judiths Schulter. Vielleicht wird alles wieder so wie früher, dachte Judith und atmete durch. Das erste Mal seit Tagen.

∗∗∗

Kiel kannte Sachse nicht wie seine Westentasche. Er war und blieb ein Landei. Was die Menschen in die Stadt zog, war nachvollziehbar, aber ihn nervte der dichte Verkehr, der Lärmpegel, die Reizüberflutung. Ein Besuch bei Freunden in Hamburg, ein Wochenende Sightseeing in Berlin – dann war aber auch gut. Nun war Kiel nicht mit den Metropolen der Republik vergleichbar, aber einen Parkplatz fand er hier in Uninähe trotzdem nicht. Und Radfahrer, überall Radfahrer.

Inga Sennz wohnte, wo man in Kiel wohnte, wenn man nicht auf den Euro achten musste. Renovierter Altbau nahe dem Adolfplatz. Gesehen hatte Sachse das Haus schon. Nach drei Runden durchs Viertel war er weichgekocht und stellte den Streifenwagen vor einer Einfahrt ab, die irgendwie unbenutzt wirkte. Aus den Fugen der Pflastersteine wucherten allerlei Gräser und Blumen, das Garagentor war sehr lange nicht gestrichen worden. Er wäre ja nur kurz weg.

Sechs Parteien wohnten hinter gepflegter weißer Fassade. Sprossenfenster, Erker, gar ein kleiner Balkon. Inga Sennz wohnte mit drei anderen im Dachgeschoss. Sachse klingelte, es summte, er drückte die Haustür auf und betrat das Treppenhaus. Die Tür war schwer, satt fiel sie ins Schloss. Die Geräusche der belebten Straße traten in den Hintergrund. Es roch neutral und doch gut. Das kannte Sachse auch anders.

Auf dem Fenstersims oberhalb der ersten Treppe standen Sandelholzstäbchen in einem Glas. Eine Treppe höher asiatisch wirkende Schriftzeichen auf einer Art Fahne. Leise Jazzmusik. Sachse schnaufte. Den Eingang zur Wohngemeinschaft erreichte er außer Atem.

Im Türrahmen lehnte eine Frau Anfang zwanzig. Sie trug, was Sachse für einen Sarong hielt. Das Oberteil hellgelb, aus Seide, so wie es aussah. Das Gesicht das einer selbstsicheren Frau aus Asien, die schwarzen Haare mit vier oder fünf Holzstäbchen hochgesteckt. Sie lächelte und kippte den Kopf ein bisschen nach rechts. »Ich will hoffen, dass sich Ihre Mühe gelohnt hat.«

Sachse brauchte einige Atemzüge. »Guten Tag, mein Name ist Sachse, ich bin Polizist.« Er lachte auf. »Na ja, das sieht man ja. Ich möchte mit Inga Sennz sprechen.«

»Ich hatte es befürchtet. Ihre Mühe war umsonst. Frau Sennz ist seit einigen Tagen nicht mehr hier gewesen. Aber bitte, treten Sie doch ein. Kann ich Ihnen eine Erfrischung anbieten?«

Sachse nickte. Sich für einen Moment zu setzen erschien ihm erstrebenswert, und vielleicht brächte er ja auch etwas in Erfahrung. Er trat ein, folgte der Frau in die Küche, die wirkte, als habe man sie eben für eine Kochshow hergerichtet. Nicht dass er sich auskannte, aber billig war das alles nicht. Frische Kräuter auf dem Fensterbrett, die Washington Post auf dem Tresen, ein Display, eingelassen in die Arbeitsplatte.

»Eine japanische Limonade vielleicht? Litschi-Geschmack. Sehr lecker.« Die Frau hielt ihm eine bunte Flasche mit Schriftzeichen entgegen, die denen im Treppenhaus ähnelten.

»Ohne Alkohol?«, fragte Sachse.

»Limonade. Gibt es in Deutschland Limonade mit Alkohol?«

»Nein, ich dachte nur, weil ich das nicht kenne. Gern, probiere ich gern.« Er hockte sich auf eine der Stehhilfen, die vor dem Tresen standen, während sie Limonade einschenkte.

»Sie wohnen schon länger mit Inga Sennz zusammen?«

»Nein, erst seit dem letzten Wintersemester.«

»Ihr Deutsch ist sehr gut.«

»Mein Französisch ist besser.«

»Sie kommen aus?«

»Papeete, Französisch-Polynesien.«

Sachse trank einen Schluck. »Mhm, sehr lecker.« Zu Hause würde er nachschauen, wo Französisch-Polynesien lag.

»Und Sie studieren hier?«

»Meeresbiologie.«

»Ist Inga Sennz Ihre Kollegin?«

»Kommilitonin, ja.«

»Sie sind befreundet?«

»Ja.«

»Wissen Sie, wo sich Frau Sennz jetzt aufhält?«

»Nein.«

»Ist sie allein unterwegs?«

»Nein. Sie hat sich mit den anderen Mitgliedern ihrer Wikingergruppe getroffen.«

»Wikingergruppe?«

»Genau.«

»Kennen Sie die anderen Mitglieder?«

»Nein, ich nenne sie Wikingergruppe, weil sie eine Whats-App-Gruppe haben.«

»Und die treffen sich regelmäßig?«

Die Frau zuckte mit den Schultern.

»Waren Sie mal dabei?«

»Ist nur für Frauen, die in Schleswig-Holstein geboren sind.«

»Wie bitte?«

»Schleswig-Holstein. Das Bundesland.« Die Asiatin aus Papeete lächelte, aber Sachse glaubte zu erkennen, dass sie an seiner Auffassungsgabe zweifelte.

»Und was machen die so?«

»Kleidung der Wikinger nähen, nordische Sagen lesen, mit dem Boot auf die Ostsee fahren, Vorträge über Kulturgeschichte anhören. Die haben so einen Treffpunkt. Ting Nord, sagt Inga immer.«

»Die haben ein eigenes Boot?«

»Soweit ich weiß.«

»Wissen Sie, in welchem Hafen das Boot liegt und wie groß es ist? Welche Art Boot es ist?«

»Tut mir leid.«

»Und Ting Nord ist wo?«

Sie lächelte. Das in die Arbeitsplatte eingelassene Display wurde hell. Es gab einen sanften Ton. So, als habe man eine Klangschale angeschlagen.

»Sekunde.« Sie schaute auf das Display. »Ich bedaure, aber leider muss ich los. Chen Lu, eine andere Mitbewohnerin. Ich hole sie vom Flughafen in Hamburg ab. Sie kommt aus Auckland. Jetlag. Aber vielleicht können Sie mir noch erklären, warum Sie sich für Inga Sennz interessieren. Ich richte ihr gern etwas aus.«

»Ich interessiere mich weniger für Ihre Kommolitonin.«

»Kommilitonin, es heißt Kommilitonin.«

»Ich interessiere mich mehr für eine Freundin. Für Emma Brinker.«

»Für Emma? Ja, die ist toll. Sie war ein paarmal hier. *Very inspiring person.*«

»Gehört Emma zu dieser Wikingergruppe?«

»Das weiß ich nicht. Aber, verzeihen Sie, Chen Lu wartet. Sie können gern wiederkommen oder mich anrufen.«

Sie schob eine Visitenkarte über den Tresen. Sachse fragte sich, wo sie die hergeholt hatte.

»Soll ich Inga etwas ausrichten?«

»Nein, es wäre besser, Sie würden mich direkt anrufen, wenn Sie sie sehen. Das ist sicherer.« Sachse hatte seine Karte aus der Tasche gezogen und hielt sie der Frau hin.

»Sicherer? Droht eine Gefahr?«

Sachse machte eine unbestimmte Bewegung mit dem Kopf. Dann griff er nach dem Glas mit der japanischen Limonade, trank aus und stand auf. »Das Gespräch bleibt vorerst unter uns?«

Die Frau lächelte.

Er schaute auf die Visitenkarte. »Danke, Frau Wang.«

Sie lächelte erneut. »Ich komme aus Französisch-Polynesien, aber meine Eltern sind Chinesen. Daher der Name.« Sie gingen zur Tür, reichten sich die Hände.

Als Sachse wieder auf die Straße trat, kam es ihm vor, als habe er eine kleine Reise unternommen.

## Woran wir glauben

Wenn man träumt, dass einem die Zähne ausfallen, stirbt bald jemand. Das hatte Maries Oma immer gesagt, und entsprechend verwirrt erwachte Marie nach einem Traum, in dem kein Zahn verschont geblieben war. Karl stand neben dem Bett und rüttelte an ihr.

»Mama, es ist gleich Viertel nach sieben. Du musst aufstehen. Frühstück machen.«

Marie schreckte hoch. »Ich komme.« Mehr bekam sie nicht raus. Karl trollte sich Richtung Bad, sie nahm die Treppe nach unten, und das ging erstaunlich gut. Nicht dass sie hätte rennen können, aber sie konnte das Knie beugen. Mc Sondermann war ein Guter.

Seit ein paar Wochen stand Karl auf einen Smoothie aus Bananen, Apfelsinen, Walnüssen, Honig, Milch und Basilikum. Das mit dem Basilikum hatte ihm Merle eingeflüstert.

»Sohn, ich sehe da noch Zahnpastareste an deinem linken Ohr.«

Karl grinste. »Ich hab beim Zähneputzen Kniebeugen gemacht. Hat unser Trainer gesagt, dass das gut wäre.«

»Der hat aber auch Geheimtricks drauf, euer Trainer. Muss ich dich eigentlich zum Treffpunkt fahren?«

»Nö. Die Opas holen mich ab, die kommen mit zum Spiel, und danach fahren wir Boot in Maasholm.«

»Toll, dass ich das auch mal erfahre. Ich bin immer die Letzte, die man informiert.«

»Wo ist Papa eigentlich schon wieder?«

Ein Stich ins Herz. Es schmerzte dort, wo es sich beim Gedanken an Ele so gut angefühlt hatte. »Papa ist in Hamburg. Er vertritt einen Kollegen.«

»Stefan?«

»Ja, Stefan.«

»Dann bis später. Tschüs, Marie.«

»Du sollst nicht Marie sagen. Ich bin deine Mama.«

Karl hörte Maries Anweisung nicht mehr. Er war schon durch die Tür.

∗∗∗

Sachse war unsicher gewesen, ob er in Zivil nach Kiel fahren sollte. Das konnte auf Dr. Holm anmaßend wirken. Er hatte die Uniform aber dennoch im Schrank gelassen. In den heiligen Hallen des LKA war er erst einmal gewesen, bei einem Empfang für seinen alten Chef. Mit Innenminister. Sein alter Chef hatte einer Familie das Leben gerettet. Jetzt saß er dement im Pflegeheim.

Sachse verließ die B 76, bog in Richtung Kieler Innenstadt auf die Eckernförder Straße ab und hielt am ersten Supermarkt. Er benötigte Kaugumminachschub.

An der Kasse tippte ihm jemand auf die Schulter. Es war Marie Geisler. »Moin, Kollege, auf Diät?« Marie zeigte auf die Kaugummipackungen.

»Ja, der alte Mann will's noch mal wissen.« Sachse grinste.

»Prima, da kreuzen sich die Bahnen unserer Karrieren.«

»Sinkflug bei der Primadonna des LKA? Was ist passiert? Ich hatte Ihre Andeutungen als Scherz aufgenommen.«

»Das ist hier keine Kneipe«, meldete sich die Kassiererin. »Andere Leute müssen arbeiten. Das macht vier Euro fünfundneunzig, junger Mann.«

Sachse kippte Kleingeld aus seinem abgenutzten Portemonnaie in seine Hand und zählte. Es fehlten zehn Cent. Er reichte der Kassiererin einen Fünfzig-Euro-Schein.

Die murmelte irgendwas, fragte dann: »Payback-Karte?«

»Nö, aber ich hab 'ne Dauerkarte für Holstein Kiel.«

»Was sich Aufstocker heute alles leisten können«, kommentierte die Kassiererin.

Sachse öffnete den Mund, schloss ihn wieder, atmete geräuschvoll aus, wünschte der Dame mit der rot gefärbten Dauerwelle einen schönen Tag und ging kopfschüttelnd Richtung Ausgang.

Marie zahlte eine Tüte Äpfel und folgte Sachse. Der stand am Streifenwagen und kaute. »Sie haben doch bestimmt auch mal einen schlechten Tag, Herr Sachse. Nehmen Sie es ihr nicht übel.«

Sachse winkte ab. »Was ich noch berichten muss. Gestern habe ich der Asia-WG von Inga Sennz einen Besuch abgestattet. Inga Sennz ist die Nichte von Holger Sennz, und Emma ist eng mit ihr.«

»Asia-WG?«

»Frau Sennz wohnt mit drei anderen Frauen zusammen, die aus Asien stammen. Reinrassig ist das nicht. Obwohl: Die Japaner standen ja fest an Hitlers Seite.«

»Herr Sachse!« Marie schaute sich um. Niemand hatte zugehört.

»Ach, ist doch wahr. Konnte nicht schlafen und habe mal im Netz nachgesehen, was diese Identitären so von sich geben. Mir war gar nicht klar, wie gefährlich die für unsere Demokratie sind. Und dann guckt man vor Ort dahinter und sieht, dass die mit den Schlitzaugen in einer WG wohnen.«

»Herr Sachse!«

»Es geht denen doch gar nicht darum, das eigene Volk vor bösen Eindringlingen zu schützen. In Katalonien sind es die bösen Spanier, in Belgien die Holländer oder Wallonen, was weiß ich, und in Berlin die Schwaben. Alles Irre. Dass ich nicht lache. Es geht nur darum, den eigenen Status zu wahren, den Gewinn zu maximieren. Eine soziale Auslese ist das. Die haben kein Problem mit Menschen anderer Hautfarbe. Die haben Angst, dass die in Kiel-Gaarden, dass die in den Pariser Vororten ein Stück von ihrem Kuchen abhaben wollen.«

»Und wie sind Sie auf Inga Sennz gestoßen?«

»Ein Tipp der Sportlehrerin in Schleswig.«

»Aber wie kommen Sie darauf, dass diese Inga den Identitären zuzuordnen ist, nur weil ihr Onkel –«

»Frau Wang, eine ihrer Mitbewohnerinnen, hat mir erzählt, dass sie zu der Wikingergruppe um Emma Brinker gehört. Sie wusste von regelmäßigen Treffen, von einem geheimen Ort und von einem Boot.«

Marie machte große Augen und forderte Sachse auf, mehr zu erzählen.

»Das ist alles.«

»Und wo ist Inga Sennz?«

»Bei den anderen.«

Marie schaute auf die Uhr. Noch eine Viertelstunde bis zu Biesenkämpers Vernehmung. »Ich sollte los. Sie auch?«

»Jo, Biesenkämper.«

»Sie auch?« Marie war überrascht.

»Dr. Holm hat mich dazu aufgefordert.«

»Sehr gut. Schön, dass wir immer mehr zu einem richtigen Team werden.«

Die beiden stiegen in ihre Autos, fuhren das kurze Stück hintereinanderher. Sachse hatte Marie den Vortritt gelassen.

Im Fahrstuhl schwiegen sie. Sachse nestelte an seinem Hemd herum, Marie an ihrer Orthese. In der Tür zum Büro des Kriminalrats stießen sie aneinander, entschuldigten sich beim jeweils anderen. Die heiligen Hallen des LKA machten was mit ihrer Beziehung. Holms Vorzimmerdame ließ sie vor.

Holm stand am Fenster mit Blick auf die blauen Krane im Kieler Hafen. Er telefonierte, beendete das Gespräch mit dem Satz: »Wenn Sie das so sehen wollen, Frau Bremer.«

Bremer war Staatssekretärin im Innenministerium, und nicht wenige im LKA warfen ihr Klientelpolitik vor. Ein Handtaschenraub war für die Juristin dann relevant, wenn die Handtasche eine Markenhandtasche war. So behauptete es der Flurfunk.

Holm nickte in ihre Richtung. Er sah grau aus.

»Ich möchte Sie beide hinter der Scheibe. Die Befragung des Herrn Biesenkämper wird Kollege Sonderberg durchführen. Neuigkeiten?«

Sachse berichtete von seinem Besuch in der WG, verzichtete jedoch auf seine privaten Interpretationen. Marie hatte sich ans Fenster gestellt, betrachtete, was Holm betrachtet hatte, und sah, was er auf der Fensterbank hatte liegen lassen. Eine silbrig glänzende Blisterpackung Tabletten. Marie kannte das Medikament. Man gab es Männern mit Prostatakarzinom im fortgeschrittenen Zustand. Rasch drehte sie sich weg und folgte Holm und Sachse auf den Flur.

Holm war nicht nur gestresst. Er war schwer erkrankt. Über seine Familie wusste Marie wenig. Er lebte, soviel sie wusste, seit Jahren allein. Sie dachte an Andreas. Vielleicht kannte er einen Kollegen, der Holm helfen konnte.

Holm und Sachse gingen Seite an Seite. Zügig. Ein hagerer, groß gewachsener Mann im Maßanzug. Ein stämmiger Mann in Jeans und Poloshirt. Beide mit schütterem Haar. Sie konnten ungefähr gleich alt sein. Einer würde bald sterben.

»Scheiße«, sagte Marie und spürte, wie gleichgültig ihr der Fall mit einem Mal wurde. Wie das, was sie hier taten, an Bedeutung verlor. Holm sterbenskrank, Andreas in den Armen einer anderen Frau. Unsinn. Sie rieb sich mit der rechten Hand übers Gesicht. Was phantasierte sie sich hier nur zusammen?

Aus einem Nebengang fuhr ein junger Mann mit Aktenwagen schwungvoll auf Marie zu und erwischte sie an ihrem Kreuzbandknie. Ein stechender Schmerz. Sie stürzte. Der Mann über ihr stammelte Worte der Entschuldigung, sie stieß ihn weg. »Pass doch auf, du Arsch«, hörte sie sich sagen. Holm und Sachse waren enteilt. Sie stützte sich an der Wand ab und hinkte hinterdrein.

»Tut mir echt voll leid«, betonte der Aktenrambo. Glaubwürdig klang er nicht.

»Du wirst auch mal alt«, rief Marie und zeigte ihm über die Schulter den ausgestreckten Mittelfinger. Noch zwei Abzweigungen, dann stand sie vor dem Konferenzraum, öffnete die Tür und erinnerte sich, dass Befragungen eine Etage höher stattfanden.

Als sie in den abgedunkelten Raum jenseits der Einwegscheibe trat, saßen Holm und Sachse bereits an einem Tisch. Von Marie nahmen sie kaum Notiz, sprachen leise miteinander. Marie verstand, dass es um Hochseeangeln ging. Ein dritter und vierter Stuhl standen in der hinteren Ecke. Marie setzte sich und legte beide Beine auf den freien Stuhl. Sie zog das Schleibook aus der Tasche, einen Stift.

Die Tür des Vernehmungsraums öffnete sich. Biesenkämper in Begleitung eines uniformierten Beamten und Kollege Sonderberg. Manche nannten ihn Qualle. Seine Fragetechnik war undurchschaubar, folgte nicht dem, was man als Polizist oder Psychologe lernte. Welches Ziel er verfolgte, welchen Standpunkt er vertrat, war für Befragte wie Zuhörer fast nie erkennbar. Er waberte durch eine Befragung wie eine Qualle durch das Wasser. Und am Ende bekam er immer, was er wollte: Antworten.

\*\*\*

Der Frühnebel war dichter als an den Tagen zuvor. Gedämpfte Geräusche, wie kurz vor einer Klassenarbeit.

»Über Judiths Idee haben wir ja gestern schon gesprochen. Unsere Vorräte gehen zur Neige, und die Yacht liegt noch immer vor Anker. Wir wissen, dass ein älteres Ehepaar an Bord ist. Mit ernsthafter Gegenwehr ist also eher nicht zu rechnen. Heute möchte ich mit euch diskutieren, ob wir versuchen, unter einem Vorwand an Bord zu gehen, oder ob wir direkt zur Sache kommen.«

Emma saß im Schneidersitz. Sie hatte Ballett und Yoga gemacht. Ihre Fersen brachte sie bis an die Hüften. Judith hätte das auch gern gekonnt. Sie machte seit über einem Jahr jeden Abend Dehnübungen, aber es tat immer noch weh, wenn sie das rechte über das linke Bein zum Körper zog. Emma musste nicht einmal mit den Händen nachhelfen.

»Ob wir denen ein Lügenmärchen auftischen oder nicht, können wir entscheiden, wenn wir dort sind«, meldete sie sich jetzt zu Wort. Emma und die anderen wirkten überrascht. In der großen Runde hielt Judith sich für gewöhnlich zurück.

»Wichtiger ist doch, dass wir im Nebel zuschlagen.«

Zustimmendes Gemurmel.

»Und ich bin dafür, dass wir unsere Wikingerklamotten anziehen.«

»Und zwar mit Gesichtsbemalung«, schaltete sich Emma ein. »Also los, Thor ist mit uns. Nutzen wir den Nebel, nutzen wir die Gunst der Stunde.«

Die Frauen öffneten ihre Rucksäcke. Jede hatte die nötigen Schminkutensilien dabei. Die Verwandlung begann. Judith brauchte keinen Handspiegel. So oft hatte sie sich schon im Dunkel ihres Zimmers geschminkt. Wenn alle schliefen. Sie hatte jede Bewegung verinnerlicht, und mit jedem schwarzen Strich, den sie um die Augen führte, über die Wangen bis zum Kinn hinunter, fühlte sie sich stärker.

✳✳✳

Seitdem der Vernehmungsraum renoviert worden war, rauschte vor und hinter der Scheibe eine Klimaanlage. Sie tat das in einer Lautstärke, die nicht aufdringlich, aber immer präsent war. Das Rauschen machte Bilder im Kopf. Je nach Gemütslage waren das bei Marie Szenen vom letzten Strandspaziergang, aber auch solche aus den Räumen der Gerichtsmedizin, in denen die Akustik ähnlich war.

Sonderberg hatte sich mit dem Rücken zur Scheibe gesetzt. Biesenkämper konnten Holm, Sachse und Marie ins Gesicht schauen. Er wirkte entspannt.

»Das Rauschen«, begann Sonderberg.

Biesenkämper richtete seinen Blick auf Sonderberg. Sonderberg wartete. Biesenkämper zog die Augenbrauen nach oben, hielt Sonderbergs Blick stand. Dann aber bewegten sich seine Augen, nicht der Kopf.

»Es rauscht, und?«

Sonderberg nickte.

Marie konzentrierte sich auf das Rauschen. Wurde es lauter? Nur ein wenig vielleicht?

Sachse räusperte sich und rutschte auf seinem Stuhl nach hinten.

»Ist das moderne Kunst?«, fragte Biesenkämper.

Keine Reaktion von Sonderberg. Marie schaute auf die Digitaluhr oberhalb der Scheibe. Die roten Ziffern zeigten 10:08:47.

Um 10:13:12 sagte Biesenkämper: »Und dafür bezahlt Sie der Steuerzahler? Für diese Lachnummer? Wen wollen Sie damit beeindrucken? Mich jedenfalls nicht.«

Holm trank aus einer Wasserflasche, die er mitgebracht hatte. »Das kann dauern. Bei Sonderberg weiß man nie.«

10:17:04. »Ich habe keine Ahnung, was das Theater hier soll.

Ist das eine Art Folter, oder was? Vielleicht sollte ich die Medien mal auf Sie aufmerksam machen.«

10:17:56. »Was Sie mir vorwerfen, ist an den Haaren herbeigezogen. Ich war nicht in der Halle, und ich besitze kein Quad. In der Halle war ich vor einem halben Jahr zum letzten Mal. Sie ist vermietet. An einen niederländischen Spediteur. Was der dort tut, weiß ich nicht. Geht mich auch nichts an. Ich bin lediglich der Vermieter.«

Sonderberg beugte sich vor. »Das Rauschen lässt einen nicht wieder los. Auch wenn es längst nicht mehr rauscht, hört man es, und es wird immer lauter.«

»Haben Sie noch alle Tassen im Schrank?«

»Das berichten Strafgefangene. Solche, die lange sitzen, berichten das. Das mit dem Rauschen.« Sonderberg lehnte sich wieder zurück.

10:23:02. »Ich habe Zeugen. Meinen Betriebsleiter. Ich war den ganzen Morgen auf dem Betriebsgelände. Diese Polizistin habe ich nicht gesehen. Und ein Quad habe ich auch nicht. Nie gehabt.«

»Warum haben Sie Rüdiger Jansen so viel Geld gegeben?«

»Jansen? Wie kommen Sie jetzt auf Jansen?«

»Warum haben Sie ihm das Geld gegeben, Herr Biesenkämper?«

»Nicht gegeben. Geliehen.«

»Warum?«

»Weil er knapp bei Kasse war.«

»Woher kennen Sie sich?«

»Er hat sich für eine Reise nach Namibia interessiert. Swakopmund. Sehr deutsch. Immer noch. Wie zu Hause. Nur schöner. Kann ich empfehlen.«

»Herr Jansen war Ihr Kunde?«

»Er wäre gern mein Kunde geworden. Er hatte kein Geld. Was soll das? Fragen Sie ihn doch selber.«

»Rüdiger Jansen lebt nicht mehr.«

Biesenkämpers Oberkörper wurde steif. Seine Augen irrlichterten im Raum umher.

»Er war's nicht«, sagte Marie.

»Sie und ihre Menschenleserei.« Holm schaute sie an.

»Er war's nicht. Ich bin ganz sicher.«

»Er hat gelogen, Frau Geisler.«

»Ja. Er war in der Halle, er hat ein Quad. Wir finden das Quad. Er ist ein Schmuggler, und wir kriegen ihn dran. Aber er wusste nicht, dass Rüdiger Jansen tot ist.«

Sonderberg stand auf. Er ging um den Tisch herum, stellte sich so, dass Biesenkämper ihn nicht sehen konnte.

»Er ist klasse«, sagte Marie. »Er hat Biesenkämpers Verunsicherung gespürt und erhöht sie jetzt.«

»Wo waren Sie letzten Sonnabend?«

Biesenkämper hob die Arme.

»Er kann sich nicht erinnern«, kommentierte Marie. »Absolut glaubwürdig.«

Er legte die rechte Hand auf sein Gesicht, wischte über die Augen.

»Er versucht sich zu erinnern. Was er jetzt sagen wird, stimmt.« Marie stand auf und kam zur Scheibe.

»Einkaufen. Ich war einkaufen.«

Marie stützte sich auf Sachses Stuhllehne ab. »Bitte, was ich sage. Das können wir leicht überprüfen.«

»Wo, von wann bis wann? Was haben Sie danach getan?« Sonderberg wurde richtig laut.

»Sonderberg ist klasse.«

»Das sagten Sie bereits, Frau Geisler.«

Biesenkämper hatte beide Hände zu Fäusten geballt und eng beieinander auf die Tischplatte gelegt. »Ich bin aufgestanden, habe E-Mails beantwortet, wie jeden Morgen. Dann bin ich zu Famila. Da habe ich gefrühstückt.«

Sonderberg brüllte los. »Sie hören mir nicht zu, Herr Biesenkämper. Ich fragte Sie, von wann bis wann.«

»Von neun bis halb elf vielleicht«, brüllte Biesenkämper zurück.

Sonderberg setzte sich wieder auf seinen Stuhl. »Von neun bis halb elf?« Er sprach leise, wie mit einem Kind, lachte kurz auf. »Ach, Herr Biesenkämper. Das hilft Ihnen nicht. Um halb elf war die Welt noch in Ordnung. Auch für Herrn Jansen.«

Er schlug mit der flachen Hand auf den Tisch. Biesenkämper zuckte zusammen.

»Die Frage ist doch, wo Sie nach halb elf waren, Herr Biesenkämper. Nach halb elf. Und ich würde an Ihrer Stelle sehr genau nachdenken.«

»Beim Zahnarzt.«

Hinter der Scheibe Geräusche des Bedauerns. Vor der Scheibe Sonderberg, der die Lippen zusammenpresste.

✳✳✳

Der Nebel hatte sich gehalten, war sogar dichter geworden. Warmluft aus Südeuropa hatte sich auf das kühle Wasser gelegt. Seenebel hatte sich gebildet. Aber das wussten die Wikinger nicht, und es interessierte sie auch nicht. Die Verwandlung war vollzogen. Äußerlich und innerlich. Furchterregend wie die Musiker mancher Black-Metal-Band sahen die jungen Frauen aus.

Judith fühlte sich unbesiegbar, voller Energie und Willensstärke. Ihr war, als säße Thor höchstselbst an ihrer Seite im Boot, das sie gut eingespielt mit vorsichtigen Paddelschlägen nahezu geräuschlos bewegten. So musste es gewesen sein, als die Wikinger über den Ozean gefahren waren, in ihren schnellen Schiffen. Die Flüsse hinauf. Den Rhein hatten sie befahren, übers Mittelmeer hatte sie der Wind getragen. Da waren sie vor Angst erstarrt, die fetten Kaufleute in Köln, in Nîmes, in Alexandria. Zurückgekehrt waren sie ruhmreich. Waren die Herrscher des Nordens gewesen. So könnte es wieder sein, hatte Emma ihnen beigebracht. Emma, die einen mächtigen Verbündeten hatte. Einen klugen Mann, der in der Wirtschaft und Politik was zu sagen hatte. Er würde dafür sorgen, dass Schleswig-Holstein nicht zu einem Berliner Vorort verkäme. Sylt müsse befreit werden, hatte Emma gesagt. Sylt den Syltern. Und das stimmte ja auch.

Judith brannten die Muskeln. Das Boot war schwer. Nur gut, dass es windstill war, die Dünung lang, kaum Wellen. Ganz plötzlich tauchten die Umrisse der Yacht vor ihnen auf. Emma hob den linken Arm. Alle nahmen die Paddel aus dem Wasser.

Sie näherten sich vom Bug aus, mit der Strömung. Emma gab ein Zeichen, und Judith lehnte sich über die Gummiwulst, fasste nach der Ankerkette.

Die Yacht war auf den Namen »Schwabenglück« getauft. Es würde also die Richtigen treffen. An Bord war niemand zu hören, niemand zu sehen. Wenn sie erst an Deck waren, hätten die Segler keine Chance. Denn sie selbst waren jung, sie waren stark, und sie waren in der Überzahl.

## Der Druck wächst

Marie saß auf ihrem angestammten Platz neben Holm. Am langen Besprechungstisch ihr gegenüber Sonderberg, der nicht am Small Talk teilnahm, sondern auf seinem Smartphone ein Spiel spielte, dessen Geräusche auf ein Kinderspiel schließen ließen. Neben ihm Kriminaltechniker Elmar, der immer wieder genervt zu seinem Nachbarn rüberschaute.

Biesenkämper hatte seinen Tagesablauf beinahe minutiös wiedergegeben. Lediglich für den Sonnabend fehlten Zeugen. Aber da war Rüdiger Jansen längst tot gewesen. Dass er nicht sofort damit rausgerückt war, kam allen verdächtig vor, aber für Marie war er raus. Zu dem vom Rechtsmediziner genannten Todeszeitpunkt hatte Biesenkämper nach eigenen Angaben auf dem Behandlungsstuhl eines Zahnarztes gesessen. Ein Anruf hatte das bestätigt.

Was das Thema Schmuggel und Handel mit Nashornpulver und Elfenbein betraf, so war der Zoll mit Ermittlungen befasst. Es würde zum Prozess kommen, Marie würde als Zeugin aussagen. Dass er aus der Nummer ungeschoren rauskam, bezweifelte sie. Es dürfte schwierig werden, seine Anwesenheit in der Halle zu beweisen, aber der Anfangsverdacht wog schwer, und irgendein Glied in der Kette zwischen Einkauf, Lagerung, Transport und Weiterverkauf würde man früher oder später knacken können.

Holm schaute Elmar an und nickte kurz. Der stieß Sonderberg in die Seite. Die fiependen und gurgelnden Geräusche aus dem Smartphone verstummten.

»Auf dem Umschlag, den wir in Rüdiger Jansens Spind entdeckt haben, waren die Fingerspuren von Reimer Biesenkämper nachweisbar. Aber er hat ja auch zugegeben, Herrn Jansen Geld gegeben zu haben.«

»Geliehen zu haben«, korrigierte Sonderberg.

»Meinetwegen. Frau Geisler hat beschrieben, wie sich Biesenkämper auf einem Quad von seinem Grundstück aus dem Staub gemacht hat. Erfreulicherweise war der Untergrund keineswegs staubig. Wir konnten entsprechende Reifenspuren sichern und drei Kilometer weit durch den Wald in nordöstliche Richtung verfolgen. Dann ist das Fahrzeug in Oelixdorf auf die Chaussee abgebogen. Asphalt. Die Spur verliert sich.«

»Na ja, seine Kiesgrube liegt ja ungefähr in der Ecke. Der hat das Ding irgendwo versenkt«, mutmaßte Marie.

»Oder auf einen Anhänger geladen oder in eine Garage gestellt«, ergänzte Sonderberg.

Marie nickte. Versenken wäre blöd. Und blöd war Biesenkämper nicht.

»Wir haben ein weiteres Thema.« Elmar schlug einen anderen Ordner auf. »Das Geld, das Kollege Sachse in Emma Brinkers Schrank in diesem Sportstudio gefunden hat.«

Sachse, der links neben Marie saß, meldete sich zu Wort. »Tatsächlich hat Emma Brinker den Spind benutzt. In ihrem Zimmer habe ich den Schlüssel gefunden. Aber eine Mitarbeiterin des Fitnessstudios hat ausgesagt, dass sie Emma Brinker auf deren Wunsch hin einen zweiten Schlüssel ausgehändigt hat. In wessen Besitz dieser Schlüssel ist, wissen wir nicht. Einen zweiten Schlüssel auszuhändigen ist unüblich, aber Emma Brinker hat besagter Mitarbeiterin fünfzig Euro gegeben. Sie hat sie bestochen.«

»Apropos Emma Brinker. Konnten inzwischen die Handys von Emma Brinker und Judith Jansen geortet werden?«, fragte Marie.

»Nein. Und auch bei Inga Sennz Fehlanzeige«, stellte Elmar fest. »Aber noch mal zurück zum Spind. Und jetzt wird es interessant.«

»Herr Brockmann!« Holm reagierte gereizt.

»Wie Sie wissen, sind es zehntausend Euro. Nur Zehner. Und da liegt das Problem. Es sind Scheine der zweiten Generation.« Elmar legte eine Kunstpause ein, sah dann Holms Gesichtsausdruck und fuhr fort. »Diese Scheine sind lackiert. Das macht sie haltbarer und fälschungssicherer. Aber leider lassen sich Fingerspuren praktisch nicht nachweisen.«

»Also ein Schlag ins Wasser«, versuchte Marie abzukürzen.

»Keineswegs.« Elmar wischte auf seinem Tablet umher, und es erschienen Fotos von Geldscheinen auf der Projektionswand am Kopfende des Konferenzraumes.

»Was wir hier eingefärbt sehen – hier und hier.« Er deutete auf kleinste, dicht beieinanderliegende Farbpunkte. »Was wir hier sehen, gehört zur Symptomatik eines Schnupfens, vielleicht einer Allergie.«

»Herr Brockmann. Kommen Sie auf den Punkt.« Holm zog mit verkrampfter Mimik ein Taschentuch aus der Hosentasche und wischte sich Schweiß von der Stirn. Die Medikamente, dachte Marie. Hormontherapie.

»Körperflüssigkeit. Speichelreste. Auf den Scheinen. Hier sieht man eine schöne glatte Kante. Dieser Schein lag vermutlich unter einem anderen. Wir können nicht sagen, ob der Mensch, der niesen musste, die Scheine auch verpackt oder Emma Brinker übergeben hat. Das kann ja auch vorher oder nachher passiert sein.«

Holm atmete schwer.

»Elmar, mach hin«, ermahnte ihn nun Marie.

»Die DNA. Wir kennen die DNA. Wir konnten sie eindeutig Holger Sennz zuordnen.«

»Ha!«, machte Sachse. »Finanziert der Nazi die Sprayer. Unglaublich.«

Elmar schaute unglücklich. Er hatte die Präsentation der Ergebnisse wohl noch ein bisschen länger genießen wollen. »Sprayer ist ein gutes Stichwort«, übernahm er wieder. »Die Dosen sind voller Fingerspuren. Wie zu erwarten sind auch die von Emma Brinker drauf. Die anderen haben wir nicht im Computer. Es sind sicher fünf verschiedene.«

»Ein schönes Beispiel für die gute Zusammenarbeit von Polizei vor Ort und Kriminaltechnik«, lobte Holm, der für einen kurzen Moment ein zufriedenes Lächeln zeigte. »Die Kollegen vom Verfassungsschutz beziehen vor dem Haus von Holger Sennz Position.«

»Wo hält sich Herr Sennz noch mal auf?«, fragte Marie.

»In Moskau.«

»Es ist nicht alles links, was glänzt«, entfuhr es Marie.

»Ihr Vater, ein Altachtundsechziger?« Holm verschränkte die Arme und grinste.

»Und immer noch auf dem Ho-Chi-Minh-Pfad unterwegs.« Marie schaute Holm erwartungsvoll an. Sie vermisste das neckische Geplänkel mit ihm.

»Wir werden Herrn Sennz befragen. Voraussichtlich kommt er am Abend zurück in sein Haus. Sonst noch was?«

»Hat jemand das Fluchtfahrzeug gesehen, das Boot?«, wollte Marie wissen.

Allgemeines Schweigen.

Auf dem Gang stieß Marie immer wieder gegen Sachse.

»Sie schwanken«, bemerkte er.

»Die Orthese«, erklärte Marie und dachte, dass sich das Schwanken nicht nur auf ihren Gang beschränkte.

Ihr war wichtig, Privates und Arbeit auseinanderzuhalten. Zwar besprach sie mit Andreas ab und zu Details, und wie jeder Mensch nahm sie gute oder schlechte Laune mit in den Dienst. Aber seit der Beobachtung auf der Holzbrücke, seit Eles Postkarte war ihr emotionaler Kompass arg ins Kreiseln gekommen, und sie hatte Fehler gemacht. Die Eigenmächtigkeit mit Biesenkämper. Und jetzt ging ihr Sennz nicht aus dem Kopf.

»Frau Geisler?« Sachse schaute sie von der Seite an.

»Sorry, bin mit den Gedanken woanders. Ich muss noch mal zurück zu Holm. Schönen Tag.« Marie blieb stehen, rieb sich die Nase und ging zum Fahrstuhl.

\*\*\*

Emma machte eine Leine der Yacht am Boot fest, das Judith näher an die Backbordseite herangezogen hatte, musste nachfassen und spürte einen scharfen Schmerz. Der Schnitt, den sie sich in Kitzeberg zugezogen hatte, war aufgerissen. Blut tropfte durch die Handschuhe ins Wasser. Sie sagte nichts, griff mit der anderen Hand an eine Klampe, stützte sich mit dem rechten Fuß an einem Fender ab. Warum die hier Fender draußen hatten, verstand Emma nicht. Landratten eben.

Die Vorhänge der Bugkoje waren zugezogen. Sie konnte nicht gesehen werden. Geräuschlos zog Emma sich an Deck. Inga und Gesa folgten ihr sofort. Emma machte zwei schnelle Schritte über das Deck hinüber nach Steuerbord. Die Frauen schlichen auf leisen Neoprensohlen zum Heck, stiegen in die Plicht.

Jetzt konnte Judith sie nicht mehr sehen. Die Decksaufbauten versperrten ihr die Sicht. Sie hörte, wie die Tür zum Salon aufgeschoben wurde. Das Gummi ihres Bootes rieb am Rumpf der Yacht. Es entstand ein lautes, quietschendes Geräusch.

»Erik«, schrie eine Frauenstimme panisch. »Erik.«

Klappern, dumpfes Poltern. Eine Männerstimme, unartikuliert, als hielte man jemandem den Mund zu. Dann hörte Judith Emmas Stimme. Sie hechelte regelrecht.

»Hier, hier, hier, schnell«, gab sie stakkatoartig Kommandos. Türen wurden geöffnet und wieder zugeschlagen. Schaben und Kratzen an der Bordwand.

Es vergingen Minuten, die Judith sehr lang erschienen. Schritte am Heck. Das Überfallkommando tauchte auf. In Wikingerkluft, mit schwarz-weißer Gesichtsbemalung, einer anderen Zeit entsprungen, doch trugen sie Tüten von ALDI, Taschen und Kartons aus dem Hier und Jetzt, reichten sie ins Boot, sprangen an Bord. Der Motor ging an, und mit Vollgas entfernten sie sich röhrend von der Yacht, die rasch im Nebel verschwand.

✳✳✳

Ohne zu klopfen, trat Marie in Holms Büro. Seine Vorzimmerdame war nicht an ihrem Platz. Holm saß am Schreibtisch, den Kopf in beide Hände gestützt. Sofort machte Marie einen Schritt zurück, aber er hatte sie bemerkt und winkte sie heran.

»Ich war unvorsichtig. Sie haben die Tabletten gesehen, stimmt's?«

Marie nickte.

»Sie kennen sich aus?«

»Ein bisschen. Metastasen?«

Holm brauchte einen Moment, um zu antworten, dachte vielleicht darüber nach, wie viel Nähe er zulassen durfte. Marie sah, dass er unrhythmisch atmete, mit sich rang.

»Sie haben eine Szintigrafie gemacht. Das sah nicht so gut aus. Das Skelett.«

Marie stand einige Meter vor Holms Schreibtisch. Wieder schaute er auf. »Sie –«

»Von mir erfährt niemand was. Darf ich?« Marie zeigte auf den Besucherstuhl.

»Was führt Sie zu mir, Frau Geisler?« Holm versuchte, seiner Stimme einen dienstlichen Ton zu geben.

»Ich möchte mich für die Eigenmächtigkeit entschuldigen, mit der ich Sie bei Biesenkämper übergangen habe.«

Marie wartete.

»Das ist nicht der Grund Ihres Hierseins. Nicht der eigentliche Grund. Sie wissen, dass ich da, wenn auch zähneknirschend, einen Haken dran gemacht habe. Also?«

»Holger Sennz. Lassen Sie ihn mir. Der Verfassungsschutz kann sich mit ihm beschäftigen, wenn wir geklärt haben, ob er mit dem Tod von Rüdiger Jansen in Verbindung steht.«

Holm rollte mit seinem Stuhl zurück, stand auf und ging hinüber zu seinem Ausguck. »Diesen Blick werde ich vermissen. Dieses Schauen ins Land, das die Dinge relativiert. Mir hat das immer geholfen, Entscheidungen zu treffen.«

Vom Gang war Gelächter zu hören. Junge Stimmen. Holm drehte sich zu Marie um. Er hatte es auch gehört. Lächelte, Tränen in den Augen. »Der Lauf der Dinge.«

Marie schluckte, aber der Kloß im Hals wollte nicht weichen.

»Nützt ja nix.« Holm setzte sich wieder. »Das mit Sennz ist okay. Aber Sie informieren mich engmaschig.«

Marie nickte. »Danke. Wenn ich irgendwas tun kann …«

»Wir können einander Briefe schreiben. Wenn es so weit ist. Das würde mir Spaß machen.«

Marie schossen Tränen in die Augen. Dieser stolze Mann, dachte sie, stand auf, ging um den Schreibtisch herum, doch Holm hob abwehrend beide Arme.

»Erst, wenn ich liege.«

Marie trat hinter ihn, umarmte ihn kurz und fest. »Sie können

sich ja wegen sexueller Belästigung beschweren.« Dann verließ
sie das Büro, so schnell es ging.

✳✳✳

Obwohl es kaum Wellen gab, schlug das Boot immer wieder
hart auf. Die Frauen johlten, kreischten. Ein Sieg, einen Sieg
wie diesen hatten sie noch nicht erlebt. Die direkte Konfrontation mit dem Gegner aus Fleisch und Blut. Nur Emma war
ungewöhnlich still.

Judith klammerte sich fest. Inga fuhr eine enge Linkskurve.
Judith wurde von der Kraft auf die Bank gedrückt, förmlich in
sich zusammengepresst. Ihr Blick richtete sich kurz nach unten, und doch reichte der Augenblick, um zu erkennen, was zu
erkennen war. Rechts, zwischen ihrem Fuß und der Bordwand,
noch unter dem Boden verborgen, sah sie ihr Handy. Nur einen
schmalen Streifen des silbrigen Gehäuses, nur die seitlichen Tasten hatte sie gesehen und war dennoch ganz sicher, dass es ihr
Handy war. Sie würde ihre Eltern anrufen können. Glück überschwemmte sie. Glück, das größer war als die Freude über die
Beute. Viel größer.

»He, träumst du, Judith?« Sie hatten den Strand erreicht.
Emma schob Judith zur Seite. »Hier, pack mit an, die Kartons.
Los jetzt!«

Judith machte einen großen Schritt über die Bordwand, Emma
drückte ihr einen Karton in die Arme.

»Das reicht für eine ganze Woche, locker.« Emma war jetzt in
Hochstimmung. »Hopp, hopp, ab ins Lager. Wir müssen zweimal gehen. Und ich habe Hunger. Du nicht?«

Im Lager machten sie sich über die Tüten und Kisten her.
Fertigsuppen, zwei Beutel Orangen, zwei Beutel Äpfel, Müsli,
haltbare Milch, Kekse, jede Menge Kekse, Instantkaffee. Es war
wie im Paradies.

»Scheiße«, fluchte Emma. »Wir müssen noch mal zurück.
Kein Zucker.«

Alle lachten, aber Emma meinte es ernst. »Was gibt's da zu
lachen, ihr Hühner? Kaffee ohne Zucker? Das geht ja gar nicht.«

Judith dachte an die Leute auf der Yacht. Was hatten sie mit denen gemacht? Wenn sie jetzt noch mal kämen, wie würden die reagieren? Sie waren ja gewarnt, hatten vielleicht über Funk Hilfe geholt. Oder hatte Emma sie gefesselt? Aber dann würden sie ja verdursten. Das konnte man doch nicht machen.

»Los, los. Das wird ja jetzt ein Kinderspiel«, rief Emma und schlug Judith auf die Schulter. »Genau richtig für dich, Mäuschen.« Sie lachte und lief los.

Judith rutschte das Herz in die Hose.

»Auf geht's. Thor schaut auf uns.«

»Gut, dass wir noch geschminkt sind«, sagte Inga. »Das geht mir derart auf die Nerven.«

»Dann leben sie noch?«, platzte Judith heraus.

»Sehe ich aus wie eine Mörderin?«, fragte Inga zurück.

»Um ehrlich zu sein – ja.« Erleichterung in Judiths Herzen. Bestimmt waren die Schwaben nur gefesselt.

Sie fuhren mit Motor, mussten sich nicht mehr anschleichen. Als sie längsseits an der »Schwabenglück« festmachten, hörten sie eine Frauenstimme, die um Hilfe rief.

»Das mit dem Knebel üben wir aber noch mal«, stupste Emma Inga an. »Zack hoch. Du und Judith.«

Die beiden Frauen gingen an Bord. Inga öffnete die Schiebetür, Judith trat hinter ihr ein und hatte plötzlich weiche Knie. Was, wenn sich die Leute befreit hatten, wenn es zum Kampf kam? Inga zog eine Pistole aus ihrem Wikingerwams.

»Was hast du da? Bist du verrückt?«

»Ist doch nur Gas, mach dir nicht in die Hose. Was glaubst du, was mein Onkel so in seinem Keller hat. Ist in Amerika total normal. Man muss sich doch wehren können.«

Inga ging weiter in Richtung Pantry, zog ein paar Schubladen auf. »Los, hilf mal mit beim Suchen. Die Chefin will Zucker.«

Judith trat neben Inga.

»Ey, bist du blöd? Zieh gefälligst Handschuhe an.«

Judith tat, was Inga gesagt hatte, öffnete dann den Schrank über der Kaffeemaschine. »Hier, hier ist Zucker.« Sie hielt Inga eine Zuckerdose hin.

»Und was glaubst du, wie weit wir damit kommen? Ach, Judith.«

»Wo sind die Leute?«, fragte Judith.

»Vorn in der Koje. Genau, gute Idee. Wir fragen sie am besten mal, wo der Scheiß-Zucker ist. Komm.«

Inga nahm den Niedergang in den Bug. Judith folgte mit zwei Schritten Abstand. Inga öffnete, die Pistole vorgestreckt, die Tür zur Bugkoje. Getrennte Betten. Auf der Backbordseite lag die Frau. Die Hände auf dem Rücken gefesselt, die Beine an den Knöcheln zusammengebunden. Mit einem Bademantelgürtel. An Steuerbord der Mann, der den Knebel noch im Mund hatte.

»Er reagiert nicht mehr. Er atmet kaum noch. Helfen Sie ihm, bitte! Er hat Asthma, und er hatte schon einen Herzinfarkt. Bitte helfen Sie ihm. Ich verrate Sie nicht. Ich verspreche es.«

Inga war mit einem schnellen Schritt bei der Frau, griff nach der grünen Socke, die neben ihr lag, und stopfte sie der Frau wieder in den Mund. Dann griff sie in den Beutel an ihrer Seite und holte eine Rolle Panzerband hervor.

»Los, halt ihren Kopf, damit ich das Klebeband hinten rumbinden kann«, schnauzte sie Judith an.

Judith stand an der Seite des Mannes. Er hatte die Augen geschlossen und war ganz grau im Gesicht. Ihr war, als würde sie sich nie wieder bewegen können.

✳✳✳

Die kleine Wache in Busdorf erschien Sachse heute in einem anderen Licht. Die modernste Technik, auf die er hier zurückgreifen konnte, waren dienstlicherseits ein analoger Anrufbeantworter und der neue Alkoholtester. Privat setzte er sein drei Jahre altes Smartphone ein, dessen Bedienung ihn allerdings noch immer überforderte. Einen Konferenzraum hatten Friese und er nicht, auch kein Gitter vor der Tür und keine Überwachungskameras. Von Abteilungen und Laboren ganz zu schweigen. Als er den kleinen Vorflur betrat, umfing ihn der Provinzmief einer Polizeiwache auf dem Land. Und Sachse fand das ganz wunderbar.

Schwungvoll öffnete er die Tür zum Büro, strahlte Friese an, pikste ihr im Vorbeigehen neckisch in den Oberarm und flötete: »Kollegin, heute mach ich dir mal einen schönen Cappuccino. Mit viel Kakaopulver. So, wie du ihn am liebsten magst.«

»Gregor, du wirst mir langsam unheimlich. Immer diese gute Laune. Du gehst auch gar nicht mehr so gebückt. Würde mich nicht wundern, steckte doch eine Frau dahinter.«

Sachse hatte nicht wirklich hingehört. Als er mit Frieses Lieblingsbecher, auf dem das NDR-Walross Antje abgebildet war, an deren Schreibtisch trat, sagte die Oberwachtmeisterin: »Ob du es glaubst oder nicht – das habe ich auch verdient.«

Sachse schaute sich um. »Dieses ganze Deko-Gerümpel hast du nicht abgeräumt.« Er schnüffelte. »Stinkiges Orangenraumluftverbessererspray rieche ich auch noch. Was also ist deine Leistung?«

Friese führte den Becher zum Mund. »Mhm, wie der Kakao duftet. Allein schon.« Sie berührte mit der Oberlippe den Milchschaum, kippte den Becher leicht an.

»Vorsicht, heiß«, warnte Sachse. Aber da war es schon passiert.

Friese stellte den Becher unsanft auf dem Schreibtisch ab. »Sag mal, hast du die Milch wieder vorher in die Mikrowelle gestellt? Das ist ja Körperverletzung.« Sie hielt sich die Lippe. »Und die Zungenspitze habe ich mir auch verbrannt. Jetzt ist der ganze Genuss dahin. Och, Gregor. Als Hausmann bist du wirklich nicht zu gebrauchen.«

»Soll ich dir ein kühles Mineralwasser holen?«

Friese nickte, Sachse ging erneut in die kleine Küche. Es klapperte, Wasser rauschte. Dann kam er zurück. »Doof, aber wir haben kein Mineralwasser mehr. Ein Schluck vom guten Schleswiger Trinkwasser?« Er reichte ihr ein Glas.

Friese nippte und klagte.

»So, nun mal raus mit der Sprache. Was gibt's Bahnbrechendes zu berichten?«

Friese lehnte sich zurück. »Ich war doch im Fitnessclub.«

Sachse nickte.

»Da blöd rumzufragen, dachte ich, das bringt ja sowieso nichts ein. Schon gar nicht in Uniform. Also bin ich vor Dienstbeginn in Zivil hin.«

»Vor Dienstbeginn. Da ist dann doch kein Mensch.«

»Ach, Gregor, na klar. ›Öffnungszeiten PLUS‹ nennen die das. Die körperbewussten jungen Frauen gehen auch vor der Schule oder der Arbeit ins Studio. Das Studio hat sogar eine eigene Zumbagruppe eingerichtet. Die Early Birds, kein Witz. Das ist die moderne Welt. Gibt ja auch Clubs, in denen man vor der Arbeit abzappeln kann.«

»Wie bitte?«

»Pre-Work-Partys. Jetzt nicht in Schleswig. Aber in Berlin zum Beispiel. Ist total angesagt.«

»Warte mal, ich hol mir auch ein Glas Wasser.« Sachse stand auf. Aus der Küche rief er: »Wir haben kein einziges sauberes Glas mehr.«

»Schon mal was von Spülen gehört, Herr Hauptwachtmeister?«

Sachse kam tropfend zurück.

»Du warst zu faul, ein Glas zu spülen, und hast aus der Hand getrunken? Unglaublich. Ich möchte nicht wissen, wie es bei dir zu Hause aussieht. Also: Ich war im Fitnessstudio, habe mich in der Umkleide dahin gesetzt, wo Emma ihren Spind hatte. Und dann habe ich auf die Early Birds gewartet, weil Emma in dieser Gruppe angemeldet war. Und ich musste nicht lange warten, bis die ersten Mädels kamen. Totales Geschnatter. Ich wurde gleich gefragt, ob ich neu sei. Ich habe ein bisschen geflunkert und gesagt, ich käme wegen Emma.«

Sachse drohte mit dem Zeigefinger. »Also wirklich, Kollegin Friese, wenn ich das im LKA erzähle, ist es vorbei mit Ihrer Karriere.«

»Jedenfalls fragte eine, wo Emma denn sei, und dann, der Hammer, ob sie vielleicht mit Judith unterwegs wäre. Ich sagte, das könne gut sein, aber beide seien auf dem Handy nicht erreichbar. Dann, der Oberhammer, sagt eine, Judith hätte ja seit ein paar Wochen auch eine neue Nummer. Emma hat Judith ihr altes Smartphone geschenkt und wohl auch einen Vertrag dazu. Sehr großzügig, die feine Dame.«

»Da schau her. Vielleicht wird es ja doch noch was mit der Beförderung.«

»Und«, triumphierend schob Friese einen Zettel über den Schreibtisch, »die Nummer habe ich auch.«

✳✳✳

»Wir können den doch nicht einfach so liegen lassen«, stammelte Judith. »Was, wenn der stirbt?«

»Bist du Krankenschwester, oder was?«, raunzte Inga. »Der ist alt. Ist doch nicht unsere Schuld, wenn der die Grätsche macht. An dem bisschen Fesseln kann's ja wohl nicht liegen.« Sie drehte sich zu der Frau um, die vor sich hin wimmerte. »Da wärt ihr wohl besser in Stuttgart geblieben. Der raue Norden, das ist nichts für euch Teigtaschen.«

Inga stopfte der alten Frau einen Knebel in den Mund. Judith stand noch immer starr vor Entsetzen neben der Koje, auf der der schmale Körper des Mannes lag. Sein Brustkorb hob sich nur stoßweise. Judith hörte, dass er sich beim Ein- und Ausatmen quälte.

»Nun komm, oder willst du auf die Bullen warten?« Inga packte Judith an der Schulter.

»Und der Zucker?«, fragte Judith.

»Scheiße, habe ich vergessen.« Inga zog der Frau den Knebel mit einem Ruck aus dem Mund. »Wo habt ihr Zucker?«, blaffte sie.

»Im Schapp unter der Sitzbank. Bitte, ruft Hilfe für meinen Mann. Er hat euch doch nichts getan. Ich flehe euch an. Lasst ihn nicht …«

Mehr konnte Judith nicht hören. Inga hatte die Frau wieder geknebelt und wickelte ihr jetzt das Panzerband um den Kopf. Judith ging in den Salon zur Sitzbank, hob Polster und Klappe nach oben. Randvoll war der Stauraum mit Lebensmitteln. Schnell hatte Judith den Zucker entdeckt und stellte zwei Pakete auf den Tisch. Neben dem Zucker standen einige Flaschen Speiseöl und neben diesen Flaschen eine orangerote Tasche. Judith zog den Reißverschluss auf. Eine Signalpistole und Munition. Judith griff nach der Pistole und schob sie unter ihr Wikingerwams. Aus der Bugkoje hörte sie das Wimmern der Frau.

»Sei endlich still, oder ich hau dir aufs Maul«, brüllte Inga.

Judith nahm eine Patrone und steckte sie sich in die Hosentasche. Dann schloss sie den Deckel, legte das Sitzpolster wieder auf die Bank und trat in die Mitte des Salons. Inga, die in diesem

Moment auftauchte, reckte sie die beiden Pakete Zucker entgegen.

»Geht doch«, lobte Inga. »Da wird Emma sich freuen.«

✳✳✳

Sachse räusperte sich.

»Du sitzt ja richtig gerade«, sagte Friese und grinste. »Grüßen musst du aber nicht, wenn du mit dem Häuptling telefonierst.«

Sachse griff nach dem Mobilteil des Telefons und verließ die Wache. Bei trockenem Wetter stellten sie seit ein paar Jahren eine Bank neben den Eingang. Seitdem trafen sich dort zufällig Menschen, die nach dem Einkauf eine kleine Pause einlegten, und ab und an stießen Sachse oder Friese mit einem Becher Kaffee dazu. Der Kontakt zu den Bürgern war besser denn je, und die beiden Polizisten wurden enger in den Tratsch eingebunden. Sachse stellte sich neben die Bank. Im Stehen klang man beim Telefonieren überzeugender. Hatte er mal auf einem Seminar gehört.

»Rietmüller, Vorzimmer Kriminalrat Dr. Holm«, meldete sich die Vorzimmerdame, die Sachse stimmlich an die Staatsanwältin aus dem Münsteraner »Tatort« erinnerte.

»Moin, Sachse, Polizeistation Busdorf. Herrn Dr. Holm hätte ich gern gesprochen.«

»Tut mir leid, Herr Dr. Holm ist derzeit nicht zu sprechen.«

»Wann kann ich ihn erreichen?«

Frau Rietmüller atmete hörbar. »Kann ich nicht sagen. Worum geht's denn?«

Sachse schilderte kurz sein Anliegen.

»Da wenden Sie sich am besten direkt an Hauptkommissarin Geisler. Soll ich Ihnen mal die Handynummer geben?«

»Nicht nötig. Ich hab die Nummer. Schönen Tag, Frau Rietmüller.«

»Ihnen auch. Tschüs.«

Witwe Brellenkamp kam auf ihn zu. Sie wirkte wütend.

»Herr Sachse. Mir reicht's jetzt. Ich habe jeden Abend die Hinterlassenschaften dieser Mischlingstöle in meinem Vorgarten. Dieser Schnösel, dieser junge Mann, der im letzten Jahr hierhergezogen ist, lässt den Hund frei laufen, und der macht sein Geschäft in meinem Vorgarten. Immer. Jeden Tag. Können Sie da nicht mal was machen?«

Frau Brellenkamp setzte sich auf die Bank. Sie war außer Atem.

Sachse steckte das Telefon weg. Würde er Marie Geisler eben ein paar Minuten später die frohe Botschaft übermitteln.

※※※

Die gelbe Lampe leuchtete wieder. Marie nahm sich vor, das Problem spätestens in der kommenden Woche zu lösen. Sie bog in Eckernförde am Bahnübergang von der B 76 auf die Preußerstraße ab, rollte am Minigolfplatz vorbei, als unvermittelt eine ältere Dame auf die Straße trat. Schimpfend. Am Hütchen erkannte Marie sofort die Brix. Die pensionierte Amtsrichterin schaute über die rechte Schulter und hob drohend den Arm.

Das EMO und Marie kamen nur zwei Meter vor der Frau zum Stehen, die nicht nur bei der Polizei in Eckernförde großen Respekt genoss. Ihr Ruf als heimliche Ermittlerin war auch beim LKA legendär. Jetzt erkannte Margarete Brix, wie unvorsichtig sie gewesen war, winkte entschuldigend, schaute genauer hin und kam zum Seitenfenster.

»Frau Geisler, bitte üben Sie Nachsicht mit einer alten Dame, die betrogen wurde«, sagte sie.

»Wer wagt es denn, die Brix zu betrügen?«, empörte sich Marie.

»Die Knilche, Sie kennen ja die Knilche, mit denen ich im Ykaernehus lebe. Sie haben sich gegen mich verschworen und beim Minigolf falsch aufgeschrieben. Gauner, elende Gauner. Aber meine Rache wird furchtbar sein.«

»Wenn Sie Unterstützung brauchen, auf mich können Sie zählen. Jederzeit.«

Die Brix tippte an ihr Hütchen und ging zum Parkplatz. Dort öffnete ein Taxifahrer den Wagenschlag und verbeugte sich galant. Marie seufzte und fuhr weiter.

Eine Runde durch Eckernförde war wie ein kleiner Urlaub. Sie entschied sich, durch den Hafen zu fahren, zu schauen, ob Harry im Bürgerbüro seiner Partei säße. Harry, mit dem sie so gern über Politik diskutierte. Tatsächlich sah sie ihn durch die Schaufensterscheibe, als ihr Telefon läutete. Alle Parkplätze waren besetzt. Vor ihr die Bimmelbahn, die während der Saison Touristen durch die Stadt transportierte. Der Anrufer verlor die Geduld. Erst vor ihrem Lieblingsweinlokal fand sie eine Parkbucht. Sie grüßte ins »Römer« und sah auf dem Display, dass Holm angerufen hatte. Sie wählte dessen Handynummer.

»Frau Geisler, schön, dass Sie zurückrufen. Ich mach es kurz. Mein Gesundheitszustand macht eine Behandlung nötig. Nach Rücksprache mit dem Abteilungsleiter teile ich mit, dass Sie im Jansen-Fall ab sofort statt meiner den Hut aufhaben. Übrigens ist Holger Sennz bereits zurück. Ich denke, dass ich schon in Kürze wieder im Dienst bin. Und: Bitte keine Nachfragen medizinischen Charakters. Alles klar?«

»Moment, Sie glauben doch nicht, dass ich mich so abspeisen lasse. Sie und ich wissen, dass uns mehr verbindet als die Hierarchie des öffentlichen Dienstes.«

»Eben«, ging Holm dazwischen. »Ich melde mich, sobald ich das kann. Viel Erfolg und bis bald. Sie machen das gut.« Er legte auf.

Marie ließ den Hörer sinken. »Da legt er einfach auf.«

Erneut klingelte das Telefon.

»Sachse hier. Ich habe Neuigkeiten.« Er berichtete vom Ermittlungserfolg, den Oberwachtmeisterin Friese erzielt hatte.

Marie überlegte nur kurz. »Bevor Sie die Mobilnummer anrufen, informieren Sie Elmar Brockmann. Vielleicht kriegen die ja eine Ortung hin. Bis dahin überlegen Sie, was Sie Judith Jansen sagen. Unser vorrangiges Ziel ist es, zu erfahren, wo sie sich aufhält. Die Wahrheit scheint mir in diesem Fall nicht der beste Weg. Lassen Sie sich was einfallen. Ich bin auf dem Weg zu Holger Sennz.«

»Alles klar. Ich melde mich.«

Die Bimmelbahn war außer Sichtweite. Marie startete den CD-Player. Eines ihrer Lieblingsstücke erklang: der Quartettsatz c-Moll, D 703 von Schubert. Sie bog Richtung Kosel ab, als die letzten Töne verklangen. Ein furioses Finale.

Holger Sennz wohnte in Süderbrarup am Thorsberg. Passender konnte eine Adresse kaum sein. Sie würde mit der Fähre über die Schlei fahren.

Marie sah noch, wie die »Missunde II« Fahrt aufnahm und dem nördlichen Ufer entgegenstrebte. Sie stand als Erste vor der Schranke, stieg aus und setzte sich auf die Mauer rechts des Schlagbaums. Ein paar Minuten aufs Wasser zu gucken hatte noch nie geschadet.

Die Abfahrt der Fähre verzögerte sich. Ein Hobbysegler kreuzte ungeschickt. Marie ahnte, dass sich der Käpt'n der »Missunde II« nicht amüsierte. So hatte jeder sein Päckchen zu tragen. Als sich endlich die Seile spannten, an denen sich die Grundseilfähre seit 1960 mit Motorkraft über die schmalste Stelle der Schlei zog, war in Marie eine Strategie gereift. Holger Sennz war eine Schlüsselfigur. Sie würde ihn aus der Reserve locken.

Die Schranke öffnete sich. Autos von Einheimischen rollten an Marie vorüber. Für sie gehörte die Überfahrt zum täglichen Ritual. Urlauber schoben Fahrräder den kleinen Anstieg hoch. Leuchtende Augen. Im Tross, niemand nahm Notiz, ein Paar mittleren Alters. Der Mann führte einen Esel. Die Schlei war eine Reise wert. Man konnte paddeln, wandern, Rad fahren, Museen besuchen und offenbar auch Esel ausführen.

Als letztes Fahrzeug verließ der bunte Transporter der frischen Frauke die Fähre. Die Frauen grüßten einander. Frauke hatte Marie bei einer Party des Polizeisportvereins kennengelernt. Zwischen ihr und dem Kollegen Fröbe lief was. Glaubte Marie jedenfalls. Frauke, die Medizinerin war, hatte ihren Klinik-Job geschmissen und belieferte seit ein paar Jahren die Gastronomen in Schleswig-Holstein mit regionalen Lebensmitteln. Ihren Einfraubetrieb hatte sie »Frische Frauke« getauft. Mit ihrem Transporter war sie vermutlich ebenso viel unterwegs wie Marie mit dem EMO. Sie waren Reisende in Sachen Sicherheit und lecker Essen.

Marie fuhr über die Rampe an Bord, stellte den Motor ab und wartete darauf, dass der Käpt'n zum Kassieren kam. Mit dem Ticket reichte er ihr auch einen Flyer ins Auto. Im Rahmen der Wikingertage hatte der Musikmanager aus Leidenschaft eine irische Band verpflichtet, die Sonntag auf der Königswiese in Schleswig auftreten würde. Andreas liebte Irish Folk. Vielleicht sollte sie ihren Mann einfach fragen.

Ein Ruck holte Marie aus ihren Gedanken. Sie hatten Angeln erreicht.

Nach zwanzig Minuten passierte sie das Ortseingangsschild von Süderbrarup und die Werbeplakate für den diesjährigen Brarup-Markt, den größten ländlichen Jahrmarkt Schleswig-Holsteins. Ein fester Termin in Maries Kalender. Dort trafen sie sich gewohnheitsmäßig mit Freunden aus Hamburg. Ein Sommer ohne Braruper Sahneschnitte war nicht denkbar.

Marie ließ den Bahnhof links liegen und bog einige hundert Meter weiter rechts ab. Sennz residierte auf einem Wassergrundstück direkt am Thorsberger Moor. Die Kollegen vom Staatsschutz hatten Position bezogen. Marie parkte hinter ihnen. Beide stiegen aus.

»Moin, hat man Sie schon informiert?«, fragte der Beifahrer, der große Ähnlichkeit mit Bäcker Sievers aus Fleckeby hatte. Ein richtiger Koloss. Für ihn musste es eine Qual sein, Stunde um Stunde in einem Auto auszuharren.

»Informiert?«

»Sennz ist bereits angekommen. Er hat einen früheren Flug genommen.«

»Ja, ich weiß Bescheid, darum bin ich hier. Werde versuchen, ihn ein bisschen zu verunsichern. Vielleicht kann ich ihn aus der Reserve locken. Ich würde Sie bitten, hier stehen zu bleiben. Er muss Sie ja nicht sehen.«

Marie stieg wieder ein, fuhr noch zwanzig Meter vor und parkte das EMO schräg gegenüber der Einfahrt zum Grundstück von Holger Sennz. Sie zog ihr Schleibook aus der Tasche. Die Telefonnummer des Mannes hatte sie notiert. Freizeichen.

»Ja bitte?«

»Hallo, hier ist Emma.« Marie hatte während des Sprechens mit einem Finger über das Mikrofon gewischt.

»Wie bitte, ich verstehe nichts«, sagte die Männerstimme.

»Emma, hier ist Emma.« Marie machte ihre Stimme dünn. Sie hörte den Mann atmen.

»Hallo?«

Ein Knacken, er hatte aufgelegt. Marie versuchte es gleich noch mal. Der Anschluss war besetzt. Ob er Lunte gerochen hatte? Sie legte das Handy zur Seite. Vielleicht war es gut, ihn zu überraschen. Sie beugte sich zum Beifahrersitz und angelte ihre Dienstpistole aus dem Handschuhfach, als es an der Seitenscheibe klopfte. Marie schreckte zusammen und schaute nach links. Eine Armlänge vor ihr stand wie aus dem Nichts Holger Sennz. Marie öffnete die Tür und stieg aus.

Holger Sennz lächelte sie freundlich an, sah die Orthese.

»Sie sind ein bisschen eingeschränkt, das tut mir leid. Wie leicht gerät man ins Stolpern. Ein unbedachter Schritt. Auch ein Sturz ist ja nicht auszuschließen, liebe Frau Geisler. Ich erinnere mich gut an Sie. An Ihre Ermittlungsversuche vor ein paar Jahren. Der Staatsschutz. Das war nichts für Sie.«

Er machte eine kleine Pause. Sein Blick glitt über Maries Körper. »Sie wirken so apart, rau und doch apart. Und auf eine einschüchternde Weise smart.«

»Dass ich blond und blauäugig bin, hilft also? Deutsche Mädels passen in Ihr Weltbild. Nicht wahr, Herr Sennz?«

»Gewiss, gewiss. Und wie ich höre, haben Sie unserem Land einen Sohn geschenkt. Fein, sehr fein. Aber genug der Konversation. Sie wissen also, dass ich Emma Brinker kenne. Warum Sie das interessiert, weiß ich nicht. Es ist mir auch egal. Ich unterstütze die Bemühungen der jungen Frau, eine exzellente Studentin zu werden. Jenseits dieses Themenkomplexes bestehen keinerlei Beziehungen. Sollten Sie hierzu eine juristisch belastbare Aussage wünschen, so wenden Sie sich bitte an die Kanzlei Brusenberg in Hamburg.«

Er überreichte eine Karte.

»Wenn Ihr Sohn so weit ist, interessiert er sich ja vielleicht auch für ein Stipendium. Wenden Sie sich gern an mich.«

Er drehte sich um und ging. Aus dem Knick tauchte ein Schäferhund auf und lief hechelnd auf Sennz zu.

Marie stieg wieder ein. Eine derart deutliche Abfuhr hatte sie nicht erwartet. Sennz hatte ihr sogar gedroht. Marie war zufrieden. Der als kühl und berechnend bekannte Funktionär hatte einen Fehler gemacht. Sie musste ihm sehr nahegekommen sein.

*\*\**

Eine Untiefe vor Kitzeberg. In nur achtzig Zentimetern Wassertiefe leuchtete das Display eines Handys auf, das nicht hätte aufleuchten dürfen. Aber Emma hatte die Taste zum Ausschalten nicht lange genug gedrückt, als die Frauen am Kitzeberger Strand gelandet waren. Der Name des Anrufers war Holger Sennz.

## Auswege?

Inga hatte recht behalten. Die beiden Pakete Zucker hatten Emma sehr gefreut. Sie hatte die gesamte Gruppe gelobt und eine Überraschung präsentiert. Im Vorratslager, einem Bodenloch, das sie im letzten Sommer ausgehoben hatten und das nur Emma öffnen durfte, war auch Original-Honigmet aus Eckernförder Produktion versteckt. Emma holte sechs Flaschen. »Das Getränk der Götter, ihr Heldinnen. Abschminken, umziehen, und dann trinken wir auf Thors Wohl.«

Zwei Stunden später endete das Gelage. Zum Honigwein hatten sie sich quer durch die Vorräte gefressen, und nun lagen sie nebeneinander im Licht der fahlen, untergehenden Sonne. Der Nebel waberte noch immer über das Wasser. Leise Schnarchgeräusche waren zu hören. Alle schliefen. Bis auf Judith.

Sie hatte den anderen zugeprostet, aber nur wenige Schlucke genommen. Sie war nüchtern, und sie war hellwach. Sie hatte an fast nichts anderes denken können als an ihr Handy. Nur an ihre Eltern und den Mann auf der »Schwabenglück« hatte sie auch gedacht. Sie stand auf, klopfte sich den Sand von der Hose, nahm eine Rolle Toilettenpapier und ging in Richtung des Donnerbalkens. Immer wieder drehte sie sich um. Die anderen regten sich nicht, schienen tief und fest ihren Rausch auszuschlafen.

Der Donnerbalken lag hinter einer kleinen Buschgruppe. In deren Sichtschutz beschleunigte Judith ihren Schritt und lief in einem Bogen zum Strand, zum Boot, zu ihrem Handy. Sie hatte einen Schraubendreher aus der Werkzeugkiste dabei, stieg über die Gummiwulst ins Boot, suchte mit fahrigem Blick den Strand ab. Niemand war ihr gefolgt. Sie beugte sich vor, wusste genau, an welcher Stelle sie ihr Handy gesehen hatte. Es war bei der Landung allerdings wieder verrutscht.

Vorsichtig schob sie den Schraubendreher unter den schwarzen Boden und nutzte den Hebel, um einen Schlitz im steifen, extrem widerspenstigen Material zu vergrößern. Jetzt sah sie das silbrig glänzende Cover. Sie verlagerte das Gewicht ein wenig, um die Klinge des Schraubendrehers weiter vorschieben zu können. Das Boot bewegte sich, und das Handy rutschte zurück unter den Boden. Judith fluchte leise, kletterte über die Wulst auf den Strand. Sie musste das Boot ein wenig nach Steuerbord kippen.

Angestrengt hielt sie Ausschau nach Steinen, mit denen sie das Boot an Backbord unterfüttern könnte. Nichts. Ihr Blick fiel auf die Leine am Bug, die sie an Land an einem Baum befestigt hatten. Rasch lief sie zum Baum, erinnerte sich daran, dass die Umlenkung der Leine ihre Kraft vergrößern würde, zog an der Leine, lehnte sich mit ihrem ganzen Gewicht in eine Schlaufe, die sie über Rücken und Schulter führte, und tatsächlich rutschte der Rumpf einige Zentimeter aus der flachen Kuhle heraus, die er beim Anlanden in den Sand gedrückt hatte.

Zurück am Boot stieg sie nicht mehr ein, sondern beugte sich von außen über die Gummiwulst hinunter zum Boden. Endlich gelang es ihr, den Schraubendreher hinter das Handy zu pressen. Sie drückte auf den Griff, der Boden hob sich. Nur um wenige Zentimeter. Aber der schmale Schlitz bot genügend Raum, um mit dem Zeigefinger nach dem Handy zu angeln. Judith spürte, wie ihr Herz pochte. Gleich würde sie wieder mit der Welt verbunden sein.

\*\*\*

Marie ging die schmale Wohnstraße entlang. Gepflegte Vorgärten, der Wind rauschte in den Bäumen, Autos der gehobenen Mittelklasse, heile Welt und mittendrin Holger Sennz, der seit Jahren versuchte, die Welt aus den Angeln zu heben. Jedenfalls die freie Welt.

Marie hatte gelesen, was er publiziert hatte, seinen Reden zugehört, sich bemüht, das Leben des Holger Sennz zu erfassen. Nach all den Recherchen, die sie vor einigen Jahren angestellt hatte, um das Dossier des Staatsschutzes zu erweitern, glaubte sie zu wissen, was den Mann trieb. Weder war er ein überzeugter Faschist, noch galt seine Leidenschaft der Politik. Die rechte Ideologie diente ihm lediglich als Vehikel. Als Mittel zum Zweck.

Holger Sennz strebte nach Macht und Einfluss. Sein Motiv war dabei aber nicht die Wirksamkeit, er wollte Aufmerksamkeit. Aufmerksamkeit für seine Person. Es waren nur wenige Gespräche mit einem Psychologen nötig gewesen, um Marie in ihrer Persönlichkeitsanalyse zu bestätigen.

Nun stellte sich die Frage, inwiefern es seinem Streben nutzte, Emma Brinker zu funktionalisieren. Und womöglich weitere junge Frauen. Vordergründig ging es ihm vielleicht um Bewunderung und Anerkennung. Aber Marie glaubte, dass mehr dahintersteckte.

Sie erreichte das Auto der Kollegen vom Staatsschutz, berichtete kurz vom Gespräch, das sie mit Holger Sennz geführt hatte, und sparte auch die Drohung nicht aus.

»Da empfehle ich, Vorsicht walten zu lassen«, sagte der Hüne. »Mit Sennz ist nicht zu spaßen.«

»Sind ja bald Ferien«, antwortete Marie. »Dann ist meine Familie erst mal aus der Schusslinie, und bis dahin haben wir den Fall hoffentlich geklärt.«

»Ihren Optimismus hätte ich gern.« Der Kollege nippte an einem Warmhaltebecher. »Sorry, ich würde ja einen Kaffee anbieten. Aber ich hab nur das hier. Ist auch leer. Leider.«

»Da kann ich helfen. Kommen Sie, wir machen einfach neuen. Im EMO.«

»Wo?«

»EMO, so heißt mein Bus. Kurz für Ermittlungsmobil. Und das Beste: Ich habe eine Espressomaschine, handbetrieben.«

»Sven, dein Becher. Ich bring dir was mit. Okay?«

Sven im Auto nickte und lauschte. Man hatte das Telefon von Holger Sennz angezapft.

»Vorsicht, Kopf einziehen.« Marie war schon eingestiegen. Der Hüne stand noch in der Tür und verdunkelte den Innenraum. Als er einstieg, neigte sich das EMO nach rechts.

»Setzen Sie sich.« Marie deutete auf die Rückbank. »Geht sofort los.«

Sie holte die Kaffeedose aus dem Schrank. »Heute Morgen frisch gemahlen.« Dann öffnete sie eine Klappe.

»Eine Siebträgermaschine? Ohne Strom?«

»Ja, ich brauche nur heißes Wasser. Mit Gas kein Problem.«

»Super. Kommt auf meine Geburtstagswunschliste.«

»Und Bio-Kaffee aus der Rösterei in Eckernförde.« Marie freute sich, dass der Kollege ihr Angebot schätzte. »Marie«, sagte sie und reichte dem Hünen die Hand.

»Holger«, sagte der, und beide lachten. »Habe ich mir nicht ausgesucht. Wie kommst du eigentlich an den Bus hier?«

Marie erzählte die Geschichte, berichtete von Holms Angebot, um sie im Dienst zu halten.

»Erstaunlich flexibel«, kommentierte Holger. »So kenne ich unseren Apparat gar nicht.«

»Sag mal. Ihr seid ja nun schon länger an Sennz dran. Welche Ziele verfolgt er? Was ist sein zentrales Projekt?«

»Ich denke, dass er seine Strategie geändert hat. Vor vier oder fünf Jahren galt sein Interesse der Partei. Er wollte intern Karriere machen. Das hat nicht geklappt. Er blieb der reiche Geldgeber. Für den Vorstand war er zu intellektuell, ihm fehlte der Stallgeruch. Das ist bei den Rechten nicht anders als bei anderen Parteien. Dann hat er sich umorientiert, und jetzt versucht er zum zweiten Mal, eine Jugendorganisation aufzubauen. Junge Leute sind die Zukunft der Bewegung, und wenn es ihm gelingt, die an sich zu binden, hat er gewonnen. Er sammelt sie ein wie Jünger.«

Marie füllte Kaffeepulver in den Zylinder und presste den Kaffee. Dann nahm sie den Wasserkessel von der Flamme, füllte das Wasser ein und drückte den Hebel des mobilen Siebträgers nach unten. Der Duft frischen Espressos erfüllte das EMO.

»Ich will auch so einen Bus«, sagte Holger und nahm seinen Warmhaltebecher entgegen, den Marie mit einem doppelten Espresso gefüllt hatte.

»Da musst du schwanger werden und Mutterschaftsurlaub beantragen.«

»Ich werde das der Gleichstellungsbeauftragten melden.« Er trank. »Heiliger Strohsack, ist das ein großartiger Kaffee.«

Marie lächelte. »Noch mal zu Sennz und dem fehlenden Stallgeruch. Er stammt doch aus einer, sagen wir mal, Ökofamilie, oder?«

»Ja, Anti-Atomkraft, Friedensbewegung, und um dem Ganzen die Krone aufzusetzen, waren seine Eltern Achtundsechziger reinsten Wassers.«

»Verstehe. Die werden von den Rechten wirklich gehasst und als Gutmenschen in die Ecke gestellt.«

»Am liebsten gleich an die Wand«, ergänzte Holger.

»Und jetzt arbeitet er am Bund Deutscher Mädel 2.0?«

»Kann man sagen. Wobei wir nur seine theoretischen Schriften kennen. Es gibt Hinweise, die auf eine gewisse Nähe zum Wikingerkult hindeuten. Sennz hat den jungen Frauen übrigens im Gegensatz zum BDM im Nationalsozialismus eine aktive Rolle zugedacht. Die Frauen sollen nicht nur singen, wandern, kochen und Kinder gebären. Sie sollen kämpfen. Wir haben ein Gespräch abgehört, in dem er die starke Rolle von Müttern in Familien und Clans mit salafistischem Hintergrund lobt. Als Verleger unterhält er Beziehungen zur israelischen Armee. Für die druckt er Handbücher. Ist ein Bewunderer der israelischen Soldatinnen.«

»Ist er religiös?«

»Nein. Agnostiker würde ich sagen. Sennz glaubt in erster Linie an sich selbst. Oder nein, das ist falsch. Er würde gern an sich selbst glauben und arbeitet deshalb so hart an der Figur, die er gern wäre. Ein moderner Führer.«

»Und was macht die jungen Frauen anfällig? Perspektivlosigkeit?«

»Ach ja. So ein Schlagwort. Perspektivlosigkeit. Ich finde, das ist Quatsch. Okay, die Chancen sind nicht gleich verteilt. Aber die Welt ist eben nicht gerecht. Ich würde sagen, dass Orientierungslosigkeit das Einfallstor für die Verführer ist.«

Maries Handy klingelte.

»Moin, meine liebe Schwiegertochter. Wo bleibst du? Uwe und ich müssen weg. Ich dachte, du holst Karl ab.«

»Oh, Rita. So ein Mist. Hab ich vergessen. Ich fahre sofort los. Halbe Stunde. Passt das für euch?«

»Passt, fahr vorsichtig.« Rita legte auf.

»Das ist mir noch nie passiert. Lasse ich meinen Sohn sitzen. Holger, war mir eine Freude. Wir bleiben in Kontakt.«

»Sowieso. Wie ich höre, bist du ja mittlerweile Dezernatsleiterin.«

»Ich vertrete meinen Chef für ein paar Tage. Mehr nicht.« Sie klopfte das Kaffeepulver aus dem Träger. »Jetzt haben wir noch keinen Kaffee für Sven.«

»Kein Ding. Ich gebe ihm was ab.«

Holger stieg aus, und das EMO kam wieder aus den Federn.

*\*\**

Es knackte, als Judith versuchte, das Handy mit der Schmalseite voraus unter dem Bootsboden hervorzuziehen.

»Bitte, bitte mach, dass ich es schaffe. Bitte, lieber Gott.«

Judith schämte sich. An langen Gruppenabenden hatte sie sich zu Thor bekannt, ihren Glauben Stück für Stück abgegeben. Und jetzt, in großer Not, bat sie ihren alten Gott um Hilfe. Das Handy drehte sich. Sie sah die Längsseite. Jetzt musste es gelingen, das Handy gleichmäßig links und rechts zu fassen.

Die Klinge des Schraubendrehers war zu glatt. Das Gehäuse würde an der Klinge abrutschen. Judith holte ihren Leatherman hervor, schnitt ein Stück von ihrem T-Shirt ab, stand auf und machte einen Schritt zum Wasser hin. Sie tauchte den Stoff ins Meer und umwickelte damit die Messerklinge des Werkzeugs, beugte sich wieder ins Boot. Rechts schob sie langsam die Klinge hinter ihr Handy, spürte, wie der feuchte Stofffetzen Halt am glatten Gehäuse des Telefons fand. Auf der linken Seite hielt sie mit ihrem Zeigefinger dagegen. Sie hielt die Luft an, beugte ihr rechtes Handgelenk, so weit sie konnte, und dann, ein Stoßseufzer, war das Handy frei.

Mit weit aufgerissenen Augen schaute Judith hoch. Sie hatte Stimmen gehört. Rasch schob sie das Handy in ihre Hosentasche, verbarg den Schraubendreher unter ihrem Wams. Doch so intensiv sie die Umgebung absuchte, es war niemand zu sehen. Vielleicht Stimmen, die über das Wasser getragen wurden. Der Nebel, die Dämmerung. Wasser und Himmel schienen eins. Ein Boot würde sich unentdeckt bis auf zehn oder weniger Meter nähern können. Sie durfte nicht hier, nicht am Boot gesehen werden.

Schnell, aber nicht zu schnell entfernte sich Judith von Boot und Lager. Hinter einer niedrigen Düne kauerte sie sich in den Sand. Ihr Puls raste. Mit großer Sorgfalt streifte sie Sand von ihren Händen, fischte das Handy aus der Hosentasche. Das Display war dunkel. Sie alle hatten ihre Handys ausgeschaltet, bevor sie nach Kitzeberg gefahren waren. Fünf Tage war das her. Ob der Akku es noch tat?

Judith drückte den Einschalter auf der rechten Seite und spürte die vertraute Vibration. Das Herstellerlogo leuchtete auf. Es dauerte noch einen Moment, dann endlich der Startscreen und oben der Hinweis auf den Ladestand des Akkus: vierzehn Prozent. Viel war das nicht.

Sie hatte einen Kloß im Hals, als sie aus den Kontakten ihren Vater auswählte. Freundlich lachte er sie auf dem Foto an. Er würde wissen, was zu tun war. Judith hielt das Handy ans Ohr. Nichts. Sie schaute auf das Display. Kein Netz. Sie stand auf, reckte das Handy am ausgestreckten Arm so hoch, wie es nur ging. Nichts. Sie ging los, die Anzeige stets im Blick. Nichts. Sie musste einen erhöhten Standort finden. Nahe dem Lager, dort, wo sie den Donnerbalken gebaut hatten, gab es einen Hügel. Sie würde das Risiko eingehen.

Der Nebel bot Deckung. Als sie den Hügel erreichte, reckte sie das Handy erneut in den milchigen Himmel. Ein Balken. Sie tippte auf das Foto ihres Vaters, die Verbindung wurde aufgebaut, ein Freizeichen. Akkuladestand zwölf Prozent. So schnell, das konnte doch nicht sein. »Bitte, lieber Gott, hilf mir. Bitte, Papa, geh ran.«

Es rauschte, knisterte.

»Hallo, ich bin Rüdiger Jansen und kann Ihren Anruf gerade nicht entgegennehmen. Bitte hinterlassen Sie eine Nachricht nach dem Signal.«

Judith kratzte sich an der rechten Wange. »Nein, bitte. Papa, wo bist du denn?«

Dann erklang das Nebelhorn, das er als Signalton eingerichtet hatte.

»Papa, hörst du mich? Bitte geh ran, wenn du mich hörst. Mir geht's gut, aber ich habe solche Angst. Wir haben echt Scheiße gebaut, und ich will nach Hause. Du musst mich holen. Ich komme hier doch nicht weg. Emma ist auch hier.«

Ein Knistern, die Verbindung brach ab. Neun Prozent Akku.

»Oh mein Gott. Was soll ich denn machen?«

Judith schaltete das Handy aus. Es war wohl das Beste, Akku zu sparen. Aber wenn er jetzt anriefe? Dann würde er eine Nachricht hinterlassen. Sie würde das Handy einfach in der Nacht wieder einschalten. Vielleicht hatte ihr Vater Spätdienst. Der ging bis zweiundzwanzig Uhr. Dann müsste er sich noch umziehen.

»Papa, du spürst, dass ich dich brauche. Wenn du ins Auto steigst, auf dem Parkplatz, dann schaltest du dein Handy ein. Das machst du doch immer so. Und dann rufst du an. Bitte, bitte.«

Judith schob das Handy unter ihr Wams und klemmte es mit dem Oberarm ein. Bliebe der Akku warm, hielte er bestimmt noch ein bisschen länger durch. Langsam ging sie zurück zum Lager.

\*\*\*

Rüdiger Jansens Handy lag beim Kriminaldauerdienst auf einem Schreibtisch und war stumm geschaltet. Rüdiger Jansen hatte es im Dienst bei sich gehabt, und die Nutzung privater Handys war bei Bronsky-Security streng verboten. Der Mitarbeiter des LKA schrieb gerade einen Bericht und starrte konzentriert auf seinen Monitor. Das Aufleuchten des Displays hatte er nicht gesehen.

## Im Visier

Judith konnte nicht einschlafen, wälzte sich hin und her und schaltete das Handy um zweiundzwanzig Uhr wieder ein. Immer noch neun Prozent Akku. Sie war erleichtert und wartete, aber nichts geschah. Dann übermannte sie der Schlaf.

Im Morgengrauen wurde sie geweckt. Emma rüttelte an ihrer Schulter, kniete neben ihr, hielt ihr das Handy dicht vor die Nase, so dicht, dass sie die Uhrzeit auf dem Display nicht lesen konnte.

»Bist du total bescheuert?«, brüllte Emma. »Willst du uns alle auffliegen lassen? Ich hatte klar gesagt, dass alle Handys über Bord geworfen werden. Du bist eine so unglaublich blöde Kuh!«

Sie legte das Handy auf den Boden, nahm einen großen Kieselstein aus der Umrandung des Lagerfeuers und zertrümmerte das Gerät mit wuchtigen Schlägen.

Judith sprang auf und lief weg. Etwas wollte in ihrem Brustkorb zerreißen, etwas wühlte und wütete in ihr. Sie rannte, vorbei an der kleinen Buschgruppe bis zum Hügel, hinter dem sie sich in den Sand fallen ließ. Es fühlte sich an, als sei jemand gestorben.

✳✳✳

Schichtwechsel im LKA. Der zuständige Sachbearbeiter überprüfte Rüdiger Jansens Handy, hörte Judiths Nachricht und wählte Marie Geislers Nummer.

✳✳✳

Marie stand auf dem Schulhof und zog an der Kordel des Kapuzenpullis. Ein besonders kühler Morgen mit Nebel über dem Wasser. Eine andere Mutter hatte sie abgefangen und beklagte langatmig, dass die Kinder an den Nachmittagen nur zu Hause rumlungern würden. »Er sitzt nur vor dem Computer und zockt. Gibt es denn gar keine anständigen Angebote in den Vereinen mehr?«

Marie berichtete von Karls Fußballaktivitäten.

»Fußball ist so, wie soll ich das sagen, so ein Unterschichtensport. Da möchte ich Alexander nicht hinschicken.«

Marie beherrschte sich. Konstruktiv mit Konfrontation umzugehen, das hatte sie doch gelernt.

»Wie wäre es mit Segeln?«

»Wissen Sie, was das kostet?«, ereiferte sich Alexanders Mutter.

»Nein, aber ich kann unseren Jugendwart mal fragen. Vielleicht kriegen wir für Jungs wie ihren Alexander, also für Kinder und Jugendliche, die noch keinen Kontakt zum Segelsport haben, ja so was wie eine Schnupperregatta hin.«

»Sie segeln?«, fragte Maries Gegenüber und rückte ihr Markenhandtäschchen zurecht.

»Ja, aber vor allem spiele ich Fußball. Ich sage dann Bescheid. Moin.« Marie drehte sich um, verließ den Schulhof und beschleunigte ihr Hinken, als sie das Handy im EMO klingeln hörte. Sie hatte die Seitenscheibe offen gelassen.

Nachdem sie Judiths Nachricht gehört hatte, beschloss sie, sofort Lieselotte Jansen zu informieren, die mutmaßlich große Angst um ihre Tochter hatte. Und mit Emma Brinkers Mutter sollte sie auch sprechen. Von Karls Schule war es ein Katzensprung.

Dass sie Judiths Handy nicht orten konnten, war extrem ärgerlich. Sie rief Sachse an.

»Moin, Herr Sachse, haben Sie inzwischen Judith Jansens Handy angerufen?«

»Ja, leider Fehlanzeige. Es lief nur eine Ansage. Eine Nachricht konnte ich nicht hinterlassen. Aber ich versuche es weiter. Vielleicht geht sie ja irgendwann ran. Ich hatte mir überlegt, sie als Zeugin vorzuladen. Diebstahl in der Nachbarschaft.«

»Ich fürchte, das können Sie vergessen. Das Handy ist nicht zu orten.«

»Mist. Aber man weiß ja nie. Ich versuche es trotzdem weiter.«

\*\*\*

Judith wusste weder ein noch aus. Sie hatte geweint, geflucht und gezittert. Sie wollte nur noch weg. Die Kälte machte ihre Muskeln steif, der Nacken schmerzte schon seit Stunden. Judith hatte Gymnastik gemacht und war in leichtem Trab zum Strand gelaufen. Am Strand entlang und da, wo der Sand in das felsige Ufer überging, hatte sie eine Entdeckung gemacht.

Zuerst hatte sie das knallgelbe Ding für ein Surfboard gehalten, aber es war ein Board für Stand-up-Paddler. Ohne Paddel, aber es war ihre Chance. Sie schaute sich zwischen den großen Steinen um und fand schon nach kurzer Zeit eine angespülte Holzkiste. Sie hockte sich in den Sichtschutz eines Findlings und holte ihren Leatherman hervor. Mit Messer und Zange gelang es ihr, die Nägel aus der Kiste zu entfernen. Paddelblätter hatte sie nun, aber keinen Griff. Sie würde es im Liegen versuchen oder im Sitzen.

Judith verstaute den Leatherman und sagte: »Danke, Papa. Ich komm jetzt.« Sie stand auf und musste blinzeln. Der Nebel lichtete sich langsam, und die Sonne kam durch. Judith stellte sich an den Strand, kniff die Augen zusammen, schaute in Richtung Sonne, dann aufs Wasser, und innerlich peilte sie die »Schwabenglück« an. Solange die Sonne blieb, würde sie die Yacht finden, sie konnte sich auch an den Tonnen und der kleinen Insel orientieren. Als sie mit dem schweren Schlauchboot gepaddelt waren, hatten sie weniger als eine Stunde benötigt.

Sie legte sich auf das Board und tauchte das Brett ins Wasser. Es hatte genau die richtige Breite, aber es war zu lang. Das Board drehte sich. Jetzt das andere Brett. Nein, so ging das nicht. Nicht abwechselnd. Mit den Händen war es einfacher, aber da kam sie nicht voran. Sie setzte sich und legte ein Brett vor sich aufs Board. Das andere Brett benutzte sie, als säße sie in einem Kanadier, tauchte es an Back- und dann an Steuerbord ein. Das war die Lösung.

»Nu geiht dat los«, sagte Judith und entfernte sich mit gleichmäßigen Schlägen vom Ufer.

*\*\**

Marie ließ ihr EMO stehen. Die paar Schritte zu gehen würde gut sein. Im Laufe der Jahre hatte sie gelernt, dass man sich auf Angehörige von Gewaltopfern voll und ganz einlassen musste. Das hatten sie verdient.

Der kleine Spaziergang brachte ihren Kreislauf in Schwung, und als sie vor der Haustür der Jansens stand, war ihr nicht mehr kalt. Sie atmete tief durch und drückte den Klingelknopf. Gleich summte der Türöffner. Lieselotte Jansen stand mit einem kleinen Rucksack über der Schulter in der Wohnungstür. Bis sie Marie erkannte, dauerte es einen Augenblick.

»Nur einen Moment, Frau Jansen?«, fühlte Marie vorsichtig vor.

Lieselotte Jansen nickte, schob die Wohnungstür wieder auf. »Kommen Sie, ich wollte eben zur Arbeit. Aber ich bin früh dran.«

Marie trat ein. Lieselotte Jansen ging vor in die Küche. Dorthin, wo sie beim Frikadellenbraten vom Tod ihres Mannes erfahren hatte.

»Sie arbeiten wieder?«

»Klar, die Kosten laufen ja weiter, und jetzt, wo Rüdiger nicht mehr ist …«

»Wo sind Sie beschäftigt, wenn ich fragen darf?«

»Gleich hier vorn an der Tankstelle beim Hotel Hohenzollern. Der Chef ist in Ordnung. Ich muss nicht fahren, und seitdem Judith alt genug ist, kann ich ja auch abends.«

»Ich komme, weil ich eine gute Nachricht für Sie habe, Frau Jansen. Wir wissen, dass Judith lebt.«

Lieselotte Jansen ließ sich auf den Küchenstuhl fallen. »Was … was dachten Sie denn, dass sie tot ist?« Ihr Gesicht wurde bleich.

Marie setzte sich ihr gegenüber, nahm ihre Hand. »Wir wissen immer noch nicht, wo sie ist. Aber wir wissen, dass sie – da ist. Wir konnten ja vorher nichts ausschließen.« Marie hatte es vergeigt.

»Wie, nichts ausschließen? Sie ist mit ihren Freundinnen unterwegs. Irgendwo versackt vielleicht. Sie ist ja keine zwölf mehr. Judith kommt wieder.« Sie machte eine Pause. »Und dann erzähle ich ihr von ihrem Papa.« Lieselotte Jansen versagte die Stimme.

Sie stand auf, ließ den Rucksack auf den Boden rutschen, ging in den Flur, nahm ein Foto von der Wand, kam zurück und setzte sich schluchzend wieder an den Küchentisch. Auf dem Foto waren sie, ihr Mann und Judith zu sehen. Die drei posierten strahlend auf der Liebesinsel vor der Schleswigerin, der beliebten Bronzeskulptur an der Promenade. Lebensfroh wie die pralle Schleswigerin wirkte die kleine Familie.

»Und wenn Judith wieder bei mir ist, dann beerdigen wir Rüdiger. Und wir pflanzen Blumen auf seinem Grab. Vergissmeinnicht.« Sie drückte den Bilderrahmen an sich und weinte still. »Ich liebe ihn so sehr, und er war ein guter Vater für Judith. Er hat sie immer unterstützt. Er hat gesagt: ›Judith, es kommt nicht darauf an, was du schaffst, es kommt darauf an, dass es dich glücklich macht. Am besten dich und ein paar andere auch noch.‹ Er soll auf dem Friedhof am Friedrichsberg beerdigt werden. Da liegen auch seine Eltern. Das ist ganz nah am Margarethenwall, da haben wir uns das erste Mal geküsst.«

Zärtlich streichelte sie über das Foto. »Woher wissen Sie eigentlich von Judith?«

»Sie hat versucht, Ihren Mann anzurufen. Wir haben ja sein Handy.«

Von der Sprachnachricht erzählte Marie nicht.

»Das kann doch nicht sein.« Lieselotte Jansen zog ihr Handy aus der Jacke. »Ich habe Judith tausendmal angerufen. Immer nur diese englische Ansage. Sie würde doch ans Telefon gehen, wenn sie meine Nummer sieht.«

»Das würde sie ganz bestimmt, Frau Jansen. Aber Judith hat eine Prepaid-Karte benutzt. Leider können wir es nicht orten. Es ist wohl kaputt.«

Sie wechselte die Stellung, beobachtete ihre eigene Körpersprache und stellte fest, dass sie unsicher war, fragte aber dennoch: »Was anderes. Kennen Sie eigentlich Reimer Biesenkämper?«

»Ach, der Jäger. Und ob ich den kenne. Er wollte Rüdiger nicht bezahlen. Rüdiger hat für ihn geschuftet, und er wollte nicht bezahlen. Ein ganz widerlicher Typ.«

»Was hat Ihr Mann denn für Herrn Biesenkämper getan?«

»Er hat ständig die Laster nach Holland gefahren. Immer in den Nächten, in denen er keinen Dienst hatte.«

»Lastwagen. Wissen Sie, was er transportiert hat und wohin?«

»Rüdiger hat gesagt, er würde Elefantenstoßzähne fahren.« Lieselotte Jansen lachte. »Er hat immer so seine Scherze gemacht. Ich vermisse ihn so.« Sie schaute auf die Uhr. »So, ich muss. Hilft ja nix.« Sie stand auf, wischte sich eine Träne aus dem Augenwinkel.

Gemeinsam verließen sie das Haus, trennten sich an der nächsten Kreuzung. Marie fragte sich, ob sie zur Arbeit gehen könnte, wenn Andreas noch keine Woche tot wäre.

Bei den Brinkers öffnete ihr niemand. Marie würde Frau Brinker später telefonisch zu erreichen versuchen.

Gestern Abend hatte ihr Mann eine SMS geschickt. Der Tag wäre hektisch gewesen. Er sei jetzt mit Stefan beim Inder. Marie hatte nicht geantwortet. Sie hatte gedacht, Stefan läge noch im Krankenhaus.

Im EMO telefonierte sie und notierte die Adresse des Itzehoer Zahnarztes, der Biesenkämpers Alibi bestätigt hatte.

»Keine Privatfehde mit Biesenkämper«, ermahnte sie sich und war schon auf dem Weg nach Itzehoe.

\*\*\*

Judith fiel ins Wasser. Sie war völlig entkräftet. Das Board entfernte sich von ihr. In ihrer rechten Hand hielt sie noch eines der Bretter. Das Wasser war viel kälter als in Strandnähe. Unterwegs hatte sie geschwitzt, jetzt fror sie. Ganz plötzlich. Ein Krampf in der linken Wade. Sie strampelte, und mit der rechten Hand erwischte sie eine Sprosse der Badeleiter. Die »Schwabenglück« lag vor Anker, wo sie auch gestern schon gelegen hatte. Sie hatte es tatsächlich geschafft.

Der Krampf tat weh. So weh, dass Judith die Badeleiter loslassen musste. Sie zog die Fußspitze nach oben, versuchte, den Muskel zu dehnen, tauchte unter, kam wieder an die Wasseroberfläche. Schon hatte sie sich zwei Meter von der »Schwabenglück« entfernt. Sie machte Schwimmbewegungen mit den Armen. Voller Panik und doch matt. Der Krampf wollte nicht weichen. Erschöpft legte sie sich auf den Rücken und dachte an ihren Vater. Er hatte ihr in der Schlei das Schwimmen beigebracht, und er hatte sie zu einem Kurs bei der DLRG angemeldet.

Judith beruhigte ihre Atmung, entspannte ihren Nacken und ihre Schultermuskulatur, trat mit dem rechten Bein Wasser, schloss die Augen, und nach Sekunden, die ihr wie Minuten erschienen, stieß sie mit dem Kopf an etwas Hartes. Es war der Rumpf des Beibootes. Mit der rechten Hand griff sie nach oben, bekam eine Dolle zu fassen, glitt am Ruder ab, das in der Dolle lag, fasste nach und fand Halt, zog sich am Rumpf entlang zur Yacht. Mit dem rechten Fuß traf sie eine Sprosse, musste das Bein aber stark anwinkeln. Sie hatte nicht genug Kraft, um sich nach oben zu drücken. Sie rief um Hilfe, aber wer sollte ihr helfen? Die Frau, die Inga gefesselt und geknebelt hatte, deren Mann, der vielleicht um sein Leben kämpfte?

Judith hörte das Tuckern eines Schiffsdiesels, drehte den Kopf und sah, wie der hellblaue Rumpf eines Kutters aus einem flachen Wellental auftauchte.

\*\*\*

Das Wartezimmer des Zahnarztes platzte aus allen Nähten. So unerträglich voll war es bei ihrem Freund, dem Eckernförder Zahnarzt Max, nie. Entweder nahmen es die Itzehoer mit der Zahnhygiene nicht so genau, oder die Praxisorganisation war eine Katastrophe. Marie stellte sich in die Schlange, die sich vor der Rezeption gebildet hatte.

Ein Mann, der etwa in ihrem Alter sein mochte, bekannte sich vernehmlich als Angstpatient. Privatsphäre gab es hier nicht.

»Wie, Sie bieten keine Hypnose an? Ich bin Privatpatient. Das geht doch so nicht. Ich will den Doktor sprechen.«

»Herr Dr. Knauber ist noch nicht in der Praxis, und Frau Dr. Biesenkämper behandelt gerade einen Schmerzpatienten. Sie werden warten müssen.«

Marie traute ihren Ohren nicht. Frau Dr. Biesenkämper? Auf dem Praxisschild stand deren Name nicht, und das Alibi hatte Knauber bestätigt. Ein Lächeln erschien auf Maries Gesicht.

Der Angstpatient verließ zeternd die Praxis. Die nächste Dame beklagte den schlechten Sitz einer Prothese im Seitenzahnbereich, eine junge Frau kam nur zur Kontrolle, und dann war Marie an der Reihe.

Sie zeigte ihren Dienstausweis. »Vielleicht kann mich Frau Dr. Biesenkämper dazwischennehmen. Ich habe tatsächlich nur eine Frage.«

Die Mitarbeiterin hinter der Rezeption war unerschütterlich. Sie hatte sicher schon manch komplizierten Patienten erlebt. Ein Dienstausweis des LKA konnte sie jedenfalls nicht aus dem Konzept bringen.

»Nehmen Sie doch bitte hier im Flur Platz. Frau Dr. Biesenkämper holt Sie dann rein.« Sie wendete sich dem nächsten Patienten zu.

Marie ging den Flur entlang und setzte sich auf den einzigen noch freien Stuhl vor Behandlungszimmer »Helgoland«. Sie dachte an die Lange Anna, den Helgoländer Brandungspfeiler, an dem die Nordsee nagte. Und sie dachte an Zahnstümpfe.

Auf einem Beistelltischchen lag der obligatorische Stapel aus Zeitschriften und Broschüren, die für diverse Vorsorgemaßnahmen warben. Marie entschied sich für ein Segelmagazin und war schon nach wenigen Bildern und Sätzen auf hoher See. Begeistert las sie den Reisebericht einer Einhandseglerin und mit großem Interesse einen ausführlichen Treibankertest.

»Frau Geisler bitte.«

Marie zuckte zusammen. Ein Stechen links oben, dann war sie zurück in der Realität, legte das Magazin zur Seite, stand auf und folgte dem weißen Kittel ins Behandlungszimmer. Die Ärztin ging zügig voran, setzte sich hinter ihren Schreibtisch und deutete auf den Stuhl, der für Besucher vorgesehen war. Er wirkte unbequem und war es auch.

»Was führt Sie zu mir?«

»Reimer Biesenkämper.«

Die Ärztin zog kurz die Lippen zusammen. Sie hatte erwartet, dass Biesenkämper der Grund für Maries Besuch war, unangenehm war es ihr dennoch.

»Und?«

»In welchem Verhältnis stehen Sie zu Herrn Biesenkämper?«

»Er ist mein Schwager. Ich bin mit seinem Bruder verheiratet.«

»Er ist Ihr Patient?«

»Nein, er ist der Patient von Dr. Knauber.«

»Waren Sie letzten Sonnabend in der Praxis?«

»Nein.«

»Herr Dr. Knauber?«

»Ja, er hatte Notdienst.«

»Und Ihr Schwager, der war Sonnabend auch hier?«

»Davon gehe ich aus. Er und auch Dr. Knauber haben mir davon erzählt.«

»Was wurde gemacht?«

»Ärztliche Schweigepflicht. Sie kennen das ja.«

»Ihr Verhältnis zu Ihrem Schwager?«

»Tadellos.«

»Wann wird Herr Dr. Knauber in der Praxis eintreffen?«

Die Ärztin schaute auf die Uhr an ihrem Handgelenk. »Halbe Stunde.«

»Gut, ich warte.« Marie stand auf. »Ach, warum findet sich Ihr Name eigentlich nicht auf dem Praxisschild?«

»Ich helfe nur aus. Ich züchte Pferde.« Ein Lächeln erschien auf dem harten Gesicht der Ärztin. »Sind wir fertig?«

Marie ging. Und freute sich darauf, Dr. Knauber zu befragen.

⁕⁕⁕

Die Finger waren blau, ohne Gefühl. Judith konnte sie nicht mehr von den seitlichen Griffen der Badeleiter lösen. Das Brummen des Schiffsdiesels war lauter geworden, der Kutter war bis auf ungefähr hundert Meter herangekommen, hatte die »Schwabenglück« passiert. Jetzt schwoll das Motorengeräusch wieder ab.

Die linke Wade schmerzte nicht mehr. Judith wurde schläfrig.

Das Schreien einer Möwe ließ sie an die Promenade in Eckernförde denken. Sie saß auf der Kaikante, ließ die Beine baumeln
und leckte an einem Eis ... Nicht einschlafen, Judith. Eine innere
Stimme. Dann plätscherte Wasser, gurgelte. Judith schaute über
die Schulter. Die Bugwelle des Kutters rollte heran. Sie verstand.
Ein Ruck ging durch ihren Körper und setzte letzte Energie frei.
Die Welle erreichte Judith, sie spürte den richtigen Moment, die
eine Chance, spannte ihre Muskeln an, stieß sich von der Lei-
tersprosse ab, zog an den glatten Griffen und ließ sich von der
Kraft des Wassers auf die schmale Plattform heben. Die Welle
hob nur einen Wimpernschlag später die Yacht. Judith drohte
abzurutschen, ins Wellental zu fallen. Mit der rechten Hand erwischte sie einen Tampen und klammerte sich fest. Sie würde
nicht wieder loslassen.

## Entlarvt

Der Zahnarzt war ein Zahnarzt wie aus dem Bilderbuch. Ein Vertreter seiner Zunft, der dem Stereotyp des golfenden Besserverdieners gerechter wurde als jede Karikatur. Offen der Sportwagen, in dem er sich näherte, verspiegelt die Sonnenbrille, gebräunt der Teint und entwaffnend das Lächeln, sofern frau dafür empfänglich war. Er hätte den jammernden Privatpatienten vorhin nicht ziehen lassen.

Marie erhob sich von der Bank, die vor dem Praxiseingang stand. »Auf ein Wort«, sprach sie ihn an und wunderte sich, wie gestelzt sie den Erstkontakt herstellte.

»So es unbedingt dabei bleiben muss«, erwiderte der Mann im weißen Poloshirt mit hochgestelltem Kragen, und Süffisanz begleitete ihn wie die Wolke des Herrenduftes, der maskulin und sportlich wirken sollte. Marie verschlug beides gleichermaßen den Atem.

»Marie Geisler, LKA.« Sie streckte ihm ihren Dienstausweis entgegen.

»Abrechnungsbetrug habe ich nicht nötig.« Das Lächeln wich einem zufriedenen Grinsen.

»Herr Dr. Knauber, Herr Dr. Knauber! Gut, dass ich Sie erwische.« Ein Mann in grüner Gärtnerkluft näherte sich. Sein Gesichtsausdruck war besorgt. »Es ist nicht gut bestellt um unseren Buxus sempervirens.«

»Der Zünsler?«

»Der Buchsbaumzünsler, in der Tat, Herr Dr. Knauber. Alle Versuche, ihn in die Schranken zu weisen, schlugen fehl.«

»Dann muss es wohl sein.«

»Extraktion?«

»Mit Stumpf und Stiel. Und dann vertrauen wir auf die reinigende Kraft des Feuers.«

»So sei es.« Der Gärtner drehte sich um und entschwand gebückt.

»Verzeihung, Frau Geisler. Sie müssen Professor Krahe entschuldigen. Ein Germanist, den man an seiner Wirkungsstätte nicht mehr für tragbar hielt. Ich nahm ihn schon vor langer Zeit unter meine Fittiche.«

»Ein Akt der akademischen Solidarität?«, fragte Marie.

»Das will ich meinen. Nun, was war doch gleich Ihr Anliegen?« Das Smartphone in der linken Hand des Zahnarztes spielte Verdis Triumphmarsch. »Sie schauen so skeptisch, Frau Geisler.«

»Ich hätte Wagner erwartet. Rheingold. Walhalla. Doch genug geplaudert. Wie haben Sie Herrn Biesenkämpers Pein gelindert?«

Dr. Knauber schaute überzeugend überrascht, drückte den Anrufer weg. »Reimer? Reimer habe ich seit einem halben Jahr nicht mehr gesehen. Mindestens. Und wenn ich es recht erinnere, war er seinerzeit lediglich zur Kontrolle hier. Von Pein konnte nicht die Rede sein. Worauf zielt Ihr Wissensdurst ab?«

»Auf ein Alibi, das Sie Herrn Biesenkämper gaben.«

»Ein Alibi? Er braucht ein Alibi? Ich habe mit niemandem gesprochen.«

»Ein Vorschlag. Sie widmen sich Ihrem ersten Patienten, ich telefoniere und komme dann zu Ihnen?«

Dr. Knauber nickte. Kopfschüttelnd ging er zur Tür.

Marie zückte das Handy. Wenig später saß sie im EMO und ärgerte sich, dass sie laut geworden war. Kaum war sie mal für ein paar Tage Chefin, brüllte sie schon Mitarbeiter zusammen. Das Alibi war ein mittelbares. Bestenfalls. Eine Zahnarzthelferin hatte behauptet, Reimer Biesenkämper sei vergangenen Sonnabend in der Praxis gewesen. Damit hatte sich der Kollege im LKA tatsächlich zufriedengegeben.

In der Teeküche der Zahnarztpraxis stand nun die betreffende Zahnarzthelferin Marie gegenüber und war sich keiner Schuld, zumindest keiner schweren Schuld bewusst. Sie gab an, dass Reimer Biesenkämper sie gebeten hatte, einen Termin für Sonnabend einzutragen. Er sei geblitzt worden. Und sein Punktekonto sei bis oben hin voll. Da habe sie nicht so sein wollen.

»Zwanzig Stundenkilometer zu schnell. Das ist doch jedem mal passiert. Er gibt immer was in die Kaffeekasse, und schließlich ist er Frau Dr. Biesenkämpers Schwager.«

Es war nicht das erste Mal, dass Marie mit einer der vielen

Spielarten von Kumpanei konfrontiert wurde. Aber sie wunderte sich stets aufs Neue, wie selbstverständlich es für manche Leute war, eine Falschaussage aus Gefälligkeit zu machen.

Reimer Biesenkämper und Rüdiger Jansen hatten sich mutmaßlich über Geld auseinandergesetzt. Ob Jansen ihn erpresst hatte, ob er nur seinen Lohn gefordert hatte oder ob Biesenkämper klar geworden war, dass Jansen ein gefährlicher Mitwisser seiner schmutzigen Schmuggelgeschäfte geworden war, spielte eine untergeordnete Rolle. Er hatte höchstwahrscheinlich ein Mordmotiv und jetzt kein Alibi mehr.

Gut, dass ich schon in Itzehoe bin, dachte Marie und verließ die Praxis, ohne erneut mit Dr. Knauber gesprochen zu haben.

✳✳✳

Am ganzen Körper zitternd, rappelte sich Judith auf und krabbelte in die Plicht. Runter von der kleinen Badeplattform. Dass die überhaupt ausgeklappt gewesen war, hatte Judith das Leben gerettet. Ohne Leiter und Plattform hätte sie es nicht aus dem Wasser geschafft.

Sie schaute sich um. Das gelbe Board war nicht mehr zu sehen. Die Strömung hatte es mit sich genommen. Sie zog ihr Wams aus. Schwer hing die Signalpistole in der weiten Innentasche. So weit sie konnte, holte Judith aus und warf Wams und Pistole nach hinten. Triefend und tropfend klatschte das Wams ins Beiboot. Judith drehte sich um. Die Schiebetür war geöffnet. Beim letzten Besuch war Inga als Letzte von Bord gegangen und hatte sie offenbar nicht zugeschoben.

Judith ging in den Salon. Auf einer Bank sah sie ein Handtuch und griff danach. Voller Angst machte sie kleine Schritte nach vorn zur Bugkoje. Die Tür, nur angelehnt. Sie spähte durch den Spalt. Die Frau links, der Mann rechts. Beide lagen auf dem Rücken. Beide hatten die Augen geschlossen. Judith trat ein, wendete sich nach rechts, beugte sich über den Mann. Er atmete.

»Danke, lieber Gott.«

Das Zittern wurde schlimmer. Sie musste sich wärmen. In diesem Zustand konnte sie die Fesseln der Menschen nicht lösen.

Sie brauchte eine Decke. Sie musste die nassen Klamotten ausziehen. Sie musste mit der Frau sprechen. Judith setzte sich zu ihr auf die Koje und zog am Knebel. Sofort öffnete die Frau die Augen.

Der Knebel ließ sich nicht lockern. Das Panzertape hatte Inga um den Kopf der Frau gewickelt, aber Judith hatte keine Kraft. Und sie zitterte. Mit schwachen, fahrigen Bewegungen zog sie sich aus und legte sich neben die Frau, zog an einem Zipfel des Betttuches und hüllte ihren Oberkörper damit ein, rutschte näher an die Frau heran. Die Frau war warm. Sie gab Geräusche von sich.

»Ich helfe Ihnen gleich«, stammelte Judith. »Ich muss zuerst warm werden.«

Das Brummen der Frau klang nach Zustimmung.

Wie lange es dauerte, bis Judiths Körpertemperatur so weit angestiegen war, dass sie sich wieder einigermaßen kontrolliert bewegen konnte, wusste sie nicht. Aber es wurde besser. Sie richtete sich auf.

»Es tut mir leid. Das tut jetzt bestimmt weh.« Sie löste möglichst vorsichtig das Panzerband von der linken Wange. Weiter traute sie sich nicht. Sie hätte der Frau die Haare ausgerissen.

Judith stand auf. An einem Haken an der Tür hing ein Bademantel, den sie zuvor nicht gesehen hatte. Dankbar hüllte sie sich in den flauschigen Stoff, ging nach vorn in die Pantry, zog zwei Schubladen auf, entdeckte eine Schere und kam zurück an die Koje der Frau.

»Ich schneide das Klebeband hinten ab.«

Die Frau nickte. Das Haar der Frau war dünn und grau, fast weiß. Judith schnitt vorsichtig und möglichst dicht am Band entlang. Haare fielen auf das Bett. Jetzt konnte sie das Klebeband vollständig lösen und die grüne Socke aus dem Mund der Frau ziehen.

Sofort begann die Frau zu sprechen, aber Judith verstand sie nicht. Einen Moment später wusste sie, woran das lag. Der Mund der Frau war ausgetrocknet. Judith löste die Fesseln an den Handgelenken. Die Frau richtete sich auf, stöhnte vor Schmerz, rutschte ans Fußende, beugte sich vor und kam mit einer Flasche

Wasser wieder hoch. »Imnauer Fürstenquellen« konnte Judith auf dem Etikett lesen. In Bad Imnau hatte Judith mit ihren Eltern im letzten Jahr Oma Luise besucht. In der Kur. Jetzt war sie tot.

✳✳✳

Die CD zu starten war ein mechanischer Akt gewesen, da sie schon seit vielen Jahren im Dienst Streichquartette hörte. Marie genoss die reine Musik, den klaren Kopf, den sie dabei bekam. Als sie das EMO auf Reimer Biesenkämpers Gelände steuerte, konnte sie nicht sagen, welches Quartett sie gehört hatte. Auch konnte sie sich an die kurze Fahrt hierher nicht gut erinnern.

»Jetzt reiß dich aber mal zusammen«, schimpfte sie sich. Die Polizistin in ihr hatte kein gutes Gefühl. Zu vage waren ihre Schlussfolgerungen, zu dünn die Indizienlage. Aber heute kam Marie nicht gegen ihr Naturell an. Dass Biesenkämper wieder auf freiem Fuß war, entsprach den guten Regeln des Rechtsstaates. Dass die Polizei die Ermittlungen einstellen würde, war Biesenkämper mit Sicherheit klar. Marie war gespannt, wie er reagieren würde.

Sie parkte vor dem Haupthaus, läutete und wartete, läutete erneut. Dann ging sie um das imposante Haus herum. Der Hund, den sie bei ihrem letzten Besuch begrüßt hatte, war nicht in seinem Zwinger. Das Tor der Halle war geschlossen. Weit und breit war niemand zu sehen.

Sie rief im LKA an und ließ sich Biesenkämpers Handynummer geben. Unter dieser Nummer eine Ansage: »Die von Ihnen gewählte Rufnummer ist nicht vergeben.« Der Typ war weg. War er abgehauen, oder war er einfach nur cool? Marie setzte sich auf die Bank neben der Treppe und wählte Lieselotte Jansens Handynummer.

»Frau Jansen, Sie haben mir erzählt, dass Ihr Mann für Reimer Biesenkämper Fahrten nach Holland übernommen hat. Bestimmt hat er mal erzählt, wohin er gefahren ist.«

»Das hab ich doch schon gesagt. Keine Ahnung. Diese holländischen Namen klingen irgendwie alle gleich. Ich weiß es nicht. Haben Sie was wegen Judith erreicht?«

»Wir suchen mit Hochdruck, und ich verspreche, dass ich Sie anrufe, sobald ich was weiß. Waren die Fahrten immer gleich lang?«

»Ja, er fuhr gegen zehn Uhr abends los und schickte mir meist so gegen drei Uhr am Morgen eine SMS, dass er gut angekommen ist.«

»Hat Ihr Mann dann in Holland übernachtet?«

»Er hat im Zug geschlafen oder gedöst. Den Lkw hat er ja nur abgestellt.«

»Hat er mal einen Bahnhof erwähnt?«

»Herrgott. Mein Mann ist tot, meine Tochter ist weg, und Sie löchern mich mit Bahnhöfen. Für uns war das immer die Tour nach Holland. Fertig. Ist das so schwer zu verstehen?«

»Es tut mir wirklich leid, Frau Jansen, und ich weiß, dass Ihnen das falsch vorkommt, aber es ist Teil unserer Arbeit, Fragen zu stellen. Es geht nicht anders. Hat Rüdiger Ihnen oder Judith mal was mitgebracht. Ein Andenken vielleicht?«

»Ja, hat er. Einen hässlichen Schal.«

»Einen Schal?«

»Ja, ein Fanschal von einem Fußballverein. Ich hasse Fußball. Einen Schal, bekloppte Idee. Aber er hat es lieb gemeint. Er hat immer alles lieb gemeint.«

»Welcher Verein?«

»Weiß ich nicht.«

»Welche Farben?«

»Gelb und blau. Der hängt hier an der Garderobe. Moment.«

Es knisterte in der Leitung, Lieselotte Jansen fluchte, dann sagte sie: »SC Cambuur steht hier. Cambuur habe ich noch nie gehört, wo soll das denn sein?«

»In Friesland«, antwortete Marie. »Leeuwarden. Die spielen in der ersten Liga. Danke, Frau Jansen, Sie haben mir sehr geholfen. Ich lasse Sie jetzt auch wieder in Ruhe. Und verlassen Sie sich drauf, wir suchen Ihre Tochter und tun, was wir können.«

Es rauschte.

»Frau Jansen?«

»Ich wollte nur sagen – wenn Sie mal in der Gegend sind. Wir könnten einen Kaffee trinken. Na ja, Sie haben sicher keine Zeit. So, ich muss einkaufen. Tschüs.«

»Tschüs, Frau Jansen«, verabschiedete sich Marie, aber Lieselotte Jansen hatte schon aufgelegt.

Leeuwarden war also das Ziel der nächtlichen Touren gewesen. Möglicherweise. Marie ärgerte sich, dass sie das Kennzeichen des Lkws nicht notiert hatte. Aber vielleicht …

Sie wählte noch mal die Telefonnummer von Lieselotte Jansen.

»Da haben Sie aber Glück, ich war schon im Treppenhaus.«

»Danke, dass Sie sich die Zeit nehmen. Ich hatte eben eine Idee. Haben Sie vielleicht ein Foto, das ihren Mann vor dem Lastwagen zeigt, den er immer fuhr?«

»Nein, warum sollte er sich vor einem Lastwagen fotografieren lassen? Aber ich habe ein Foto, so ein Blitzerfoto. Sie wissen schon, wenn man zu schnell gefahren ist. Das war irre teuer.«

»Frau Jansen, das ist super. Können Sie da mal rasch draufschauen und mir das Kennzeichen des Lastwagens geben? Ich verspreche, dass ich demnächst auch immer nur bei Ihnen tanke. Falls Sie zu spät kommen. Schönen Gruß an Ihren Chef.«

Es dauerte keine Stunde, und Marie wusste, dass der Lkw auf eine Handelsfirma in Leeuwarden zugelassen war. Deren Inhaber: Reimer Biesenkämper. Die Zusammenarbeit mit der Polizei in den Niederlanden funktionierte reibungslos.

✳✳✳

»Sie sind unsere Rettung«, krächzte die alte Frau und legte Judith eine feingliedrige Hand auf die Wange. Sie hatte sie nicht wiedererkannt. Judith war geschminkt gewesen, als sie die alten Leute überfallen hatten.

Die Frau stand auf, setzte sich zu ihrem Mann auf die Koje, schnitt dessen Fesseln auf. »Erik, hörst du mich?« Ihre Stimme war ganz sanft. »Ich habe hier deine Tabletten.« Sie griff in ein Regal über der Koje. »Ob Sie mir bitte die Flasche Wasser reichen können?«, fragte sie Judith.

Ihr Mann schlug die Augen auf, öffnete den Mund. Seine Frau

legte zwei Tabletten auf seine Zunge und hielt ihm die Wasserflasche an den Mund. Der Mann trank. Sie fühlte seinen Puls.

»Rechtzeitig, gerade noch rechtzeitig«, murmelte sie. »Mein Mann ist krank. Ich bin Ärztin, müssen Sie wissen, ich war Ärztin. Nun ja. Ist eine Weile her. Erik, leg dich wieder hin. Wir warten, bis die Tabletten wirken. Es ist alles in Ordnung. Du musst dir keine Sorgen machen.«

Die Frau streichelte ihrem Mann über den Kopf. Er schloss die Augen. Sie stand auf, stöhnte. »Die Hüfte, ich schiebe die Operation vor mir her«, erklärte sie Judith. »Kommen Sie, er braucht jetzt Ruhe.«

Gemeinsam verließen Judith und die alte Frau die Bugkoje.

»Wie heißen Sie?«

»Judith, Judith Jansen.«

»Lieselotte Häberle.« Die alte Frau streckte Judith ihre Hand entgegen.

»Wie meine Mutter«, sagte Judith. »Meine Mutter heißt auch Lieselotte.«

»Sie sind unterkühlt, Judith. Damit ist nicht zu spaßen. Aber das wird schon wieder. Sie zittern. Das ist ein gutes Zeichen. Eine frühe Phase der Unterkühlung. Wie sind Sie überhaupt hierhergekommen und warum?«

»Stand-up-Paddling. Ich bin vom Board gefallen.«

»Ja, gibt's denn da kein Bändsel am Fuß? So kenn ich das vom Surfen.«

»Das habe ich vergessen.«

»Kind, das hätte schlimm ausgehen können. Nimm die Decke hier. Und leg dich auf die Bank. Kann ich eigentlich Du sagen?«

Judith nickte.

»Ich muss die Polizei anfunken. Dass du uns so gefunden hast. Welch ein Glück. Welch ein Zufall. Mitten auf dem Meer. Wir sind nämlich überfallen worden. Ganz furchtbar war das. Wie in einem sehr schlechten Film. Vielleicht wird man uns das gar nicht glauben.«

Frau Häberle ging zum Funkgerät. »Heilig's Blechle. Die haben's kaputt geschlagen. Und es waren Frauen. Das muss man sich mal vorstellen. Ja, was machen wir denn nun? Ich kann nicht segeln. Kannst du segeln? Oder vielleicht mit dem Außenborder? Das Beiboot. Nein, das ist sicher zu klein für uns drei. Oder hast du vielleicht ein Handy? Wir haben unsere an Land gelassen, um mal Ruhe zu haben.«

Judith schüttelte den Kopf.

»Du siehst müde aus. Leg dich hin und ruh dich ein bisschen aus. Es kann ja nichts mehr passieren. Wir müssen nur überlegen, wie wir hier wegkommen.«

Sie kratzte sich am Ohr. »Das Beste wird sein, wir warten, bis mein Mann wieder fit ist. Er kommt von hier. Er ist Däne. Ein guter Segler.«

\*\*\*

Es war Freitag. Das hatte Marie vergessen. Kaum dass sie in Neumünster-Mitte auf die A 7 aufgefahren war, wurde sie zur unfreiwilligen Teilnehmerin einer Bewegung, die diesen Namen nicht verdiente. Mit bloßem Auge war kaum wahrzunehmen, dass der blecherne Lindwurm von der Stelle kam. Verwaltungsangestellte aus Nortorf, Finanzbeamtinnen aus Winnemark und Schlosser aus Tarp. Sie alle hatten die Arbeitswoche hinter sich gebracht, sich geärgert und gefreut, ihren Teil zum Bruttosozialprodukt beigetragen, und nun standen sie wie jeden Freitag im Stau, den ein wohlwollender NDR-Moderator als zähfließenden Verkehr verkaufte. Der kollektive Stillstand war nur mit Demut oder mit Stumpfsinn zu ertragen. Marie hatte weder noch zu bieten und knirschte mit den Zähnen.

Apropos Zähne. Sie griff nach ihrem Handy. Solange es hier nicht weiterging, brauchte sie keine Freisprecheinrichtung. Und Kollegen in blauer Uniform waren auch weit und breit nicht zu sehen.

»Polizeistation Busdorf, Friese«, meldete sich Sachses Kollegin.

»Moin, Frau Friese, Geisler hier. Ich hörte von Ihren Ermittlungen im Sportstudio. Respekt. Das haben Sie super gemacht.«

»Meinen Sie das ernst, Frau Geisler?«

»Klar.«

»Ich hatte nämlich schon Sorge, dass ich mich nicht vorschriftsmäßig verhalten habe.«

»Eine lässliche Sünde, Frau Friese. Kollege Sachse da?«

»Ist er, aber gerade mal für Königstiger.« Sie kicherte.

»Ob ich warten kann?«

»Weiß nicht, er ist ja jetzt in so einem Alter, da kann das schon mal dauern.« Wieder kicherte Oberwachtmeisterin Friese.

Marie hörte, dass sich im Hintergrund quietschend eine Tür öffnete.

»Gregor, Hauptkommissarin Geisler für dich.« Rascheln. »Frau Geisler, er ist wieder da. Schönes Wochenende.«

»Danke, Ihnen auch.«

»Moin«, meldete sich Sachse.

»Ich hab da was«, begann Marie und berichtete von ihrem Besuch beim Zahnarzt, Biesenkämpers Abwesenheit und dessen Firma in Leeuwarden.

»Ach, Leeuwarden.« Sachse klang erfreut. »Da war ich früher oft.« Er senkte die Stimme. »Meine Ex-Frau kommt aus einem Dorf in der Nähe.«

Das Wohnmobil vor Marie fuhr langsam an. Ausgerechnet.

»Herr Sachse, ich sitze im EMO und habe keine Freisprecheinrichtung. Ich rufe Sie vom nächsten Parkplatz aus noch mal an.« Sie legte das Handy zur Seite. Das Wohnmobil stoppte.

Der nächste Parkplatz war der auf der A 215.

»Das hat gedauert«, sagte Sachse. »Ich habe schon Dienstschluss. Aber Friese ist weg, und ich habe abgeschlossen. Da ist das hier ein bisschen wie zu Hause.«

»Tut mir leid. Der Verkehr. Also, Sie kennen sich in Holland aus. Sprechen Sie Niederländisch?«

»*Een beetje*«, sagte Sachse. »Aber in Leeuwarden kommt man besser mit Friesisch durch.«

»Und Sie sprechen Friesisch?«

»Ja sicher. Meine Mutter kommt von der Westküste, und ich habe früher Theater gespielt. Auf Friesisch. Wobei sich das Nordfriesische vom Stadsfries im niederländischen Friesland unterscheidet. Aber das geht schon.«

»Sachse, Sie sind mein Mann. Haben Sie nicht Lust, auf

Staatskosten nach Leeuwarden zu fahren und bei Biesenkämpers Firma nach dem Rechten zu sehen? Übers Wochenende.
Ich würde die bürokratischen Hürden aus dem Weg räumen.«

»Ja, *tuurlijk. Wil ik graag doen.*«

Das hatte sogar Marie verstanden. Sie instruierte Sachse und
fuhr weiter Richtung Kiel. Dass Sachse sich freute, überraschte
sie nicht mehr. Er war Feuer und Flamme für die Ermittlungs-
arbeit. Begeisterung war keine Frage des Alters.

In Kiel suchte Marie ohne Umweg die Kollegin auf, die sie am Telefon angebrüllt hatte.

»Dass Sie sich entschuldigen, finde ich toll. Aber ich habe das nicht so empfunden. Nicht despektierlich, denn Sie hatten ja recht. Wir haben gepennt. Und da darf man auch mal laut werden. Sie haben mich ja nicht persönlich angegriffen. Sie waren wütend, weil wir Fehler gemacht haben. Absolut okay.«

Marie hatte sich schon zum Gehen gewandt, als die Kollegin sie zurückrief. »Hier, schauen Sie mal. Haben uns eben die Kollegen von der Polizeistation in Heikendorf geschickt. Hat ein Spaziergänger fotografiert.«

Marie trat hinter die Kollegin und schaute auf deren Monitor. Man sah ein großes schwarzes Schlauchboot, das an die Boote der Marine erinnerte. Ein Boot mit beeindruckendem Außenborder.

»Ich rufe mal eben einen Bekannten an, der kennt sich aus«, sagte die Beamtin und wählte schon. Sie holte ihr Handy hervor und fotografierte das, was ihr Monitor zeigte.

»Ecki, ich schick dir mal eben ein Foto, und du sagst mir, was das ist, okay?« Sie hielt den Hörer weiter ans Ohr, während das Foto vermutlich via Nordamerika seinen Empfänger Ecki erreichte.

Jetzt hielt sie die Sprechmuschel zu. »Ich weiß, das ist wieder nicht okay, aber so wissen wir gleich Bescheid. Ecki ist beim Staatsschutz. Guter Typ. Ja, Moment. Ich schreibe das gleich auf. ... ein Zodiac PRO mit einem Yamaha-F-200-Motor. Aha. Danke. Wir sehen uns morgen. Jo. Tschüs.«

»Das bestätigt die Beobachtung, die von der Oslofähre aus gemacht wurde«, sagte Marie gedankenverloren. In ihr hatte es gearbeitet, so wie es manchmal auch in Brakelmann aus Büttenwarder arbeitete, und sie fragte: »Ist das der Ecki von Eckis Eckbank?«

Die Kollegin grinste. »Sie kennen Eckis Eckbank?«

»Wer kennt die nicht. Dass der beim Staatsschutz ist. Hätte eher gedacht, dass der Staatsschutz den beobachtet.«

»Was ist Eckis Eckbank?«, fragte Elmar, der dazugekommen war.

»Och, so Mucke für junge Leute, sach ich mal«, wand sich die Kollegin.

»Danke. Hab ich verstanden«, antwortete Elmar. Er schien wirklich ein bisschen beleidigt.

»Elmar, da bin ich eigentlich auch zu alt«, versuchte es Marie. »So ist der Lauf der Dinge.«

»In der Kantine hat mich so 'n Butscher heute schon verspottet, ich könnte ja bei der Kaninchen-Technischen Untersuchung anfangen. Dabei hatte ich nur unser Züchtermagazin gelesen.«

»Elmar, da stehst du drüber. Hier, schau mal, das Bootskennzeichen. Kannst du das mal überprüfen, bitte?«

»Mach ich.« Elmar drehte sich um. Die beiden Frauen schauten einander an, und es war gut, dass Elmar deren Blicke nicht gesehen hatte.

Marie verabschiedete sich und fuhr vier Stockwerke nach oben. Sie hoffte, dass Frau Rietmüller, Holms Vorzimmerdame, ihr würde helfen können. Konnte sie. Frau Rietmüller wusste, welche Tasten sie auf dem Telefon zu drücken hatte und welche andere Vorzimmerdame ein gutes Händchen für die Oberstaatsanwältin hatte. Keine sechzig Minuten später war Sachses Auslandseinsatz in trockenen Tüchern.

»Rekord«, sagte Frau Rietmüller. »Dr. Holm wäre stolz auf mich.« Dann nahm sie einen anständigen Schluck aus der Flasche – der Milchflasche. Ihr Schwiegervater war Milchbauer und Betreiber einer gut laufenden Milchtankstelle an der B 76.

KTU-Mann Elmar war nicht der Milchtyp, auch wenn er so aussah. Elmar trank Tee. Starken Ostfriesentee. Die Farbe seiner Zähne war Indikator für seine Liebe zum Getränk. Er wollte gerade das Großraumbüro verlassen, als Marie um die Ecke bog.

Elmar wedelte mit einem Blatt Papier. »Ich hab ihn.«

»Wen?«

»Den Zulasser.«

»Den Zulasser? Sagt man das so?«

»Weiß ich nicht. Ist doch auch egal. Das Schlauchboot ist auf einen Verein zugelassen. Der Verein heißt ›Nordwind‹, ist in Maasholm registriert, und sein Vorsitzender ist Holger Sennz. Hammer, oder?«

»Dass der so blöd ist. Kaum zu glauben. Also, nicht nur so als Spruch. Das ist doch wirklich unglaubwürdig. Ein Boot, das einem Verein gehört, dessen Vorsitzender er ist, dient als Fluchtfahrzeug für Raubzüge. Verstehe ich nicht. Das passt nicht zu Sennz. Na ja, hat er wohl einen Fehler gemacht. Gut für uns. Genaue Adresse?«

»Steht alles hier drauf«, sagte Elmar und reichte Marie den Ausdruck.

»Danke, Elmar, und ein schönes Wochenende.«

»Ein hoffentlich erfolgreiches Wochenende«, ergänzte Elmar. »Wir haben Landesverbandsschau in Neumünster. Meine gescheckten Farbenzwerge mit Mantelzeichnung haben Chancen.«

»Toi, toi, toi«, wünschte Marie und überlegte, wie sie Sennz die Löffel lang ziehen könnte.

Sie dachte an Mitwisserschaft, Anstiftung und Beihilfe, als sie das Thorsberger Moor in Süderbrarup erreichte. Die Kollegen vom Staatsschutz hatten gewechselt. Eine kurze Begrüßung nur. Marie informierte sie über ihre Absicht, Holger Sennz zu befragen, dann stand sie auch schon vor dessen Haustür.

Nichts hier ließ ahnen, welche Gesinnung der Besitzer des Hauses hatte. Auf ihr Läuten hin geschah nichts. Marie tat, was sie zuvor schon bei Biesenkämper in Itzehoe getan hatte, sie umrundete das Haus, bog um die efeuberankte Ecke und sah Holger Sennz, wie ihn die Öffentlichkeit vielleicht noch nie gesehen hatte. Er lag im Adamskostüm auf dem Rand eines Pools und machte keine überzeugende Figur. Dass er auf ihr Klingeln nicht reagiert hatte, war vermutlich darauf zurückzuführen, dass er Kopfhörer trug. Kurz dachte Marie darüber nach, ein Foto zu machen. Es hätte Sennz als Führungspersönlichkeit der rechten Bewegung unmöglich gemacht. Nackt wirkten die vermeintlich starken Männer nicht selten weniger beeindruckend.

Sie riss sich zusammen, trat an die Seite der traurigen Erscheinung, lupfte die rechte Muschel des Kopfhörers und sagte: »Nicht erschrecken.«

Holger Sennz fuhr zusammen, riss sich den Kopfhörer herunter, drehte den Kopf wild hin und her. »Was zum Teufel tun Sie hier?«, brüllte er.

»Mich wundern.« Marie griff nach dem Handtuch, das über einem der kitschigen Korbstühle hing, und warf es Sennz zu. »Ich hätte ehrlich gesagt mehr erwartet. Wie soll ich sagen? Mehr Kraft, wenn Sie verstehen, was ich meine.«

Sennz setzte sich auf, wickelte das floral gemusterte Handtuch um seine Lenden. Es reichte kaum um ihn herum, sodass er es mit einer Hand hinter dem Rücken festhalten musste.

»Was zum Teufel fällt Ihnen ein?«

»Das hat mit dem Teufel nichts zu tun, Herr Sennz, es sei denn, Sie fühlen sich wie der Leibhaftige.«

Marie konnte beobachten, wie Sennz bemüht war, die Kontrolle zu gewinnen. Er atmete in die Brust. Sich lässig abzustützen gelang nicht, weil eine Hand hinter seinem Rücken gebunden war.

»Nordwind«, warf Marie ihm einen Brocken hin.

Er reagierte mit unkontrollierten Augenbewegungen und Schulterzucken.

»Sie sind in guter Gesellschaft. Etwa dreiundzwanzig Komma acht Millionen Deutsche sind in Vereinen organisiert.«

»Was zum Teufel ...?«

»Merken Sie selbst, oder?« Marie lächelte. »Was ist der Vereinszweck?«

»Wassersport.«

»Ach, so sportlich wirken Sie gar nicht.« Marie sorgte dafür, dass Sennz spürte, wohin sie schaute.

»Wie eine Hüterin des Gesetzes kommen Sie mir auch nicht vor.«

»Gut beobachtet. Hüten gehört nicht zu meinen Stärken. Ich neige zum Jagen.«

Sennz rutschte das Handtuch aus der Hand.

Marie wandte sich demonstrativ ab. »Also bitte, Herr Sennz. Schauen Sie sich doch einmal an. Man sollte realistisch bleiben, nicht wahr. Ein Boot Ihres Vereins wurde im Zusammenhang mit einem Überfall beobachtet, einem Überfall, bei dem ein Mensch getötet wurde.«

»Ein Boot, ein Boot. Wir haben Jollen und Optis, Schlauch- und Kajütboote. Ist ja nicht wie bei armen Leuten.«

»Wir haben das Kennzeichen.«

»Lassen Sie mir das Kennzeichen hier. Ich frage unseren Bootswart.«

»Gut. Mich interessiert, wer das Boot gefahren hat, wer im Boot mitgefahren ist. Im Zeitraum von letzten Freitag bis heute. Kann ich Ihnen ein Telefon holen, so wie Sie da hocken?«

»Was bilden Sie sich eigentlich ein? Mein Grundstück zu betreten.«

»Gefahr im Verzug, Herr Sennz. Vermisste Personen. Wir haben nicht alle Zeit der Welt. Soll ich jetzt mal wegen des Telefons?« Marie stand auf und ging in Richtung der Terrassentür. Der Schäferhund stand schwanzwedelnd hinter der Scheibe.

»Das reicht ja wohl, wenn ich das nachher kläre.«

»Reicht nicht. Ich schau mal nach dem Telefon.« Marie öffnete die Tür, der Hund beschnupperte sie neugierig. »Du bist ja ein Süßer. Ganz wie das Herrchen, hm. Bisschen pummelig vielleicht.« Marie betrat das Wohnzimmer. Sie hörte, wie auf der Terrasse ein Stuhl umfiel.

Hinter ihr betrat Sennz das Zimmer, griff nach einer braunen Decke, die auf dem Sofa lag, und hüllte sich ein.

»Steht Ihnen, Herr Sennz. Gibt Ihnen etwas Verwegenes.« Marie hatte das Mobilteil des Telefons schon in der Hand, drückte auf Wahlwiederholung.

»Lassen Sie das.« Sennz stand neben ihr, roch nach Sonnenmilch. Er nahm ihr das Telefon aus der Hand. »Wissen Sie was? Nicht ich werde unseren Bootswart anrufen. Mein Anwalt wird das regeln. Bitte verlassen Sie jetzt mein Haus und mein Grundstück.«

Marie schüttelte den Kopf. »Schade, Herr Sennz, Sie hätten

etwas für Deutschland tun können. Junge deutsche Frauen werden vermisst. Sie sind nicht kooperativ. Schlecht für die Frauen. Schlecht für Sie.« Sie ging Richtung Terrasse. In der Tür drehte sie sich um. »Ach, noch was. Ganz privat. Sie haben sich nicht überall eingecremt. Das sieht nicht schön aus, Herr Sennz.«

Beim letzten Besuch hatte Sennz Marie eine Karte der Hamburger Kanzlei Brusenberg überreicht. Sie hatte die Karte ins Schleibook gelegt. Auf dem Weg zum EMO blätterte sie, die Karte fiel runter. Marie bückte sich. Ein stechender Schmerz im Knie, und sie spürte, dass es wieder irgendeine Struktur im Gelenk erwischt hatte. Orthese hin, Orthese her. Andreas hatte recht behalten. Sie musste das Knie schonen. »Ihr könnt mich alle mal«, entfuhr es ihr. »Scheiß-Fall, Scheiß-Knie, Scheiß-Andreas.«

Vorsichtig kam sie aus der Hocke hoch. Ihr Blick fiel auf einen Trailer, der schräg gegenüber der Einfahrt von Holger Sennz abgestellt war. Darauf eine H-Jolle. Schöner Holzrumpf. Marie fasste einen Entschluss, der ihr bekannt vorkam. Am Wochenende würde sie segeln. Sollte sich Andreas um Karl kümmern, Sachse um Biesenkämpers Firma in Leeuwarden, und in der Kanzlei könnte diese junge Kollegin vorsprechen, die so souverän reagiert hatte. Wie hieß die nur?

Sie hinkte zum EMO, zog sich auf den Fahrersitz, schaute in den Rückspiegel und ahnte, dass sie bei Sennz ein bisschen dick aufgetragen hatte. Sie hatte die Axt im Walde gegeben. Ihr Spiegelbild entsprach eher dem einer Frau, die sich selbst vernachlässigte. Die Haare strähnig, fettig, ungewaschen. Der Lidstrich ein Schatten seiner selbst von gestern. Wie oft hatten ihre Fußballtrainer den entscheidenden Schritt gefordert und damit recht gehabt. Nur mitzulaufen führte nicht zum Torerfolg. Wer sich nicht quälte, nicht diszipliniert an sich arbeitete, der wurde zuerst aus- und im schlimmsten Fall nicht wieder eingewechselt. »Reiß dich zusammen«, riet sie ihrem Spiegelbild.

Sie richtete sich auf, innerlich und äußerlich. Dann rief sie Frau Rietmüller an, um sich nach dem Namen der jungen Kollegin zu erkundigen und sich für den Sonnabend abzumelden.

Die Kollegin hieß Schmitchen. Und jetzt wusste Marie, was ihr beim Gespräch unterbewusst aufgefallen war, der rheinische Zungenschlag. Sie trug Frau Schmitchen auf, über die Kanzlei Brusenberg Druck auf Holger Sennz auszuüben, den Verein Nordwind auf links zu drehen.

Als sie das Gespräch beendet hatte, dachte Marie über ihre Wortwahl nach, die martialisch und vor allem wenig professionell gewesen war.

✳✳✳

Durst weckte Judith an Bord der »Schwabenglück«. Sie hatte geschlafen wie ein Baby. Sie schlug die Augen auf und blickte in die von Lieselotte Häberle, die sanft und freundlich schauten, das Gesicht der Frau wie weichgezeichnet.

»Wie fühlst du dich?«, fragte Lieselotte Häberle.

»Ich habe so einen Durst«, antwortete Judith und versuchte, sich aufzurichten, aber es gelang ihr nicht. Sie fühlte sich matt, mit weichen Muskeln.

Lieselotte Häberle lächelte. »Ich habe dir was zur Entspannung gegeben.«

Sie unterstützte Judiths Kopf und ließ sie Wasser aus einem Plastikbecher trinken. Judith trank gierig. Vier, fünf große Schlucke. Es dauerte, bis sie die Information verarbeitet hatte. »Was gegeben?«, fragte sie träge.

»Nur zur Beruhigung. Damit sich dein Organismus erholen kann.«

»Wie gegeben?«

»Nur ein kleiner Piks.« Lieselotte Häberle lächelte. »Es soll ja auch friedlich bleiben, nicht wahr. Ich will offen sein. Im Schlaf ist die Decke verrutscht, unter der du liegst, und ich habe das Tattoo an deinem Knöchel wiedererkannt. ›Charlie forever.‹ Wer ist Charlie?«

Judith hatte das Gefühl, jeder ihrer Gedanken müsse über eine weite Wiese laufen, eine tiefe, vom Regen durchweichte Wiese. »Unser Golden Retriever«, sagte sie. »Charlie. Er ist gestorben.«

»Das tut mir leid. Ich warte jetzt darauf, dass es Erik ein bisschen besser geht. Dann fahren wir an Land, und alles wird sich aufklären.«

»Aufklären?«

Wieder lächelte Lieselotte Häberle ihr gütiges Lächeln. »Warum ihr uns überfallen habt. Warum du mitgemacht hast. Du bist doch noch so jung. Das muss ja in Ruhe betrachtet werden. Immerhin ist niemand zu Schaden gekommen. Sicher gibt es Einrichtungen, in denen dir geholfen werden kann, auf den rechten Weg zurückzufinden.«

Judith wollte etwas erwidern. Aber ihre Zunge fühlte sich schwer an. Sie schloss die Augen, schlief ein und träumte von Charlie.

*＊＊＊*

Das Sakko war groß kariert. Das war mal modern gewesen. Sachse stand vor seinem Kleiderschrank. In Unterhose, mit Sakko. Zweireiher waren sicher auch aus der Mode. Er hatte nichts anzuziehen für seine Dienstreise.

»Eigentlich ganz schön praktisch, so eine Uniform«, stellte er fest, zog das Sakko aus und stopfte es zu den anderen Kleidungsstücken, die er in der letzten halben Stunde aussortiert hatte. Er würde Kontakt zu den niederländischen Kollegen haben. Er verträte gewissermaßen die Bundesrepublik Deutschland. Er war mit hoheitlichen Aufgaben betraut. Da wollte er eine gute Figur machen.

Die Haare hatte er mit dem Haarschneider zu einem gepflegten Meckischnitt getrimmt. Sein Personalausweis war noch bis 2020 gültig. Aber er hatte kein Sakko, mit dem er sich nicht lächerlich machen würde. Die Läden hatten jetzt auch geschlossen. Er würde noch am Abend fahren, um die Nachforschungen gleich morgen früh aufnehmen zu können. Die würden staunen im LKA. Vielleicht konnte er nach Kiel wechseln.

»Quatsch, nach Kiel wechseln. Alles Spinnerei.« Er schloss die Kleiderschranktür. »Als gäbe es in Holland keine Sakkos.«

Die Kollegen aus der Abteilung im LKA hatten ihm alle wichtigen Informationen zu Biesenkämper in einem Dossier zusammengefasst geschickt. Ein Briefing, fast wie bei James Bond. Gleich morgen früh würde er bei der Firma vorstellig werden. Er hatte sich bei der niederländischen Polizei in Leeuwarden erkundigt und erfahren, dass Biesenkämpers Leute auch am Sonnabend arbeiteten.

Wenn Rüdiger Jansen regelmäßig, oder jedenfalls häufiger, dort geliefert hatte, würden die Mitarbeiter auch etwas zur Beziehung zwischen Jansen und ihrem Chef sagen können. Jansens Arbeitskollege hatte angegeben, Jansen habe Biesenkämper wegen des Schmuggels erpresst, Jansens Frau sagte, Biesenkämper habe ihrem Mann Lohn geschuldet. Geld war immer ein starkes Motiv für eine Gewalttat. Und Biesenkämper hatte sich aus dem Staub gemacht. Nicht auszudenken, würde er, Hauptwachtmeister Gregor Sachse, den Flüchtigen aufstöbern können.

Sachse kontrollierte noch einmal, ob er nichts vergessen hatte. Brieftasche, Handy, Ladegerät, seine Tabletten. Er griff nach der Reisetasche, schaute sich um, ging sicherheitshalber in die Küche. Der Herd war ausgeschaltet, die Zeitschaltuhr würde die Lampe über dem Esstisch unregelmäßig ein- und ausschalten. Er war schon so lange nicht mehr weg gewesen. Seitdem er allein lebte, hatte er den Urlaub immer an der Schlei verbracht, und wenn er Freunde in Hamburg besuchte, kam er stets am selben Tag zurück, auch wenn es mal spät wurde.

Das Auto war vollgetankt. Über dem Wikingturm ging die Sonne unter.

\*\*\*

Charlie war auf die Straße gelaufen. Judith hatte ihn gerufen, da war er stehen geblieben. Er hatte sich umgedreht und war losgelaufen. Vom Omnibusbahnhof war der 1501 herangerauscht. Der Bus hatte Charlie mit dem rechten hinteren Reifen erwischt. Judith schreckte hoch. Das Gesicht tränennass. Ein helles weißes Licht strahlte sie an. Sie blinzelte. Es war der Vollmond, der durch eine Luke schien.

Judiths Herz schlug schnell. Die Mattigkeit war gewichen.

Im Boot war es still, kaum Bewegung, Atemgeräusche aus der Bugkoje. Lieselotte Häberle hatte sie erkannt, hatte sie irgendwie betäubt. Warum nicht gefesselt? Judith stand auf, schlich zur Tür der Bugkoje. Lieselotte Häberle saß auf einem Stuhl an der Seite ihres Mannes. Der Kopf war nach vorn gesunken, Haarsträhnen vor ihrem Gesicht, einem silbernen Vorhang gleich. Sie atmete ruhig durch den geöffneten Mund.

Vorsichtig zog Judith die Tür zu. Sie musste weg hier. Bliebe sie, würde sie früher oder später die Polizei erwischen. Oder sie musste dafür sorgen, dass die alten Leute nichts sagten. Darüber wollte sie nicht nachdenken. Das Beiboot, mit dem Beiboot würde sie fliehen. Aber wohin? Sie konnte unmöglich ins Lager zurück. Sie bräuchte eine Karte.

Rasch schob sie die Papiere auf dem Tisch im Salon auseinander. Eine Zeitschrift, Eintrittskarten, ein Beipackzettel, keine Seekarte. Am Ruderstand, dort müsste sie nachsehen. Eine Ausgabe des »Kieler Boten« von letzter Woche. »Wachmann aus Schleswig erschlagen«, las sie eine fette Überschrift.

Ein Wachmann, dachte sie, wie mein Papa. Dann sah sie das Foto der Villa in Kitzeberg. Ihr Herz stockte. Sie las die Bildunterschrift, begann den Text zu lesen. Es war die Villa, aus der sie geflohen waren, aus der Emma als Letzte geflohen war, letzten Sonnabend. Der Wachmann, ein Mitarbeiter von Bronsky-Security. »Er hinterlässt Frau und Tochter. Nach der neunzehnjährigen Judith J. sucht die Polizei.« Judith wurde schwindelig. Das konnte nicht sein, das durfte nicht sein.

Emma? Ihre Emma? Es hatte lange gedauert, bis sie nachgekommen war. Sie hatten sie immer wieder gerufen. Und dann war sie so komisch gewesen. So abwesend.

Sie las noch einmal die Überschrift. »Erschlagen«, stand dort. Emma hatte ihr Schwert dabeigehabt. Emma hatte mit ihrem Schwert ihren Vater erschlagen? Nichts gesagt? All die Tage und Nächte im Lager. Emma war eine Mörderin? Ihr Papa war tot?

Judith öffnete eine Schranktür. Sie wusste, wo noch Zucker zu finden war. Sie stopfte sich fünf oder sechs Stückchen Würfelzucker in den Mund, öffnete eine Flasche Orangensaft und trank, bis ihr die Luft ausging. Dann verließ sie den Salon, ohne sich umzuschauen, zog Hand über Hand das Beiboot an die Yacht heran und stieg über. Das Wams war noch klamm, beinahe nass. Judith zog die Signalpistole aus der Innentasche, öffnete sie. Die Patrone war unversehrt. Eine Patrone. Eine Patrone würde reichen.

Der Mond spiegelte sich auf dem Wasser. Die Wellen waren flach. Sie würde es schaffen.

Von Glückstadt aus war Sachse mit der Fähre über die Elbe nach Wischhafen gefahren. Er nutzte jede Gelegenheit, kurze oder lange Strecken an Bord eines Schiffes zurückzulegen. Die Zeit auf dem Wasser verstrich langsamer. Allerdings hatte er sich einen Bösen-Blick-Wettkampf mit einer alten Dame geliefert, die den Qualm ihrer Zigarette gezielt in seine Richtung gelenkt hatte. Wie sie das machte, war Sachse verborgen geblieben. Vermutlich eine Hexe.

Dann war er auf schmalen Straßen quer durch Ostfriesland gefahren. Hatte die Weser unterquert, den Jadebusen berührt und schließlich in Nieuweschans die Grenze überquert. Den nächtlichen Kaffee wie früher an der ersten Tankstelle auf der Autobahn Richtung Groningen. Er war so verliebt gewesen. Damals, als er Mareike auf dem Lehrgang von Europol kennengelernt hatte. Sie hatte sogar in Uniform umwerfend ausgesehen. Ein Paar waren sie schon am zweiten Seminartag geworden. Lange Jahre voller Glück und schließlich das unwürdige Ende ihrer Liebe. Mareike an der Seite eines zehn Jahre jüngeren Tangotänzers aus irgendeinem Kuhdorf in Argentinien. Beinahe hätte Sachse die Abfahrt verpasst.

In Drachten bog er in nordwestliche Richtung ab. Keine zwanzig Minuten mehr. Er näherte sich Leeuwarden mit bangem Herzen. Hier war er glücklich gewesen, wenn er Mareike besucht hatte. Aber hier hatte er sie auch erwischt. Sachse öffnete das Seitenfenster. Jetzt wollte er Reimer Biesenkämper erwischen. Dass er mal im Auslandseinsatz sein würde, hatte er sich nicht träumen lassen.

Emmakade, die Oosterbrug. Gleich wäre er da. Der Kontakt zu seinem Ex-Schwager Abel war nie abgerissen.

Es ging auf Mitternacht, aber die Straßen waren belebt. Junge Menschen. Viele auf Fahrrädern. Studentinnen und Studenten aus der ganzen Welt. Sachse stellte das Auto ab und holte seine Reisetasche aus dem Kofferraum. Nur ein paar Schritte über das rote Pflaster, vorbei an den schmalen Häuschen mit großen Fenstern und kleinen Vorgärten. Er klopfte. Die Tür öffnete sich, und Abel entließ einen Schwall süßlichen Geruchs in die klare Nachtluft.

»*Welkom mijn vriend, welkom mijn zwager.*«

Die Männer umarmten sich. Abel war einer der ersten Männer gewesen, die Sachse umarmt hatten. Einen wie ihn hatte Sachse zwischen Flensburg, Husum und Schleswig in seiner Jugend nicht kennengelernt.

An den Wänden im schmalen Flur Bilder, die Abel gemalt hatte. Bilder, die so wertvoll waren, dass man sich für eines einen Kleinwagen kaufen konnte. Abel hatte Ausstellungen in allen wichtigen europäischen Museen gehabt. Keine jenseits des Atlantiks. Er flog nicht, und mit dem Schiff fuhr er nicht weiter als bis nach Ameland und Texel. Sein Name hatte Klang in der Welt der zeitgenössischen Malerei. Galeristen und Redakteure der Feuilletons empfing er im *tuin*, seinem Garten, der hinter dem handtuchschmalen Haus aus einer vier mal vier Meter großen gepflasterten Fläche und einem vier mal einen Meter großen Beet für allerlei Kräuter bestand. Wer weniger hat, hat mehr Zeit, war Abels Wahlspruch, und wer einmal gesehen hatte, wie Abel lebte, wusste, dass er es ernst meinte. Ein Fahrrad, kein Auto, ein Kaffeefilter aus Porzellan, keine Maschine für Cappuccino und Co.

Sachse setzte sich in den Ohrensessel, dessen Armlehnen fadenscheinig waren, in dem Sänger und Schriftsteller gesessen, geplaudert und getrunken hatten. Kaum dass er die Beine auf den Hocker gelegt hatte, drückte Abel ihm ein Bier in die Hand.

»*Vertel jouw verhaal.*«

Und Sachse erzählte. Erzählte seine Geschichte von den Graffiti, von Marie, seiner Freude über eine Abwechslung vom Alltag auf der Busdorfer Wache. Und Sachse erzählte von Reimer Biesenkämper, dem Schmuggler, der verschwunden war, der seinen Geschäften wohl auch hier in Leeuwarden nachging. Abel nickte, fragte nach und kam am Ende zu dem Schluss, dass man Biesenkämper wegen des Schmuggels mit Elfenbein und Nashornpulver in der Serengeti aussetzen müsse. Sachse betonte, dass Biesenkämper auch als Mörder von Rüdiger Jansen in Frage käme.

»Nix beweist«, versuchte sich Abel auf Deutsch. Sachse spürte, dass sein Lidschlag langsam geworden war. Auf dem Couchtisch eine Armee aus grünem Glas. Er stand auf, schwankte, berührte Abel an der Schulter. Vier Schritte durch den Flur, zwei ins Gästezimmer. Unter Mühen zog er die Hose aus, setzte sich aufs Bett, legte sich auf die Seite und schlief, noch bevor ein Gedanke stören konnte.

✳✳✳

Es fühlte sich an. Das sagte man so. Aber es fühlte sich wirklich an. Es war kein Gedanke, nichts, das wie Jucken war. Nichts, das Judith hätte ignorieren können. In ihr, in ihrer Brust hatte sich eine glühende Faust um ihr Herz geschlossen. Wie die Liebe war der Hass eine Macht.

Sie war angekommen. Gegen die Strömung. Es hatte ihr nichts ausgemacht. Der Hass hatte sie angetrieben. Jetzt schlich sie bis zu der Buschgruppe am Donnerbalken. Von den anderen war nichts zu sehen, nichts zu hören. Die Mondnacht war hell. Sie legte sich auf den Bauch, kroch die letzten Meter zur Kuppe. Heide, Gras und Sand. Sie schnitt sich die rechte Hand an einer Muschel auf, bog den Zweig einer Krüppelkiefer zur Seite und schaute ins Lager. Feine Rauchschwaden über der Feuerstelle, Töpfe, Becher, die Isomatten. Aber von den anderen keine Spur.

Judith hob den Kopf, drehte sich um. Vielleicht war sie entdeckt worden, und die anderen hatten sie umgangen. Aber so sehr sie ihre Augen anstrengte, ihre ehemaligen Gefährtinnen waren nicht zu sehen. Beim Boot konnten sie sein. Das lag in der entgegengesetzten Richtung. Keine Deckung. Nur die niedrige Düne kurz vor dem Strand. Judith drehte sich auf den Rücken und zog die Signalpistole aus der Innentasche. Sie fühlte sich warm und trocken an.

Sie musste Emma finden. Judith stand auf und lief los. Gebückt, aber schnell. Emma würde ihr nicht entkommen.

✳✳✳

Marie hatte Karl nach Maasholm gefahren. Wieder einmal. Karl schien das nichts auszumachen. Er liebte seine Großeltern, und an der Seite von Opa Uwe war jederzeit ein Abenteuer möglich. Aber waren es nicht die Eltern, die die ersten Bezugspersonen für ein Kind sein sollten? Kam sie ihrem Erziehungsauftrag eigentlich noch nach?

»Erziehungsauftrag«, zischte Marie und griff nach ihrem Telefon. Sie rollte sich auf den Rücken, in die Mitte des Ehebettes. Sie drückte auf Andreas' Mobilnummer. Es dauerte keine fünf Sekunden, bis er ranging.

»Wickie, meine Prinzessin. Ich vermiss dich so. Gut, dass wir bald Urlaub machen. Ferien. Große Ferien. Das wird super. Wie geht's dir?«

Marie atmete tief ein.

»Ach, was frage ich, dir geht's ja immer gut. Job im Griff, Familie im Griff und den nächsten Spielzug längst im Kopf. Wie du das immer machst! Ich bin hier vollkommen überfordert. Es ist alles ganz anders als in meiner Praxis. Viele junge Leute. Drogenprobleme, psychologische Probleme. Und jetzt bin ich für Stefan auch noch zu diesem blöden Kollegentreffen gegangen. Es geht nur um Geld und Punkte, und es nervt. Ich freu mich so auf zu Hause. Auf dich und Karl. Was macht eigentlich dein Knie? Wenn du Schmerzen hast, geh zu Mc Sondermann. Ui. Jetzt bringen sie den Hauptgang. Du, ich muss Schluss machen. Bis morgen. Fetter Kuss.«

Es knackte. Marie war sprachlos. Sie hatte ihn zur Rede stellen wollen. Was war nur mit ihr los? Schwache Leistungen auf allen Gebieten.

Das Telefon klingelte.

»Andreas, jetzt pass mal auf«, begann sie.

»Hier ist Schmitchen«, meldete sich Schmitchen. »Tut mir leid, dass ich so spät noch störe. Es ist wegen Holger Sennz. Eben hat mich dessen Anwalt angerufen.«

»Brusenberg?«

»Ja, der Brusenberg. Brusenberg senior höchstpersönlich. Er ist in Los Angeles, kommt Dienstag zurück. Dann könnten wir uns gegen Abend mit ihm und Sennz treffen. Was machen wir?«

Marie presste Daumen und Zeigefinger in die Augenwinkel.

»Frau Geisler? Was machen wir?«

»Ich habe Sie gehört. Ich denke nach.«

Marie dachte und merkte, dass sie im Kreis dachte. Vielleicht war es gut, wenn sie Sennz und vor allem Brusenberg in besserer Verfassung gegenübertreten würde.

»Dienstag ist okay, Frau Schmitchen. Machen Sie den Termin im LKA, nicht in der Hamburger Kanzlei.«

»Okay, sorry noch mal wegen der Störung. Gute Nacht.«

»Nacht.«

*\*\**

Eine Mulde im Sand und kurze, tiefe Abdrücke von Fußballen zeugten davon, dass das große Schlauchboot hier gelegen hatte und ins Wasser geschoben worden war. Judith bückte sich. Emma hatte ihre Zigaretten verloren.

Die anderen waren weg. Seit wann, für wie lange, wohin? Judith drehte sich langsam um die eigene Achse. Silbrige Lichtspuren auf dem Wasser, blasses Weiß vom Sand reflektiert, lange Schatten der wenigen Bäume. Das Plätschern der Wellen. Kein Geräusch außer diesem klaren, glockenhellen Plätschern. Die Nachtluft war kühl und feucht. Jetzt erst spürte Judith, dass ihr kalt war.

Langsam ging sie ins Lager, hockte sich nah an die leise Glut, hielt ihre Hände in Richtung des Glimmens. Was, wenn sie nicht zurückkämen? Die Augen brannten, die Hände schmerzten vom Rudern, der Hass wich der Trauer. Langsam nur, aber während Emmas Bild verblasste, erschien Judith das Gesicht ihres Vaters. Er lächelte mild und gütig. So, wie er immer gelächelt hatte, wenn er von der Arbeit gekommen, sich neben sie auf ihr Bett gesetzt hatte. So lange, bis ihre Mutter nach ihm gerufen hatte. So lange, bis Judith seine Hand losgelassen hatte.

## Ganz entspannt

Kopfschmerzen waren okay, wären okay gewesen. Schließlich hatte er nicht nur Bier, sondern auch diesen ekelhaft süßen Bessen Genever getrunken. Aber nun zog und drückte es in seinem Kopf, dass er Sternchen sah. Sachse kam ächzend ins Sitzen. Ein Pochen und Ziehen. Er stand auf, ein Hämmern und Wummern, taumelte zum Waschbecken, drehte den Hahn auf, beugte sich vor und ließ das kalte Wasser über die Schläfe laufen. Links, dann übers Gesicht, rechts, wieder übers Gesicht. Hatte er etwa gekifft? Nein, er vertrug das Zeug nicht. Wurde er alt, wetterfühlig? Kaffee, vielleicht half Kaffee, oder Tabletten, oder Kaffee und Tabletten. Sachse streckte den Kopf noch weiter nach vorn. Das Wasser lief über seinen Nacken, spritzte in den Raum hinein.

Er kniff die Augen zusammen und angelte nach einem Handtuch, das rechts neben dem Waschbecken hing. Ein Waschbecken im Schlafzimmer. Wie früher bei seinen Großeltern auf dem Land. Sie hatten kein richtiges Badezimmer gehabt. Das Waschbecken im Schlafzimmer war Sachse vorgekommen wie großer Luxus. Ab und zu, wenn er neben seiner Oma geschlafen hatte – nicht in der Mitte, das Schnarchen des Opas hatte ihm Angst gemacht –, war er in der Nacht aufgestanden, hatte leise den Hahn aufgedreht und einen kleinen Schluck Wasser aus der Hand getrunken.

Sachse reckte sich. Der Nacken war verspannt. Die lange Autofahrt, vielleicht war er das nicht mehr gewohnt. Er ging hinaus in den kleinen Garten. Die Sonne war aufgegangen, kitzelte im Gesicht. Er erinnerte sich an Yogaübungen, die Mareike gemacht hatte. Die hießen so ähnlich wie Ananas.

Eine halbe Stunde später fühlte er sich nicht wie neugeboren, aber der Schmerz war auszuhalten. Sachse ging in die Küche, kochte Kaffee, trank, trank einen zweiten Kaffee, duschte, zog sich an und verließ das Haus. Abel würde erst gegen Mittag aufstehen. Sachse holte dessen Fahrrad aus dem kleinen Verschlag neben der Haustür und stellte den Sattel auf seine Größe ein.

Abel war als Künstler ein Riese, als Mensch weit davon entfernt. Sachse schwang sich in den Sattel, stieg wieder ab, ging noch einmal ins Haus, drückte zwei Schmerztabletten aus dem Blister, spülte sie mit einem Rest Kaffee hinunter und nahm einen neuen Anlauf.

Er hatte die Adresse von den Kollegen der niederländischen Polizei bekommen. Biesenkämpers Firma lag am Hafen in der Nähe der Kläranlage. Sachse radelte los, rollte über die Kanaalbrug, die Emmakade entlang Richtung Osten, Wohnschiffe säumten den Kanal. Dann verdrängte Industriekulisse das Pittoreske der friesischen Metropole, Koopmans Getreidemühle brummte, das Hin und Her der Lastwagen – die Niederländer, eine Nation der Händler.

Sachse spürte, dass ihm die Bewegung guttat. Oder waren es die Tabletten? Langsam kehrten jedenfalls die Lebensgeister zurück. Er würde wieder öfter Rad fahren, zu Hause an der Schlei. Vielleicht sogar in den Hüttener Bergen, auf den Aschberg rauf.

Im ersten Kreisel auf dem Pieter Stuyvesantweg bog er links ab. Immer auf Radwegen, unbedrängt von den Autos, erreichte er das Hafengelände, orientierte sich kurz und sah aus einiger Entfernung das Firmenschild. »Biesenkämper Transport B.V.« las Sachse und stellte das Rad vor der Halle ab.

Zwei Sprinter standen neben dem Tor. Beide mit Biesenkämpers Logo auf den Türen. Und ein Wohnmobil mit dem wenig originellen Kennzeichen IZ-RB-1. Ein Wohnmobil, dessen Grundfläche in etwa der von Sachses Mietwohnung entsprechen durfte. Ein Camper also, der Großwildjäger.

Sachse drückte den Rücken durch und die Klinke der ins Tor integrierten Tür herunter. Mitten in der Halle stand Reimer Biesenkämper mit einem Klemmbrett vor einem Hochregal und hakte Positionen ab. Er schaute hoch, machte noch eine Notiz und drehte sich dann Sachse zu.

»*Goedemorgen, meneer.*«

»*Hoi.* Ich bin Hauptwachtmeister Sachse. Wir können Deutsch sprechen.«

Sachse reichte Biesenkämper die Hand. Der erwiderte den Gruß. »Haben Sie mich also gefunden.«

»War nicht so schwer, Herr Biesenkämper. Wir müssen über Rüdiger Jansen und den letzten Sonnabend sprechen.«

»Wollen wir ins Büro?« Biesenkämper zeigte auf eine Vorarbeiterbude mit großem Fenster zur Halle. »Hier wird's gleich laut.«

Sachse nickte. Biesenkämper ging vor, öffnete die Tür. Beinahe im selben Moment gab es ein brummendes Geräusch. Ein Elektromotor lief an, das große Rolltor fuhr hoch.

»Einen Moment, Herr Sachse. Gehen Sie doch schon mal rein. Ich komme dann sofort zu Ihnen.«

Sachse grinste, blieb stehen. Aus den Augen lassen würde er Biesenkämper nun nicht mehr.

Ein Sprinter fuhr in die Halle. Was Biesenkämper zu dem Fahrer sagte, konnte Sachse nicht verstehen. Er ging ein paar Schritte in dessen Richtung, aber Biesenkämper kam ihm schon entgegen.

»Herr Sachse, bitte. Gehen wir doch rein.«

Biesenkämper setzte sich hinter den Schreibtisch, der nicht in die schmucklose, funktionale Umgebung passte. Hätte Sachse wetten müssen, hätte er als Vorbesitzer des aus dunklem Holz gefertigten Möbels auf einen Plantagenbesitzer getippt. Einen Sklaventreiber. So ausladend, so gebaut, dass man sich als Besucher ganz klein vorkam. Ein SUV unter den Schreibtischen.

»Herr Sachse, machen wir's kurz. Ich bin ein bisschen in Eile.«

»Damit ist es ruckzuck vorbei, wenn Sie in einer Zelle sitzen.«

»Das schon wieder. Ihr Kollege im LKA hat auch mit Knast gedroht. Warum denn nur?«

»Ihr Alibi ist geplatzt.«

Biesenkämper blieb ruhig. »Hm, damit war zu rechnen. Nun gut. Ich habe einen Diplomaten getroffen. Ein einflussreicher Mann in Namibia. Wir machen Geschäfte. Das muss nicht an die große Glocke.«

»Ich dachte, Sie seien geblitzt worden?«

»Damit habe ich der Zahnarzthelferin erklärt, warum ich das Alibi brauche. Ist mir so spontan eingefallen. Über manche Termine spricht man nicht öffentlich.«

Wie heißt der Mann?«

»Willem Bantam.«

»Wo haben Sie sich getroffen?«

»In der Seebar in Kiel.«

Sachse zog die Augenbrauen hoch. »Wie praktisch. Das sind geschätzt gerade mal zwei, maximal drei Kilometer über die Förde. Mit einem Motorboot hin und zurück. Ein Katzensprung.«

»Ach, Herr Sachse. Sie werden mir keinen Mord nachweisen können. Ich habe Rüdiger Jansen zuletzt vor zwei Wochen gesehen.«

»Er hat für Sie gearbeitet.«

»Weisen Sie mir nach, dass ich ihn getötet habe.«

»Wie erreiche ich Herrn Bantam?«

»Ministerium für Umwelt und Tourismus in Windhoek. Aber ich bezweifle, dass er sich äußern wird.«

»Womit Ihr Alibi erneut zum Teufel wäre.«

»Ich brauche kein Alibi. Ich habe nichts getan.«

Er machte eine Pause.

»Wir sind ja unter uns. Ich bin aus dem Breisgau, aus Freiburg. Wein und Lebensfreude, Sonne und fröhliche Menschen. Ganz anders als im echten Norden.«

Biesenkämper lachte kurz auf. »Ich kam wegen einer Frau nach Schleswig-Holstein. Lange her. Die Frau ist weg und ich nun auch. Ich sag, wie es ist. Dass mein Alibi geplatzt ist, dass Sie jetzt Bescheid wissen, tut nichts zur Sache. Sie haben keinen Haftbefehl, und morgen bin ich in Afrika. Und was soll ich sagen? Den Wein importiere ich selber. Aus Südafrika, aus Frankreich, Italien und badischen Weißburgunder selbstverständlich. Das Wetter ist tipptopp, und ausliefern tun die auch nicht. Nehmen Sie es sportlich, Herr Sachse.«

»Namibia?«

»Ach, Herr Sachse, Afrika ist groß. Sehen Sie, ich bin ja auch im Sandgeschäft. Ein schwieriges Geschäft, weil der Sand ausgeht. Weltweit übrigens. Und mit dem Sand geht eben auch der Kies aus. Da bietet mir der schwarze Kontinent ganz andere Möglichkeiten.«

Biesenkämper beugte sich nach links unten und tauchte mit einer Flasche Wein wieder auf, stellte sie auf seinen imperialen Schreibtisch. »Ein Geschenk. Guter Tropfen. Trinken Sie auf mein Wohl. Ich bin kein Mörder. Ich bin Geschäftsmann. Sie müssen sich nicht grämen.«

Sachse stand auf und verließ das Büro. Dass er mit einem zufriedenen Gefühl ging, ahnte Reimer Biesenkämper nicht.

Sachses Oma hatte immer gesagt, man dürfe anderen Menschen nichts wegnehmen, aber mit den Augen zu stehlen sei erlaubt. Und so sah sich Sachse stets gut um, wo immer er auch war. Er hatte es nicht mit Zahlen, und er kannte sich auch nicht gut mit Geschichte aus. Aber er hatte ein fotografisches Gedächtnis. Die Notizen auf dem Whiteboard hinter Reimer Biesenkämper hatte Sachse in Ruhe betrachtet, und eine Notiz war ihm sofort aufgefallen.

***

Judith hatte noch in der Nacht eine flache Grube ausgehoben, Reisig gesammelt und Gras, hatte die Grube damit gepolstert, eine Decke aus dem Lager darübergelegt, die Grube mit den Ästen einer abgestorbenen Kiefer bedeckt. Niemand würde sie so leicht entdecken, hier jenseits der niedrigen Düne. Sie würde warten. Hoffentlich kämen die anderen zurück. Sicher kämen die anderen zurück. Vielleicht waren sie unterwegs, um Nachschub zu beschaffen.

Judith zog die Zeitung hervor und las noch einmal, was ihr unglaublich erschien. Ihr Vater, von Emma erschlagen. Und sie war nur wenige Meter entfernt gewesen. Sie hätte ihren Vater retten können. Sein Leben retten können.

Warum hatte Emma das nur getan? Niemals hätte ihr Vater sie verraten. Ins Gewissen hätte er ihr geredet, sie davon abgehalten, weiterzumachen. Aber er hätte nicht die Polizei eingeschaltet. Emma kannte ihren Vater doch. Ihr Vater, der immer so weiche Hände gehabt hatte. Beim Einkaufen waren sie stets Hand in Hand durch Schleswig gegangen. Einmal hatte er gefragt, ob sie nicht zu alt dafür wäre.

Die Sonne war aufgegangen und wärmte Judith. Sie drehte sich auf den Rücken. Schwer lag die Pistole auf ihrer Brust.

\* \* \*

Ein Wochenende war ein Wochenende war ein Wochenende. Die Überstunden würde sie sowieso nie mehr abfeiern können, und im LKA gab es qualifizierte Kolleginnen, die sich jetzt gerade bemühten, Rüdiger Jansens Mörder zu finden. Sachse in Holland setzte sicher auch alles daran, der Gerechtigkeit zum Sieg zu verhelfen. Gute Gründe, sich noch mal umzudrehen. Jetzt wäre doch Zeit für einen Traum. Ach was, für zwei Träume. Mindestens.

Marie zog die Decke über die Schulter. Der Gerechtigkeit zum Sieg verhelfen, ging das überhaupt? Konnte der Mord an Rüdiger Jansen gesühnt werden? Wäre die Gerechtigkeit wiederhergestellt, sobald der Täter gefasst und verurteilt wäre? Was würde das mit dem Leben seiner Frau und seiner Tochter machen?

»Wo ist das Holstein-Trikot?« Karl stand in der Tür und stampfte mit dem Fuß auf.

»Guten Morgen, Karl. Ich hoffe, du hast gut geschlafen.«

»Opa Uwe und ich holen Opa Rudolf gleich vom Bahnhof ab, und ich will das Holstein-Trikot anziehen.«

»Wegen der Autogramme?«, stichelte Marie.

»Kann dir doch egal sein.« Karl kam auf sie zu und zog ihr die Bettdecke weg. »Also?«

Marie atmete tief ein. »Komm, setz dich mal zu mir, Karl.« Sie klang betrübt.

Karl verzog das Gesicht und setzte sich ans Fußende.

»Du kennst doch Lukas.«

»Lukas, diesen Blödmann? Jeder kennt Lukas.«

»Und du weißt, dass es Lukas in der Schule nicht leicht hat. Er findet keine Freunde.«

»Er ist selbst schuld. Tausendmal haben wir ihn gefragt, ob er nicht mit zum Training will.«

»Ich weiß, Karl. Du hast ein gutes Herz. Und weil ich das weiß und weil Lukas auch mal eine gute Zeit haben soll, habe ich ihm dein Holstein-Trikot geschenkt. Sicher verstehst du …«

Karl sprang auf, lief zur Tür, nahm Anlauf und warf sich mit einem Hechtsprung auf Marie, die kreischte und stöhnte.

»Als ob ich das glauben würde. Da kann ich nur lachen. Wo ist mein Holstein-Trikot?« Er wuschelte Marie, Marie wuschelte Karl. Das Glück eines freien Morgens. »Ich sag's Papa«, drohte er, und Marie hörte mitten im Wuscheln auf zu wuscheln.

»Ich wusste, dass du das Trikot anziehen willst. Ich habe es gebügelt. Es hängt an der Garderobe.«

Karl ließ von ihr ab. »Danke, Marie.«

»Du sollst nicht Marie sagen.«

»Danke, Mama Marie.«

Schnelle Schritte auf der Treppe. Marie hatte einen Kloß im Hals. Jetzt sollte Andreas sie in den Arm nehmen.

Sie schaute auf die Uhr. Wenn sie sich beeilte, würde sie das Empfangskomitee für ihren Vater vervollständigen können.

Als sich Marie nach einer schnellen Dusche einen Kaffee machte, klingelte ihr Handy. Es war Kollegin Schmitchen.

»Die Wasserschutzpolizei hat Diebesgut aus der Förde gefischt. Querab Kitzeberg. Die Sachen stammen aus der Villa. Elmar hat Fingerspuren von Emma Brinker gefunden und weitere Fingerspuren, die mit denen auf den Spraydosen übereinstimmen. Kein Treffer in der Kartei.«

»Danke, dass Sie mich informieren. Allerdings werde ich heute und morgen nur schlecht erreichbar sein. Ich feiere Überstunden ab.«

»Alles klar und ein schönes Wochenende.«

Marie legte das Telefon zur Seite. Dass übereinstimmende Fingerabdrücke auf den Spraydosen und auf der Beute gefunden wurden, war ein deutlicher Hinweis auf Emmas Beteiligung an den Graffiti-Aktionen. Dass die Fingerspuren der anderen nicht aktenkundig waren, könnte darauf hindeuten, dass Emma die Chefin der Bande war. Bei der alten Einbruchsserie waren nie Fingerspuren gefunden worden.

Der Kaffee war durch. Marie trank, verbrannte sich die Zungenspitze, drehte sich zur Tür und stieß mit dem Knie gegen die Müslischublade. Wieder dieser stechende Schmerz. »Der Wurm ist drin«, zischte sie. Dann zwang sie sich ein Lächeln ins Gesicht: »Der Wurm muss raus.«

Sie ging in den Flur. Karl legte den Holstein-Schal um.

»Den Schal? Es soll richtig warm werden heute.«

»Na und, nur für den Bahnhof. Opa Rudolf dreht durch. Stell dir vor, Holstein steigt auf und Bochum steigt ab.«

»Das will ich mir nicht vorstellen. Ich hoffe, dass sie beide die Liga halten.«

Karl schüttelte den Kopf und sang: »Kieler Störche. Holstein kommt, die Erde bebt …«

## Sicherer Hafen?

Sachse saß vor dem Vis & Dis mit Blick auf die Gracht und den schönen Jugendstil-Giebel der Centraal Apotheek mitten in Leeuwarden. Er studierte den Stadtplan von Rotterdam, insbesondere der Hafen interessierte ihn.

Gegen Mittag würde er aufbrechen und sich neben Biesenkämpers Halle auf die Lauer legen. Einer seiner Lastwagen führe nach Rotterdam, und falls er die Notiz an Biesenkämpers Whiteboard richtig interpretiert hatte, wäre es lohnend, die Ladung anzuschauen. Ohne handfestere Verdachtsmomente würde allerdings kein deutscher und sicher auch kein niederländischer Staatsanwalt einer Durchsuchung zustimmen. Er bräuchte Beweise, und die hoffte er beim Umladen gewinnen zu können. Die Fracht war für China bestimmt, aber noch lagerte sie in Biesenkämpers Halle. Vermutlich in Kartons, jedenfalls nicht in einem verplombten Container.

Er fuhr mit dem Finger die wahrscheinlichste Route entlang. In den Containerhafen käme er nicht rein, da würde sein Dienstausweis nicht weiterhelfen. Aber dort würde die Ware auch nicht umgeladen werden. Das würde vorher passieren. Irgendwo in der Nähe des Hafens.

Sachse biss in sein Broodje mit Hering. Den Hering sah er nicht, aber er schmeckte vorzüglich.

Vielleicht versteckte Biesenkämper sich und seine Ware ja auch. Wenn es einen chinesischen Abnehmer gab, gab es vielleicht auch einen chinesischen Geschäftspartner hier in den Niederlanden.

Sachse zog sein Tablet aus der Umhängetasche. Friese hatte sich lustig gemacht, als er ihr seine neue Tasche gezeigt hatte. Ob er jetzt auf jung machen würde. »Silver-Hipster«, hatte sie ihn gerufen. Sachse drehte Kopf und Oberkörper nach rechts, sah sein Spiegelbild in der Schaufensterscheibe des Restaurants. Silver-Hipster. Warum eigentlich nicht. Er würde sich einen Bart wachsen lassen. Und er würde wieder Urlaub machen. Im Ausland.

Auf seinem Tablet erschien ein Foto, das den Wikingturm in Schleswig zeigte. Er hob das Tablet hoch, wechselte in den Fotomodus, fotografierte Gracht und Jugendstilfassade und tauschte das Foto des Startbildschirms aus. »Wind of change«, sagte er zu sich selbst, lächelte und schämte sich ein bisschen für die blöde Assoziation. Dann suchte er nach chinesischen Transportfirmen in den Niederlanden. Die Liste war lang, sehr lang.

※※※

»Erik, mein Lieber.« Lieselotte Häberle streichelte das Gesicht ihres Mannes, der die Augen wieder aufgeschlagen hatte, dessen Blick nun klar war.

Er reckte sich, stöhnte. »Ich kann meinen rechten Arm kaum spüren«, klagte er. Lieselotte Häberle massierte ihn.

Die alten Leute frühstückten. Lieselotte berichtete vom Überfall, von Judiths Rückkehr und von ihrem Verschwinden. »Wir müssen zur Polizei«, schloss sie. Erik nickte.

Eine knappe Stunde später verließ die »Schwabenglück« mit Kurs Südwest ihren Ankerplatz. Seit Tagen gab es eine stabile Ostlage über dem Baltikum, günstige Winde für die Yacht. »Am Nachmittag sind wir da«, sagte Erik voraus.

Sie passierten eine kleine Insel. Lieselotte Häberle nahm das Fernglas an die Augen. Baumlos beinahe, das Eiland mit weißem Sandstrand, der hell in der Sonne leuchtete. Das Wasser schimmerte blaugrün. Ein schwarzes Schlauchboot fuhr mit hoher Geschwindigkeit auf den Strand zu. Tatsächlich ein bisschen wie in der Südsee, dachte Lieselotte und stellte das Glas wieder neben ihren Mann.

※※※

Judith schreckte zusammen. Sie war kurz eingenickt. Das kraftvolle Brummen des Außenbordmotors wurde leiser. Ein schabendes Geräusch. Judith wusste, dass sich der Rumpf eines Bootes auf den Sand schob. Sie blieb liegen. War wie gelähmt. Emma in die Augen schauen. Wie sollte sie das machen?

In der zweiten Klasse hatte Emma sie gerettet, hatte Julius, der sie getreten und an den Haaren gezogen hatte, einfach ins Gebüsch gestoßen. In die Dornen. Julius hatte geheult wie ein Baby. Emma war dann wieder zu ihren Freundinnen aus der Vierten gegangen. Einfach so, als wäre nichts passiert. Wenn sie zur selben Zeit Schulschluss hatten, war Judith hinter Emma hergegangen. Sie wusste, wo Emma wohnte. In dem großen Haus, aus dem manchmal Klaviermusik zu hören war. Ein Mäuerchen mit einem schmiedeeisernen Geländer begrenzte den Vorgarten zur Straße hin. Büsche behinderten die Sicht. Ihre Mutter hatte mal gesagt, das seien Gehölze. Judith wusste bis heute nicht, was genau man unter Gehölzen verstand. Es hatte sie jedenfalls beeindruckt.

Auf der gegenüberliegenden Straßenseite gab es eine Box für die Mülltonnen. Eine Box aus Waschbeton, hinter der Judith sich verstecken konnte. Sie hatte die kleinen Kiesel mit ihrem Kinderfinger ganz blank gerieben, sodass ein Herz entstanden war.

Dienstags und donnerstags hatte Emma am frühen Nachmittag das Haus verlassen. Mit einem Geigenkoffer. Zu Herrn Kappert war sie gegangen. Der war Musiklehrer an der Domschule. Ihre Mutter hatte Judith erklärt, dass die Domschule das älteste Gymnasium in Schleswig-Holstein sei. Herr Kappert wohnte nicht weit von der Schule entfernt, direkt hinter dem Landestheater in einer Mansardenwohnung. Im Sommer stand das Giebelfenster meistens offen, und Judith konnte hören, welches Stück Emma übte. Es hatte beinahe so geklungen wie in der Kirche.

Genau dort hatte sie Emma wiedergetroffen. Emma betreute eine Gruppe von Konfirmandinnen, zu der Judith gehörte. Emma war bereits konfirmiert. Sie spielten, sangen, bastelten. Eine schöne Zeit. Sie trafen sich zweimal in der Woche. Aber Emma war eines Tages nicht mehr gekommen. Sie musste lernen, denn sie machte Abitur und den Sportbootführerschein. Judith hatte erfahren, dass Emma auch ins Sportstudio ging. Das konnte sich Judith eigentlich nicht leisten, aber sie hatte einen Job im Supermarkt gefunden, und nach einem halben Jahr meldete sie sich auch an. In der Umkleide – Judith erinnerte sich noch ganz genau an den Tag, sie hatte nagelneue Sportschuhe und war stolz gewesen – saß Emma neben ihr.

»Sag mal, kennen wir uns nicht?«, hatte sie gefragt.

Ein Glücksgefühl wie noch nie in ihrem Leben hatte Judith durchflutet. Emma hatte ihr von der Wikingergruppe berichtet und gesagt, sie könne ruhig auch kommen. Vielleicht wäre das ja was für sie.

Gleich am ersten Abend waren sie mit einem Boot auf die Schlei rausgefahren. Sie war bis dahin nur mit ihren Eltern zwei- oder dreimal mit der »Wappen von Schleswig« auf dem Wasser gewesen. Ihr war komisch geworden, ein bisschen übel. Am Abend hatten sie ein Lagerfeuer gemacht und gesungen, und dieser Mann war zu ihnen gekommen. Der hatte ihnen alles über die Wikinger erzählt und gesagt, dass sie die Nachfahren der Wikinger seien, dass ihnen das Land zwischen den Meeren gehöre und dass sie es verteidigen müssten. Dann hatten sie wieder gesungen und waren mitten in der Nacht mit dem Boot zurückgefahren. So hatte alles angefangen.

Judith richtete sich auf und spähte zwischen dem Dünengras hindurch Richtung Strand. Das Schlauchboot lag am alten Platz, und da sollte es auch bleiben. Emma sollte nicht wieder verschwinden. Judith krabbelte am Dünenrand entlang. Dann huschte sie zur Baumgruppe am Donnerbalken hinüber. Die anderen saßen rund um das Lagerfeuer. Sie johlten. Bestimmt hatten sie Bier besorgt.

Auf dem kürzesten Weg rannte Judith zum Schlauchboot. Im Bug war mit Klett eine Werkzeugtasche am Boden befestigt. Judith öffnete die Tasche. Schnell fand sie, was sie benötigte. Jetzt kam ihr das Praktikum in der Autowerkstatt zugute.

Sie kletterte wieder aus dem Boot heraus und ging zum Außenbordmotor. Mit geübten Griffen schraubte sie die Kunststoffabdeckung ab, zog die Kerzenstecker, schraubte die Zündkerzen heraus und stopfte sie in eine Tasche. Sie setzte die Verkleidung wieder auf, schraubte sie fest, verstaute das Werkzeug und lief zurück in ihr Versteck. Dort trank sie in langen Zügen aus der Wasserflasche, die sie im Boot gefunden hatte. Mit klopfendem

Herzen legte sie sich in die Grube. Was auch passieren würde. Emma käme hier nicht mehr weg. Nicht ohne sie.

***

Schleimünde kam in Sicht. Lieselotte Häberle stand neben ihrem Mann, dessen Gesichtsfarbe nicht gesund aussah. »Wie fühlst du dich?«

»Müde, aber gut.«

Sie sah, dass Schweißperlen auf seiner Stirn standen, und sie wusste, dass sie ein EKG machen lassen mussten. Aber jetzt war es nicht mehr weit bis in den Hafen von Maasholm. Lieselotte dachte an die Aufregung der letzten beiden Tage. Nicht auszuschließen, dass ihrem Mann die Aufregung mehr zugesetzt hatte, als gut für sein schwaches Herz war.

Erik hatte die Liegeposition der »Schwabenglück« zum Zeitpunkt des Überfalls in der Seekarte vermerkt. Vielleicht würde die Polizei im Umkreis nach Judith und den anderen suchen können.

***

Das Folkeboot hatte Andreas ihr geschenkt. Er hatte »Wickie-Marie« auf den Rumpf gepinselt. Marie ging den Steg entlang. Ihr Vater hatte sie bei seiner Ankunft kaum beachtet. Er war verrückt nach seinem Enkel, und wie nicht anders zu erwarten waren die beiden sofort in ein Fachgespräch über Holstein Kiel und die Zukunft der Mannschaft eingetreten. Einen Kuss hatte sie gekriegt. Besser als nichts. Marie lächelte. In einer Familie voller Liebe war es wohl so, dass man auf besondere Aufmerksamkeit verzichten konnte. Ihr Vater war sicher, dass sie um seine Liebe wusste. Also konzentrierte er sich auf Karl.

Der war schließlich, von seinen beiden Opas flankiert, zu Uwes Auto verschwunden. Die alten Herren hatten Marie einen schönen Segeltörn gewünscht und sich dann wegen ihrer Pflichten entschuldigt. Sie hatten einen Einkaufsauftrag von Oma Rita, und zur Schleswiger Filiale von Famila war es nicht weit.

Marie war auf direktem Weg nach Maasholm gefahren. Der Wetterbericht versprach eine stete Brise. Sie würde aus der Schlei raussegeln, kreuzen, vielleicht bis rüber in die dänische Südsee und dort übernachten. Wenn sie morgen zurückkäme, wäre Andreas wieder in Schleswig. Sie hoffte auf ein Gespräch unter vier Augen. Weil die Schulferien begonnen hatten, würde Karl sicher noch ein paar Tage in Maasholm bei den Großeltern bleiben, und ihr Vater käme wahrscheinlich auch nur im Notfall nach Schleswig. Er war vernarrt in Karl, vernarrt in Maasholm, und mit ihren Schwiegereltern verstand er sich blendend. »Eigentlich bin ich überflüssig«, sagte Marie zu sich selbst.

Die Sonne stand schon hoch und blendete sie. Nur noch ein paar Schritte, dann hätte sie ihr Boot erreicht. Weiter hinten saß eine Frau mit baumelnden Beinen und schaute aufs Wasser.

✻ ✻ ✻

Nach dem Hering-Broodje hatte Sachse noch zwei Tassen Kaffee getrunken, die Liste der chinesischen Exportfirmen am Rotterdamer Hafen auf dem Stadtplan markiert und war an der Gracht entlang zurück zu seinem Schwager Abel »gefietst«. Nun saß er neben Biesenkämpers Halle hinterm Steuer und klopfte mit den Fingern der rechten Hand auf die Mittelkonsole, und es dauerte nur einen Augenblick, bis er dem Rhythmus eine Melodie und der Melodie einen Text zuordnen konnte. Ihm war »Whole Lotta Love« von Led Zeppelin ins Unterbewusstsein gerutscht. Das wollte er jetzt hören, das musste er jetzt hören.

Sachse öffnete das Handschuhfach, nahm die CDs raus. Fehlanzeige. Im Internet gab es das Lied sicher. Er tippte auf seinem Handy »whol« in das Feld der Suchmaschine und sah bereits die ersten Treffer. Wenig später, das Netz war gut, erklang die erste Strophe: »You need coolin', baby, I'm not foolin', I'm gonna send you back to schoolin' …«

Sachse hatte eine Gänsehaut und sang mit. Mit den ersten Riffs des Gitarrensolos öffnete sich das Hallentor, und ein Siebeneinhalbtonner ohne Beschriftung bog vor Sachse auf den

Greunsweg Richtung Westen. Der Hauptwachtmeister startete den Motor, wippte im Takt und fühlte sich stark, so stark wie in den Tagen, als er Led Zeppelin in der Hamburger Musikhalle erlebt hatte. Sachse lachte, er lachte über sich, und er lachte, weil er dankbar war, dieses Gefühl nach all den Jahren noch einmal fühlen zu können. Die Macht der Musik. Ein Segen. An einer Ampel erwischte Sachse einen Videokanal mit Musik aus den Siebzigern, und er schaffte es, sein Handy mit den Lautsprechern seines Autos zu koppeln.

Biesenkämper und seine Spießgesellen hatten keine Chance. Er bliebe ihnen auf den Fersen. Wieder musste er lachen. Einem Siebeneinhalbtonner auf den Fersen zu bleiben war vielleicht nicht so spektakulär, wie es sich gerade anfühlte.

Am Stadtrand von Leeuwarden fuhr der Lastwagen auf die Autobahn. Eine halbe Stunde später erreichten sie den Abschlussdeich, jenes Bauwerk, das weite Teile des Landes vor den Fluten der Nordsee schützte. Über dreißig Kilometer lang war der Damm, der den Blanken Hans vom Ijsselmeer trennte. Bald passierten sie das Kasemattenmuseum, das an den Kampf der Niederländer gegen deutsche Soldaten im Zweiten Weltkrieg erinnerte. Sachse war mal mit seiner Liebe hier gewesen, mit Mareike. Und es hatte ihn umgehauen, wie stolz sie auf den niederländischen Widerstand gewesen war. So eng Holländer und Deutsche heute im Alltag waren, so selbstverständlich, wie Deutsche in Zeeland und Niederländer im Sauerland Urlaub machten – vergessen waren die Gräuel des Krieges nicht.

Sachse dachte während der Fahrt über den Deich darüber nach, wie er die Ladung prüfen könnte. Aber auch, nachdem der Lastwagenfahrer getankt und Sachse sich hinter einem Sattelschlepper versteckt hatte, auch nachdem sie den Amsterdamer Hafen durch den Coentunnel unterquert und den Flughafen Schiphol passiert hatten, war ihm nichts eingefallen. In Deutschland hätte er einfach eine Fahrzeugkontrolle durchgeführt. Hier hatte er keinerlei Handhabe. Ob die Idee schlicht und ergreifend eine der blöden Sorte war? Er führte sich auf wie ein Möchtegern-Bond. Er griff nach seinem Handy und ließ es Marie Geislers Nummer wählen. Nach dem zweiten

Freizeichen sprang die Mobilbox an. Er berichtete und bat um Rückruf.

*·*·*

Erik fuhr das Anlegemanöver, Lieselotte Häberle warf einer jungen Frau die Festmacherleine zu. Glück gehabt, musste sie so keine waghalsigen Verrenkungen zwischen dem wackligen Deck und dem Steg machen. Sie gestand es sich nur widerwillig ein. Aber angesichts ihrer körperlichen Einschränkungen, die durchaus altersgemäß waren, würden sie von den Segeltörns wohl bald auf Kreuzfahrten umsteigen müssen. Es gab einen Ruck, dann lag die »Schwabenglück« im Maasholmer Hafen.

Der Hafenmeister erklärte, die nächste Polizeistation sei die in Kappeln, die Häberles nahmen ein Taxi, saßen bald auf unbequemen Besucherstühlen, und Lieselotte erzählte ohne Punkt und Komma, was ihnen widerfahren war. Judith nahm sie in Schutz und betonte, dass es nur deren Rückkehr zur Yacht zu verdanken sei, dass sie jetzt lebend hier säßen.

Die Beamtin schaltete schnell. Sie wusste vom Überfall in Kitzeberg, vom Mord an Rüdiger Jansen, und sie wusste, dass nach einem schwarzen Schlauchboot gesucht wurde. Sie wechselte kurz den Raum, rief in Kiel beim LKA an. Dort erreichte sie Oberkommissarin Schmitchen, die postwendend die Kriminaltechnik in Marsch setzte. Frauen und Männer in weißen Overalls waren an Bord der »Schwabenglück«, noch bevor die Häberles ihre Aussage gelesen und unterschrieben hatten.

*·*·*

Die junge Frau hatte die Leine festgemacht und einer alten Dame auf den Steg geholfen. Als sie sich gerade wieder setzen wollte, hatte sie den Kopf gedreht und direkt in die Augen ihrer Kollegin und Freundin Marie geschaut.

Maries Herz setzte für einen Schlag aus. Ele stand nur wenige Meter von ihr entfernt auf dem Steg und sah sie an. Sie fühlte, was sie nicht fühlen durfte, was für Andreas, mindestens aber für

Männer vorbehalten war. Sie hatte die Sporttasche in der linken, ihr Handy in der rechten Hand. Ele kam auf sie zu. Lachend, strahlend. Sie sagte etwas. Marie verstand nicht, was sie sagte. Eles Arme schlossen sich hinter ihrem Rücken. Maries Sonnenbrille rutschte von der Stirn auf die Nase. Sie ließ die Sporttasche fallen.

»Sag doch mal was. Freust du dich denn überhaupt nicht?«, hörte sie Ele jetzt sagen. Die Rechtsmedizinerin hielt Marie an den Hüften, beugte ihren Oberkörper zurück und strahlte noch immer. »Ich kann deine Augen gar nicht sehen. Ich hasse Sonnenbrillen.«

Sie ließ Marie los. Marie schwankte. Ele griff nach Maries Sonnenbrille und nahm sie ihr ab.

»He, Marie, was 'n los? Hast du geheult, oder was? Was ist das eigentlich mit deinem Bein? Eine Orthese, warum?« Ele kam prüfend näher. Sie roch nach Sonne.

Marie war heiß und kalt, und sie sagte: »Du hier?«

»Wie jetzt, du hier? Das ist alles, was dir einfällt? Ist doch irre. Wir haben uns vier Wochen nicht gesehen. Ich habe Urlaub, und wir treffen uns in diesem Nest am Ende der Welt.«

Marie atmete, räusperte sich und hob die rechte Hand mit ausgestrecktem Zeigefinger mahnend in die Höhe. »Lass das nicht meinen Schwiegervater hören. Das hier ist der Nabel der Seenotretterwelt!« Marie unterstrich ihre Aussage mit einer zackigen Bewegung des rechten Armes. Ihr entglitt das gute alte Nokia 6310i. Im gleißenden Licht der Sommersonne schimmernd, flog es trudelnd und in einem nur mäßig hohen Bogen über den Steg hinweg und landete platschend im Hafenbecken.

»Scheiße! Nein, mein Handy. So eine Scheiße. Das gibt's doch nicht.« Marie kickte die Flip-Flops weg, schob ihre Shorts auf die Knöchel, machte zwei kurze Schritte und sprang mit einer Arschbombe ins Wasser.

## Verfolgung

Es war nicht mehr weit bis in den Hafen von Rotterdam. Sachse war vor über zehn Jahren mehrmals dort gewesen und hatte als Mitglied der freiwilligen Feuerwehr an einer Spezialausbildung zur Bekämpfung von Industriebränden teilgenommen. Der Hafen war groß, wie eine Stadt. Sachse war tief beeindruckt gewesen. Nun war er angespannt. Noch immer hatte er keine Idee, wie er an die Ladung kommen sollte, und Marie Geisler hatte noch nicht zurückgerufen.

Sie erreichten Delft, und der Lastwagen setzte den Blinker, verließ die Autobahn. Sachse folgte. Über die Prinses Beatrixlaan schwammen sie mit Hunderten anderer Autos in zähem Strom Richtung Zentrum. Der Lastwagenfahrer bog mehrmals ab. Seiner Fahrweise nach zu urteilen, kannte er sich aus.

Die Altstadt war erreicht. Wo wollte der nur hin?

Dass Delft eine bei Touristen sehr beliebte Stadt war, wusste Sachse. Dass Delft so bezaubernd schön war, hatte er nicht geahnt. Mehr oder weniger im Windschatten des Rotterdamer Hafens, in dem man sich verloren fühlte, ging es hier, typisch holländisch, sehr gemütlich zu. Gut erhaltene Fassaden und viel Grün mitten in der Stadt.

Unvermittelt fuhr der Lastwagen rechts ran, parkte vor einer Einfahrt. Sachse fuhr vorbei und hielt Ausschau nach einem Parkplatz. Nichts. Nicht einmal die Andeutung einer Lücke. Autos hinter ihm zwangen ihn zur Weiterfahrt. Sachse brach der Schweiß aus. Trotz Klimaanlage. Wenn er ihn jetzt verlor, nur weil er keinen Parkplatz fand! Dann endete die Straße. Nur ein U-Turn war noch möglich. Vor ihm lag die Fußgängerzone. Er bremste. Hinter ihm hupte jemand. Sachse ließ die Kupplung kommen.

»Hilft ja nix.« Er fuhr vorsichtig in die Fußgängerzone, stoppte vor einem Blumenbeet, stieg aus und rannte zurück.

Es waren nur etwa zweihundert Meter bis zum Lastwagen. Als er näher kam, sah er den Fahrer an der Tür lehnen. Er telefonierte. Sachse fiel ein Stein vom Herzen. Der Fahrer beendete das Telefonat und ging zielstrebig in den Hinterhof, auf den die von ihm blockierte Zufahrt führte. Sachse folgte. Auf der anderen Seite des Hinterhofes führte ein schmaler Gang hinaus in die Fußgängerzone. Der Lastwagenfahrer hielt sich links. Sachse konnte jetzt sein Auto sehen. Niemand schien sich daran zu stören, dass es mitten in der Fußgängerzone stand.

Der Fahrer hatte sein Ziel wohl erreicht. Er verlangsamte seinen Schritt, ging zwischen Tischen und Korbstühlen auf den Eingang eines »Eetcafé« zu, trat ein. Eine junge Frau hinter der Theke schaute auf, erkannte ihn offenbar, lächelte, kam hinter dem Tresen hervor. Die beiden umarmten sich. Sachse blieb vor dem Schaufenster eines Wollgeschäftes stehen.

Der Fahrer strich der jungen Frau über den Kopf. Die Geste wirkte väterlich. Er kam raus und setzte sich an einen freien Tisch. Sachse wählte einen Tisch in seinem Rücken. Ob er jetzt zum Lastwagen gehen sollte? Er verwarf den Gedanken, schaute in die Karte. Die junge Frau brachte dem Fahrer einen Teller. Augenscheinlich wusste sie, was er wollte.

»*Ik wil graag iets bestellen*«, rief Sachse und hob den Arm.

Sachse trank Kaffee, der Lastwagenfahrer aß. Die Zeit verging. Gleich war die Tasse leer. Was, wenn der Mann ohne zu bezahlen ginge? Er kannte die Bedienung offensichtlich gut. Was, wenn er Sachse so abhängen würde? Sachse legte vorsorglich ein paar Euro auf die Untertasse.

Der Mann stand auf und verschwand im Inneren des Cafés. Auf dem Tisch ließ er sein Handy liegen. Keiner Idee, keinem Plan, nur einem Impuls folgend stand Sachse auf, schaute aufmerksam ins Café. Der Mann war nicht zu sehen, die Bedienung auch nicht.

Mit nur drei Schritten war er am Tisch des Mannes. Er kannte das Handy-Modell. Das Display leuchtete hell. Rasch klickte er sich durch das Hauptmenü, fand die Telefonnummer des Lastwagenfahrers, kritzelte sie in seine linke Hand, legte das Handy weg und setzte sich wieder an den Tisch. Über die Telefonnummer würde man den Besitzer feststellen und das Handy orten können. Vielleicht würde das nötig sein.

Der Schweiß lief ihm in den Nacken. Er wischte mit einer Serviette über sein Gesicht. Der Fahrer kam wieder heraus, die Bedienung an seiner Seite. Er küsste sie auf die Stirn und verschwand im Gewühl der Passanten.

»*Ik wil betalen*«, signalisierte er der Bedienung.

Sie verlangte drei Euro. Sachse reichte ihr vier.

»*Dank u wel.*«

Sachse lächelte, stand auf und versuchte, nicht zu rennen. Als er den Hinterhof erreichte, verließ der Fahrer diesen auf demselben Weg, auf dem er gekommen war. Jetzt rannte Sachse los, direkt am Lastwagen vorbei, in den der Fahrer gerade stieg. Hinter seinem Auto stand eine Gruppe asiatischer Touristen.

»*I'm sorry. Could you be so kind …*« Er machte wedelnde Bewegungen mit dem linken Arm, stieg in sein Auto, startete den Motor. Die Asiaten wichen nach links und rechts aus. Langsam fuhr Sachse rückwärts in Richtung der Straße. Der Lastwagen war nicht mehr zu sehen.

✳✳✳

Marie saß triefend nass auf dem Steg. Immer wieder drückte sie auf die Taste mit dem grünen Hörer, aber nichts passierte.

»Marie, das olle Handy. Lass gut sein.«

»Das ist kein olles Handy. Mist, verdammter.«

»Nimm den Akku raus. Lass dem Ding Zeit zu trocknen. Es erholt sich schon wieder.« Ele setzte sich neben Marie, nahm ihr das Handy aus der Hand und entfernte den Akku. »Was machst du eigentlich hier?«

Marie atmete durch. Wasser tropfte aus ihren Haaren auf die Oberschenkel. »Segeln, ich will segeln. Muss mal raus. Mir wächst alles über den Kopf.«

Und ehe sie wieder einatmen konnte, liefen ihr Tränen über die Wangen. Ele legte ihre rechte Hand auf Maries Kopf und zog ihn zu sich auf die Schulter.

»Hast du denn ein Boot?«

Marie nickte und zeigte auf ihr wunderschönes Folkeboot.

»Wickie-Marie?« Ele lachte.

»Andreas hat es mir geschenkt und getauft.«

»Hübsch. Kann ich mit?«

Marie nahm den Kopf von Eles Schulter, wischte sich die Tränen aus dem Gesicht. »Wo ist eigentlich meine Tasche?«

Ele legte sich auf den Rücken und angelte nach der Tasche auf der anderen Seite des Stegs. Ihr Shirt rutschte hoch. Marie starrte auf Eles Bauchnabel, bis sie sich wieder aufrichtete und ihr die Tasche reichte.

Marie zog den Reißverschluss auf, fingerte ein Handtuch hervor, rubbelte sich die Haare trocken.

»Also, kann ich mit?«

»Ja, hast du denn Zeit?«

»Marie, was ist los mit dir? Würde ich fragen, hätte ich keine Zeit? Willst du allein sein?«

»Ja, also nein. Sicher kannst du mit.«

Wieder schossen ihr Tränen in die Augen. Sie drehte den Kopf nach rechts, schaute auf den Maasholmer Hafen, sah den Kreuzer der DGzRS, dachte an ihren Schwiegervater, an dessen Sohn. Sie liebte Andreas, hatte ihn nie hintergangen. Nicht mal in Gedanken. Aber noch nie hatte sie einen schöneren Bauchnabel gesehen als Eles.

»Super. Wo willst du denn hin? Und wie lange? Sind wir am Abend zurück?«

»Ich wollte in die dänische Südsee, übernachten und morgen Mittag zurück sein.«

Ele sprang auf. »Warte auf mich. Ich kaufe mir eine Zahnbürste.«

Sie rannte in den Hafen.

»Du musst zu Sörensen«, rief Marie ihr nach.

Ele reckte im Laufen den Arm und einen Daumen in die Luft.

Marie nahm die Tasche und ging an Bord. Ob Ele wohl Segelerfahrung hatte?


Als sie den Leuchtturm von Schleimünde an Backbord liegen ließen, wusste Marie, dass Ele keine Erfahrung hatte, keine Ahnung, aber Talent. Sie akzeptierte Marie als Käpt'n und tat, was sie ihr sagte. Der Verkehr auf der Außenschlei war dicht gewesen,

Marie hatte sich konzentrieren müssen. Jetzt forderte eine Fähre ihre Aufmerksamkeit. Ganz langsam wich die Anspannung. Die Fähre entschwand Richtung Oslo. Sie kreuzten das Fahrwasser. Gischt spritzte ins Boot. Der Wind aus Ost, beständig bei Windstärke drei. Schönwetter-Segeln wie aus dem Bilderbuch.

»Kann ich neben dich?«, fragte Ele.

Marie nickte.

»Wir müssen uns eincremen. Hast du was hier?«

»Selbstverständlich, Frau Doktor. In meiner Tasche.«

Ele wühlte.

»Nicht so wühlen«, ermahnte Marie. »Kommt doch alles durcheinander.«

»Ach, so eine bist du. Das hätte ich nicht gedacht. Ich räum dein Täschchen auch gleich wieder auf. Voilà.« Sie hielt die Sonnencreme hoch. »Zuerst du?«

Marie nickte.

✵✵✵

»Ruhig bleiben, ganz ruhig bleiben.« Sachse fuhr eine Straße entlang, von der er nicht wusste, wohin sie führte. Er tat das seit weniger als einer Minute. Ihm kam es vor, als sei er seit einer halben Ewigkeit unterwegs. Die Klimaanlage rauschte. Und sie nervte. Er stellte sie ab.

Rotterdam. Wohin sonst sollte der Lastwagen fahren? Sachse suchte nach Hinweisschildern, sein Auto hatte kein Navi. Endlich sah er die Prinses Beatrixlaan und ein Schild, auf dem auch die A 4 aufgeführt war. Er bog rechts ab. Die Straße war vierspurig. Er zog sein Handy aus der Brusttasche seines Hemdes. Es klebte am Stoff fest. Klimaanlage wieder an, Handy in die Halterung, Augen auf die Straße, Augen aufs Handy. Sachse tippte unter Ziel »Ro…« ein, das Handy schlug Rosenheim vor. Er gab auf. Weit konnte der Lastwagen nicht sein.

Wieso eigentlich Rosenheim? Er war noch nie in Rosenheim gewesen. Jemand hatte auf seinem Handy nach Rosenheim gesucht. Friese. Vielleicht. Die »Rosenheim Cops« kamen ihm in den Sinn, und vor ihm tauchte auf, wonach er sich gesehnt hatte.

Die schmutzige Unterseite der Hebebühne, auf die jemand mit dem Finger »Tot ziens« gemalt hatte. Die Schultern entspannten sich. Sachse kippte zurück gegen die Rückenlehne.

Er überlegte, hatte er überhaupt schon jemals ein anderes Fahrzeug verfolgt? Er konnte sich nicht erinnern. Doch, auf der Schleidörfer Straße nach einem Schützenfest. Jemand war Schlangenlinien gefahren, er hatte das Blaulicht eingeschaltet. War aber auch schon ein paar Jahre her.

In Schiedam wechselte der Lastwagen die Autobahn und fuhr in die Innenstadt. Rotterdam pulsierte, und Sachse fragte sich, warum sie nicht in den Hafen gefahren waren. Vielleicht stimmte seine vage Vermutung. Das Ziel war ein chinesischer Zwischenhändler, ein Strohmann. Er schaute zur Karte auf dem Beifahrersitz. Er hatte Niederlassungen chinesischer Transportunternehmen markiert. Eine dieser Firmen war nicht in unmittelbarer Nähe des Europoort, des größten Tiefseehafens Europas, sondern dort, wo viele Binnenschiffe lagen. Südlich der Stadtmitte, südlich der Maas.

Sachse erinnerte sich an einen Bericht über die neue Seidenstraße, die China mit dem größten Binnenhafen der Welt in Duisburg verband. Vielleicht sollte Biesenkämpers Ladung auf diesem Weg ihr Ziel erreichen.

Sie fuhren über die Erasmusbrücke, unter ihnen das schmutzig graubraune Wasser der Maas. Sachse erkannte die leuchtend rote Fassade des neuen Luxor-Theaters. Eines der zahlreichen Bauwerke, die Rotterdam zu einem Leckerbissen für Mareike gemacht hatten. Architektur hatte sie fasziniert und Sachse auch. Damals.

Der Lastwagen fuhr geradeaus. Sachse fühlte sich zwischen den Hochhäusern ein bisschen wie in Manhattan. Rechts ein Hafenbecken. Der Lastwagen bog ab, wurde langsamer. Lagerhallen, ein weißes Gittertor. Der Lastwagen hielt an. Sachse bremste, fuhr rechts ran, halb auf den Fahrradweg. Er nahm das Fernglas hoch. Der Fahrer stieg aus, zog eine Karte durch ein Lesegerät. Das Tor fuhr zur Seite. Und schon wieder brauchte Sachse einen Parkplatz. Er fuhr um das Gebäude des Supermarktes herum und parkte in dessen Tiefgarage. Glück gehabt. Kühl war es hier unten.

Die schwüle Wärme traf ihn, als er die Treppen heraufgerannt war und vor den Supermarkt trat. Ein Stück die Straße entlang, ein Loch im Zaun. Sachse schlüpfte durch. Ungepflegte Fassaden, fensterlos. Lagerhäuser. Graffiti überall. Er dachte an seinen Fall in Schleswig. Er lief über den staubigen Hof, und dann sah er das Hafenbecken. An der Kaimauer lagen Binnenschiffe, davor eine frisch geteerte Fläche. Sachse spähte nach rechts um die Ecke, und da stand er, der Lastwagen. Mit dem Heck zum Lagerhaus.

Vom Fahrer zunächst keine Spur. Dann öffnete sich die Fahrertür, und der Mann stieg aus. Wieder telefonierte er, legte das Handy dann auf den Fahrersitz und ging um die Fahrzeugfront herum. Sachse hörte, wie ein Motor ansprang. Er schlenderte nach vorn zur Kaimauer. Ein Gabelstapler tauchte auf, hielt hinter dem Lastwagen. Der Fahrer stieg ab und ließ die Hebebühne herunter. Sachse sah die Ladung vor seinem geistigen Auge in einem Schiffsladeraum verschwinden.

Ihm war warm. Es gab keinen Schatten hier.

Ein Tor des Lagerhauses öffnete sich. Ein Mann in grünem Overall rief dem Lastwagenfahrer etwas zu. Der hob die Hand und manövrierte den Gabelstapler hinter den Lastwagen, fuhr dicht an den Laderaum heran, hob eine Palette an und setzte zurück. Die Palette schwankte. Er hatte den Lastwagen auf einem abschüssigen Stück des Platzes abgestellt.

Der Mann aus dem Lagerhaus tauchte wieder auf. »Henk«, rief der grüne Overall und winkte.

Henk stieg ab und ging auf die Halle zu. Sachse notierte den Namen neben der Handynummer in seiner Hand und kratzte sich im Nacken. Eine Inszenierung, eine Inszenierung wie nebenan im Luxor-Theater.

Er lief zum Gabelstapler, schaute zum Tor, war unbeobachtet. Er griff ins Cockpit, löste die Parkbremse und versteckte sich hinter dem geöffneten Flügel des Tors. Der Gabelstapler setzte sich in Bewegung. Nur zehn Meter bis zum Lastwagen. Der Stapler holperte wie erhofft über einen Absatz, neigte sich nach links, die Palette rutschte vor, der Stapler kippte, die Palette stürzte auf den Asphalt, eine Kiste öffnete sich, Holz splitterte, und auf dem schwarzen Asphalt landeten krachend Dutzende Stoßzähne.

»Hab ich dich, Biesenkämper«, sagte Sachse und wählte die 112, unter der die Polizei in den Niederlanden erreichbar war. Er wurde mit Hoofdcommissaris van Beek verbunden. Der wusste Bescheid, hatte mit Schmitchen vom LKA telefoniert.

Sachse wartete. Weder der Lastwagenfahrer Henk noch der grüne Overall ließen sich blicken. Er spähte durch das geöffnete Tor in das Lagerhaus. Ein etwa vier oder fünf Meter hoher Raum, zehn Meter bis zu einer Laderampe. Nichts, was seine Aufmerksamkeit erregt hätte. Er tastete seine Taschen ab, hatte Hunger. Schlurfend ging Sachse hinüber zur Hafenkante, schaute immer wieder über die Schulter. Gleich würde er in den Supermarkt gehen. Man durfte nicht an den Hunger denken. Sachse dachte an Vanillevla oder besser noch Vlaflip. Das war das Erste gewesen, was er mit Mareike gegessen hatte. Er hatte sie besucht. Sie hatte roten Fruchtsirup, Joghurt und Vanillevla in Gläser gefüllt. Es war seine Lieblingssüßspeise geworden.

Das weiße Gittertor öffnete sich. Zwei Streifenwagen der »Politie« fuhren auf den Platz. Die Beamten begrüßten Sachse, gingen ins Lagerhaus und kamen wenig später mit Henk und dem grünen Overall wieder heraus.

In einer ersten Befragung gaben sie beide an, keine Ahnung zu haben, was sie transportierten beziehungsweise entgegennehmen sollten. Die Frachtpapiere schienen in Ordnung, wiesen »Klompen« aus. Sachse schmunzelte. Vermutlich wurden die niederländischen Holzschuhe sowieso in China hergestellt.

Hoofdcommissaris van Beek teilte Sachse mit, man würde Reimer Biesenkämper in Leeuwarden befragen, dann sähe man weiter. Sachse bat darum, bei der Befragung dabei sein zu können. Länderübergreifende Polizeiarbeit, wie man sie sich nur wünschen konnte.

Sachse machte auf dem Weg in die Tiefgarage Station bei Jumbo, dem Supermarkt, in dessen Garage er stand. Die Verlockungen waren groß, und er erlag. Neben einer stattlichen Kollektion verschiedener Sorten Vla hatte er auch bei den asiatischen Gewürzen nicht widerstehen können. Das passte insofern gut, als er beschlossen hatte, seine Ernährungsgewohnheiten umzustellen. Weniger Kohlenhydrate, mehr Gemüse. Die asiatische

Küche bot diesbezüglich eine reiche Auswahl interessanter Rezepte. Den Tipp hatte er aus einer von Frieses Frauenzeitungen, in die er schon mal reinblätterte, wenn sie nicht auf der Wache war.

Im Auto schaltete er das Radio ein, und mit jedem Kilometer, den er zurück nach Leeuwarden fuhr, fühlte er sich wieder ein bisschen heimischer in der Sprache, deren Klang er sehr mochte. Den Klang der Stimme von Marie Geisler, den hätte er auch sehr gemocht. Sonst rief sie doch immer schnell zurück.

Mitten auf dem Abschlussdeich klingelte sein Telefon. »Frau Geisler, schön, dass Sie sich melden.«

*»Hoi, hier spreekt Inspecteur Hoistra.«*

Der niederländische Kollege aus Leeuwarden informierte ihn, dass die Streife Biesenkämper nicht in der Halle angetroffen hatte. Sachse versprach, darüber nachzudenken, wo der Gesuchte untergeschlüpft sein könnte. Allerdings kannte er Biesenkämpers Kontaktpersonen nicht. Er hatte zudem angekündigt, nach Afrika zu verschwinden. Sachse rief in Leeuwarden an und teilte sein Wissen. Man würde die Augen an den Grenzen offen halten.

Als Sachse die Stadtgrenze erreichte, fiel ihm Biesenkämpers Wohnmobil ein. Vielleicht war es so einfach, wie es manchmal war. An den kleinen Wald-Campingplatz am nördlichen Stadtrand im Leeuwarder Bos konnte er sich gut erinnern. Gucken kostet nichts, sagte er sich und nahm am Europaplein, der trotz des schönen Namens von hässlichen achtgeschossigen Wohnblocks umzingelt war, die Ausfahrt Richtung Norden. Gegenüber dem Militärflughafen bog er zum Campingplatz Taniaburg ab.

Eine Reihe gepflegter Einfamilienhäuser entlang des schmalen Fahrwegs, dann rückten die Bäume näher, weiß blühendes Wiesenschaumkraut entlang der Entwässerungsgräben gleich neben dem Weg. Sachse achtete darauf, nicht von der Fahrbahn abzukommen. Dann sah er auch schon den kleinen See und einige Wohnmobile, die sich einen Platz direkt am Wasser gesichert hatten. Er fuhr weiter nach vorn zum Haupthaus, einem typisch friesischen Bauernhaus mit tief heruntergezogenem, rot gedecktem Dach.

Sachse parkte gleich vor dem Eingang, stieg aus und hielt Ausschau nach dem Wohnmobil, das er vor Biesenkämpers Halle gesehen hatte. Vielleicht weiter hinten. Außer ihm war niemand auf den Wegen unterwegs. Kein Hund, keine Katze. Der Platz wirkte geradezu ausgestorben, obwohl das Wetter nicht nur für friesische Verhältnisse sommerlich war. Aus einem Wohnmobil hörte er, dass Fußball übertragen wurde. Das erklärte die gähnende Leere. Fußball verband und trennte Niederländer und Deutsche in mancherlei Hinsicht.

Sachse schlenderte kaugummikauend an einem älteren Fahrzeug mit Berliner Kennzeichen vorbei. Dann sah er Biesenkämpers Luxusmobil. Konnte es tatsächlich so simpel sein? Glaubte der Mann wirklich, die Polizei drehte Däumchen?

Sachse pirschte sich an, erreichte das Heck, stellte sich auf die Zehenspitzen, und da lag er. Biesenkämper mit einer Flasche Bier vor laufendem Fernseher. Ein wenig enttäuscht war Sachse schon. Er hatte sich das spektakulärer vorgestellt.

Zügig steuerte er das Haupthaus an, stellte sich in dessen Sichtschutz und rief die Kollegen der niederländischen Polizei an, die keine zehn Minuten später eintrafen und ganz aus dem Häuschen waren. Die in Rotterdam sichergestellte Lieferung stellte schon nach erster Sichtung den größten Fund dieser Art seit über zehn Jahren dar.

*»We zijn tevreden en je mag trots zijn!«* Ein uniformierter Polizist in seinem Alter schlug ihm freundschaftlich auf die Schulter.

Dass die Kollegen zufrieden waren, hörte Sachse gern, und mit einem Mal war er tatsächlich auch stolz. Er hatte die richtigen Schlüsse gezogen, den Lastwagen auf dem Weg nach Rotterdam nicht verloren, die Idee mit dem Gabelstapler gehabt, sich an den Campingplatz erinnert. Und jetzt war Biesenkämper festgenommen. Mehr konnte man nicht verlangen. Mehr konnte auch Marie Geisler nicht verlangen. Warum rief sie ihn denn nicht endlich mal zurück?

Er versuchte ihre Nummer. Nichts. Nur totes Rauschen.

Der halbe Ort war auf den Beinen. Polizei in Maasholm, Menschen in weißen und blauen Overalls. Gestalten, wie man sie nur aus dem Fernsehen kannte. Der Hafen, ein Tollhaus. Jedenfalls für Maasholmer Verhältnisse. An Bord der »Schwabenglück« nahmen die Beamtinnen und Beamten der Kriminaltechnik jeden Quadratzentimeter unter die Lupe.

»Wir dürfen nichts übersehen«, hatte Elmar gemahnt. »Gerade jetzt, wo der Chef krank ist. Wir tun das auch für Dr. Holm.«

Nicht dass sie anderentags und anderenorts nachlässig arbeiteten, aber Elmars Worte hatten sie bei der Ehre gepackt. Stundenlang hatten sie nach Fasern gesucht. Auf den Betten, auf dem Teppichboden der Kajüte, hatten das Klebeband nach Fingerspuren abgesucht und waren doch ohne Erfolg geblieben.

Sie hatten Schnelltests gemacht, die DNA der Häberles wurde bestimmt, nachdem das Ehepaar in Kappeln eine Speichelprobe abgegeben hatte, mit der ein Streifenwagen auf dem schnellsten Weg ins Labor gefahren war. Der Apparat lief auf Hochtouren. Nach Aussage der Eigner waren mehrere Personen an Bord gewesen. Aber außer Sand, der von so ziemlich jedem Strand an der Ostsee stammen konnte, einem Zweig und ein paar Blättern hatten sie nichts gefunden.

Elmar stand mit zusammengekniffenen Lippen in der Plicht der Yacht. Er atmete ungeduldig durch die Nase aus, hielt inne und fasste sich an die Stirn. »Ich Idiot.« Er ging zur Salontür und rief: »He, Leute. Irgendwie müssen die ja auch an Bord gekommen sein. Wir nehmen uns jetzt mal den Rumpf und die Leinen vor.«

Es dauerte keine Viertelstunde, bis sie fündig wurden. An einer Leine am Heck entdeckten sie Blutspuren. Elmar rief Lieselotte Häberle an.

»Nur einen Moment noch«, sagte sie. »Wir sind gleich da.«

Elmar schaute den Steg entlang und sah, dass ein Taxi am Rand des Hafenbeckens hielt. Lieselotte Häberle kam ohne ihren Mann.

»Ich hole nur ein paar Sachen für meinen Mann«, erklärte sie.
»Er musste für einige Untersuchungen ins Krankenhaus.«

»Nichts Schlimmes, will ich hoffen«, wünschte Elmar.

Lieselotte Häberle verzog das Gesicht.

»Frau Häberle, bevor Sie unter Deck gehen. Haben Sie sich in der letzten Zeit, damit meine ich, innerhalb der letzten vierundzwanzig Stunden, an Bord verletzt?«

»Nein.«

»Vielleicht beim Hantieren an Deck?«

»Nein.«

»Beim Festmachen des Bootes.«

»Nein, herrje. Was soll das denn?«

»Wir haben Blut an einer der Leinen gefunden.«

»Sicher nicht von meinem Mann oder von mir.«

»Danke, Frau Häberle, und alles Gute für Ihren Mann.«

✳✳✳

Seine Klamotten hatte Sachse rasch zusammengerafft und in der Reisetasche verstaut. Die Verabschiedung von seinem Künstler-Schwager fiel herzlich aus, wie immer.

Nicht über sein Abenteuer zu sprechen fiel Sachse schwer, aber er wusste, dass er Abel in der Nacht nach all dem Bier schon zu viel erzählt hatte. Er hoffte nur, dass sich sein Schwager nicht mehr gut erinnern würde. Als dieser ihm mitteilte, er führe noch am Abend zu einer Vernissage nach Paris, war er beruhigt. In Schleswig fiel es Sachse leicht, im Privatleben nicht über Dienstliches zu reden. Das war Routine. Aber diese Ermittlungen waren anders, aufregend, er hatte das große Bedürfnis, sein Auslandsabenteuer mit jemandem zu teilen.

Abel winkte, Sachse verließ die kleine Seitenstraße, schaute noch einmal in den Rückspiegel, nickte dem ebenso krummen wie schiefen Kirchturm zu, dessen Gewicht der weiche friesische Boden nicht standgehalten hatte – eine Geschichte, die Sachse oft erzählte, weil sie tatsächlich eine Moral zu bieten hatte.

Dann war er auch schon auf der Autobahn und beschloss, im

Herbst für ein paar Tage wiederzukommen. Sachse schaltete das Radio ein. Es lief »All Right Now« von Free. Er ließ die Seitenscheibe runter und grölte mit. Vielleicht sollte er sich wirklich die Haare wachsen lassen.

Es war längst dunkel, als er auf einen Rastplatz fuhr, sich auf eine der Bänke setzte, sein Handy zückte und eine Telefonnummer in Schleswig wählte.

»Gregor, hast du mal auf die Uhr geguckt? Du hast mich geweckt.«

»Still jetzt. Du weißt ja nicht, was passiert ist.«

Er berichtete haarklein von seinem Abenteuer. Und nachdem sie anfangs rumnölte, war Friese schnell hin und weg, fragte dies und das, machte »oh«, »ah« und schrie »Nein«, als er in Delft den Lastwagen verloren hatte.

Dann das große Finale. Die Polizei, der Zoll, nicht nur Stoßzähne, auch Rhino-Horn-Pulver, sogar das LKA war eingeschaltet worden und seine geniale Idee, Biesenkämper könne auf dem Campingplatz sein. Als Sahnehäubchen dessen Festnahme. Wahnsinn.

»Und Jansen?«, fragte Friese.

»Ach Jansen, der war Biesenkämper nicht gewachsen. Er hat ihn beim Schmuggeln erwischt, hat ihn zu erpressen versucht, dann aber doch lieber für ihn gearbeitet. Als Biesenkämper das aussagte, hat er immer wieder den Kopf geschüttelt und gelacht.«

Sachse atmete durch und schloss: »Und beim nächsten Mal, Kollegin, beim nächsten Mal fang ich einen Mörder.«

✻✻✻

»Du musst das schonen«, war Eles Empfehlung gewesen, nachdem Marie ihr vom Sturz und der Untersuchung bei Mc Sondermann berichtet hatte.

»Lernt ihr solche Sprüche im Medizinstudium eigentlich auswendig?«, fragte Marie und holte das Segel dichter.

Ele legte eine Hand auf Maries Knie. »Nein, aber es hat einen Grund, warum ich Rechtsmedizinerin geworden bin. Ich hatte mir in der Schule ausgemalt, ich würde Ärztin, um die Menschheit zu retten. Im Studium dachte ich, Leid zu lindern wäre schön. In der Klinik habe ich überlegt, in die Politik zu gehen, damit all die engagierten Pfleger und Ärztinnen das tun können, wovon sie mal geträumt haben. Heute kenne ich zwei Faktoren, die manche dieser Träume zerplatzen lassen. Es ist der Mensch, und es ist der Mensch. Der Mensch als Schöpfer eines fehlerhaften Systems und der Mensch als Patient desselben. Und weil viele Patienten zudem nicht erkennen, dass sie und ihr Verhalten Teil des Problems, aber auch Teil der Lösung sind, gibt es diese kurzen, aber wichtigen Hinweise, die oft als Floskeln wahrgenommen werden. Du musst das Gelenk schonen, damit es heilen kann. Das ist so. Das wird Sondermann sagen, das sage ich dir und dein Mann sicher auch.« Ele nahm die Hand von Maries Knie und schaute aufs Wasser.

Marie holte Eles Hand zurück. »Sorry, ich war zickig.«

Ele brauchte einen Moment, zog ihre Hand erneut zurück. »Du bist nicht zickig, Marie. Du bist überfordert. Ich kann nicht sagen, warum das so ist. Aber ich weiß, dass du dem begegnen kannst.«

»Schonen?«, fragte Marie und grinste schief.

Ele nickte.

»Okay. Ich schone mich. Vorher erzähle ich dir noch kurz, woran ich gerade arbeite beziehungsweise woran ich gerade nicht arbeite, weil ich mich ja schone.«

Marie berichtete stichwortartig. Ele unterbrach sie, bevor die Geschichte erzählt war. »Bestimmt sind die hier ganz in der Nähe.«

»Wie bitte?« Marie war laut geworden. »Wie kommst du darauf?«

»Wikinger, junge Leute, die Wikingerinsel.«

»Du sprichst in Runen.«

»Die Wikingerinsel. Ist so eine Art Geheimtipp in der Szene.«

»In der Szene junger Rechtsmediziner, oder was?«

»An den Unis, Marie. Heimat ist angesagt. Nicht nur in Frauenzeitschriften und Wohnmagazinen. Und hier im Norden haben es die jungen Leute doch leicht, sich ein bisschen alternative Kultur zuzulegen, eine Art No-Hipster-Haltung. Hau-drauf-Mucke von Leuten in martialischer Aufmachung, Met saufen. So was.«

»Ist das popkulturell und tiefensoziologisch nicht ein bisschen kurz gesprungen?«

»Ein bisschen Wahrheit ist immer.«

»Und diese Wikingerinsel?«

»Wie gesagt, ein Geheimtipp. Habe ich bei einer WG-Party aufgeschnappt.«

»Wann, wo?«

»Vor ein paar Wochen. In Kiel, irgendwo am Adolfplatz.«

Marie starrte Ele an. »Adolfplatz? Kam es dir in der WG vor wie in einer asiatischen Kochshow?«

»Ja, total. Zwei Frauen liefen im Sarong herum.«

»Sagt dir der Name Inga Sennz etwas?«

»Ja, die wohnt da auch.«

»Ele, das ist der Hammer. Das sind sie. Das sind die, die wir suchen. Wo genau ist denn diese Wikingerinsel?«

Ele deutete über den Bug hinweg aufs Wasser. »Na, hier irgendwo. In der dänischen Südsee.«

Das Segel hing schlaff. Der Wind schlief ein.

\*\*\*

Ihre Hand in der Hand ihres Vaters. Sein Blick. Immer wieder sein Blick. Er hatte sich um sie gekümmert.

Aus Hass war Trauer, aus Trauer war Sehnsucht geworden. Judith lag in der Grube. Unfähig, einen klaren Gedanken zu fassen, unfähig zu tun, was zu tun war, was ihr Gewissen jedoch verbot. Sie trank eigentlich keinen Alkohol. Wenn die anderen den Met kreisen ließen, tat sie immer nur so. Aber als Björn sie verlassen hatte, da hatte sie eine Flasche Schnaps aus dem Wohnzimmer ihrer Eltern geholt, und sie hatte getrunken und geschlafen. Das wollte sie jetzt auch. Schlafen.

Sie schob die Decke zur Seite, krabbelte aus der Grube und schlich zur Baumgruppe vor. Die anderen waren noch wach.

Sobald sie schliefen, würde sich Judith Schnaps holen oder Bier. Oder sie würde Emma umbringen. Sie wusste es einfach nicht.

*\*\**

Marie Geislers Mailbox sprang an. Das Handy lag in ihrer Segeltasche, eingewickelt in ein T-Shirt. Der Akku lag daneben. Eingewickelt in ein Handtuch.

»Wir kommen ja überhaupt nicht von der Stelle.« Ele fixierte seit zehn Minuten eine Tonne.

Marie nickte. »Ja, Segeln ohne Wind ist wie …«

»Dir fällt nichts ein? Kein Vergleich? Komm! Gib dir Mühe.«

»Du klingst wie ein schlechter Trainer. So motiviert man doch nicht.« Marie tippte auf die Seekarte. »Hier, die nächstgelegene Insel. Die steuern wir an, übernachten, und morgen suchen wir die Wikingerinsel. Vielleicht erholt sich der Außenborder ja auch über Nacht. Und mein Handy. Warum hast du eigentlich kein Handy dabei?«

»Urlaub mit Handy ist wie …«

»Segeln ohne Wind?« Marie lachte. Es war schön mit Ele.

Ihre Mailbox speicherte eine Nachricht von Andreas. »Moin, Wickie, hier ist dein Mann. Wenn du das hörst, ist Karl in Sicherheit. Ich bin dennoch besorgt. Als ich vor anderthalb Stunden in Maasholm ankam, fand ich unter EMOs Scheibenwischer eine Fotocollage, die Karl auf dem Schulhof, beim Training, in der Fußgängerzone und bei uns vor dem Haus zeigt. Auf der Rückseite dieser Text. Ich lese vor. ›Ihr Sohn ist ein hübscher Bengel und sicher auch vielseitig talentiert. Mein Angebot steht. Bei Bedarf kann ich mich gern um ihn kümmern.‹ Ich weiß nicht, woran du arbeitest. Aber das klingt für mich nach einer Drohung. Ich habe daraufhin meinen Vater angerufen. Karl, Rudolf und meine Eltern sind in Flensburg auf dem Museumsberg gewesen. Ich habe die Situation geschildert, und wir haben uns in der alten Ferienwohnung getroffen. Du weißt schon, wo. Ich bitte dich als Mutter und Polizistin, die Sache zu klären. Morgen rufe ich Dr. Holm an. Du weißt, wo du uns finden kannst. Warum gehst du nicht ans Telefon? Melde dich. Ich liebe dich, Wickie.«

Kaum hatte Andreas aufgelegt, sprang die Mailbox erneut an.

»Schmitchen hier. Habe mal nachgeforscht, wer in diesem Verein von Holger Sennz so Mitglied ist. Nur weibliche Mitglieder übrigens, bis auf den Segelwart und Holger Sennz. Mir sind ein paar Namen ins Auge gestochen. Neben vierunddreißig anderen jungen Frauen machen Judith Jansen, Inga Sennz und Emma Brinker mit. Außerdem haben wir Blut von Emma Brinker gefunden. An der Leine einer Segelyacht, die in der dänischen Südsee von mehreren Personen überfallen wurde. Keine Personenschäden. Die Yacht ist von der KTU untersucht worden und liegt beschlagnahmt in Maasholm. Nur mal so zur Info. Schönes Wochenende.«

Eine Untiefe bremste die »Wickie-Marie«. Ele und Marie kletterten über Bord und zogen das Folkeboot aus dem Sand, schoben es ein paar Meter weiter, dichter an den Strand der kleinen Insel heran. Marie hinkte mit einer Leine an Land und machte sie an einem Betonklotz fest. Wie der wohl hierhergekommen war? Vielleicht wie sie selbst. Absichtslos.

Die Kajüte der »Wickie-Marie« war urgemütlich. Sagten die einen. Ele, die sich mit schmerzverzerrtem Gesicht reckte, kam zu einem anderen Urteil.

»Komfortbefreit, das wäre ein Attribut, mit dem man für Übernachtungen auf einem Boot wie diesem werben könnte«, sagte sie. »Und alles ist klamm. Das ist ja wie früher, das ist ja wie Camping am Biggesee mit sechzehn.«

Zeternd kletterte sie aus der Koje. Klappern und Rascheln. »Wo ist denn Kaffee hier? Das gibt's doch nicht. Ohne Kaffee dreh ich durch.« Das Boot wackelte. Es platschte. Ele lief an den Strand. Dreißig Sekunden später ein Schmerzensschrei. Sie hatte sich an einer Muschel geschnitten, kam schimpfend zurück und setzte sich in den Sand. Blut tropfte von ihrem linken kleinen Zeh ins Wasser.

Marie kletterte aus der Koje, holte den Verbandskasten,

ächzte, kletterte von Bord, ächzte lauter, hockte sich vor Ele an den Strand und klebte ein Pflaster auf den Zeh.

»Das wird schon wieder. So tapfer, wie du bist«, neckte sie. »Und beim nächsten Törn nehme ich auch wieder die Pflaster mit den lustigen Gesichtern mit.«

Ele zog den Fuß weg und stampfte auf. »Ich habe gefroren wie ein Schneider.«

»Du bist eine kleine Memme.«

»Das sagt mein Vater auch immer.«

»Gut, dass du dich in den Schoß des öffentlichen Dienstes gerettet hast.«

»Ich wusste, dass ich dich dort treffen würde. Und jetzt will ich Kaffee!«

Das Zischen des Gaskochers, leises Plätschern der Wellen, Maries Atem, Eles Atem.

»Lass uns hierbleiben«, sagte Ele. »Die Welt kann ein so friedlicher Ort sein.«

Marie stellte den Becher zur Seite, schaute auf den Boden, schaute Ele in die Augen und spürte, wie sich Tränen sammelten. »Ich glaube … Also, in letzter Zeit …« Sie wischte sich übers Gesicht.

»Ich höre dir zu, Marie.«

»Ach, vergiss es. Wo ist denn jetzt diese Insel?«

»Die Wikingerinsel? Ich habe nicht den Dunst einer Ahnung.«

Marie öffnete ihre Segeltasche, wickelte Handy und Akku aus, setzte den Akku ein, drückte die Taste mit dem grünen Hörer. Es passierte nichts.

»Guck!« Ele zeigte aufs Wasser hinaus. »Die Sonne. Wir legen das Ding an Deck, und heute Mittag funktioniert es wieder. Na?«

Marie zog die Augenbrauen nach oben, nickte aber.

»Und jetzt schaust du dir den Außenborder an. Vielleicht hat ihm der Schlaf ja gutgetan.«

Marie ging zum Heck, ließ den Motor ins Wasser herunter, schob den Kraftstoffschlauch auf den Stutzen am Motor, zog den Choke, stöpselte das Kabel für den Schnellstopp ein und pumpte mit dem Pumpenball Kraftstoff.

»Das ist ja wie beim Blutdruckmessen«, kommentierte Ele.

Marie zog das Starterseil. Einmal, zweimal. Dann sprang der Motor an. Sie ballte die Faust.

»Selbstheilung«, diagnostizierte die Bordärztin. »Soll ich die Leine an Land losmachen?«

»Ja, mach das.«

Ele lief los. Marie schaute ihr nach. Sie lief wie eine Gazelle. Elegant, leichtfüßig. Die Leine wickelte sie auf dem Rückweg über dem Unterarm auf, kam an Bord und strahlte. »So könnte es immer sein. Ein bisschen wie in der Karibik.«

»In der Südsee«, sagte Marie und legte den Rückwärtsgang ein.

Ele verschwand unter Deck und kam mit zwei Zahnbürsten und einer Wasserflasche wieder zum Vorschein. »Falls wir jemanden treffen. Poseidon oder Käpt'n Hook.«

»Oder die Wikinger.« Marie klang ernst. Die Bande hatte womöglich eine ganze Anzahl von Einbruchsdiebstählen begangen, und gewalttätig waren sie vielleicht auch.

»Ele, sicherst du mal das Handy und den Akku. Nicht dass das gute Stück über Bord geht.«

Ele schob beide Geräte unter ein flexibles Netz, das auf dem Deck befestigt war, und reichte Marie dann deren Zahnbürste. Die Frauen schrubbten, dass es schäumte. Marie lief der Schaum aus dem rechten Mundwinkel und tropfte auf ihr T-Shirt. Ele wischte ihr den Schaum vom Mund und lachte. »Vielleicht sollte ich doch Kinder haben.«

»Wir fahren Schleifen von jeweils fünf Seemeilen, durchkämmen das Gebiet. Wenn wir die Insel finden, wenn wir die Gesuchten finden – nicht auszudenken. Ermittlungen nach dem Zufallsprinzip. Aber wer weiß, vielleicht haben wir ja Glück. Sobald das Handy funktioniert, rufe ich die dänischen Kollegen an.«

## Auge um Auge?

Es pochte hinter beiden Schläfen. Judith hatte eine Flasche Wodka und zwei Dosen Bier aus dem Lager geholt. Alle hatten geschlafen. Emma hatte sie nicht sehen können. Jedenfalls nicht ihr Gesicht. Sie war tief in ihren Mumienschlafsack gerutscht und schnarchte. Judith war zurück in ihre Grube gelaufen, hatte beide Dosen Bier getrunken und mehrere große Schlucke Wodka. Dann war sie eingeschlafen. Erwacht mit Kopfschmerzen, aber voller Klarheit.

Jetzt stand sie neben Emma, die immer noch schnarchte. Sie stieß mit dem Fuß gegen den Schlafsack. Nur ein Murren. Sie stieß fester zu, dann noch mal.

»Ey, was soll der Scheiß?«, brüllte Emma, drehte sich auf den Rücken, schlug die Augen auf und schaute direkt in den Lauf einer Signalpistole.

Judith war voller Hass gewesen, sie hatte Trauer und Sehnsucht gefühlt, die sie beinahe zerrissen hatten. Nun, da sie in Emmas Augen schaute, war sie vollkommen ruhig. Emma hatte Angst. Das hatte Judith noch nie gesehen.

Inga setzte sich auf und gab einen unartikulierten Laut von sich. Judith beachtete sie nicht. Sie beachtete auch die anderen nicht. Sie waren zu sechst. Sie waren Freundinnen gewesen, mehr als das, sie waren Gefährtinnen in der Gefahr gewesen, mit einem gemeinsamen Ziel, auf das man sie eingeschworen hatte. Eine verschworene Gemeinschaft sollt ihr sein, hatte der Mann gefordert. Er hieß Sennz, aber das wusste sie nur aus dem Fernsehen. Und sie hatten zusammengehalten. Jetzt war Schweigen rund um das erloschene Lagerfeuer.

Emma atmete schnell mit geweiteten Nasenflügeln. Sie schaute zwischen der Waffe und Judiths Gesicht hin und her. Eine Möwe landete neben dem Lagerfeuer, pickte an einer verkohlten Wurst. Judith stellte das linke Bein ein Stück nach hinten.

Emma zuckte, kniff die Augen zusammen. »Es tut mir so leid«, wimmerte sie. »Es tut mir so leid.«

Judith trat einen Schritt zurück.

»Es ging alles so schnell. Wir sind gerannt. Wir sind doch gerannt, so schnell wir konnten. Und trotzdem war er plötzlich hinter mir. Ich habe das gespürt. Dann hat er mich gepackt. Ich habe mich losgerissen. Er hat meinen Kragen erwischt. Ich hatte solche Angst.«

»Mein Vater, du hast meinen Vater erschlagen. Warum?«

Emma begann zu schluchzen. »Judith, es tut mir so leid. So unendlich leid. Ich weiß nicht, wie das passieren konnte. Ich habe ihn zu spät erkannt. Bitte, verzeih mir. Bitte.«

Judith wurde übel. Judith wurde schwarz vor Augen. Sie ließ die Pistole sinken, fiel auf die Knie, sackte zusammen. War ohne Bewusstsein.

❊ ❊ ❊

Marie drosselte den Motor. Sie überprüfte mit dem GPS ihre Position und übertrug sie in die Karte. »Es bleiben nur noch zwei Inseln. Wir steuern die nächstgelegene jetzt mal direkt an, sonst geht uns der Sprit noch aus.«

»Yes, Sir ... äh, yes, Mam«, kasperte Ele.

»Die Seeluft bekommt dir nicht. Schaust du bitte mal nach meinem Handy. Vielleicht klappt es ja jetzt.«

Ele erhob sich, dachte an Maries Mahnung, eine Hand für den Mann, eine für das Schiff, und bewegte sich tastend nach vorn. Sie fummelte Handy und Akku aus dem Netz, setzte beide Teile zusammen, steckte das Handy in ihre Hosentasche und kam wieder zurück.

»Soll ich?«, fragte sie. Marie nickte. Ele drückte die Taste, und auf dem Bildschirm tat sich was. »Es funktioniert wieder. Deine PIN?«

»1315«, antwortete Marie.

»Mit Bedeutung?«

Marie nickte und dachte an ihre Eltern.

Ele tippte die Ziffern ein. »Ein Balken, wow. Das ist doch was. Deutsches Netz. Komisch. Wieso denn deutsches Netz? Das ist doch Dänemark hier, oder?«

»Ja, Dänemark.«

»Du hast zwei neue Nachrichten. Mailbox. Soll ich? Auf Lautsprecher?«

»Ja sicher. Mach.«

Krächzend erklang Andreas Stimme. »Moin, Wickie, hier ist dein Mann. Wenn du das hörst, ist Karl in Sicherheit. Ich bin dennoch besorgt. Als ich vor anderthalb Stunden in Maasholm ankam, fand ich unter EMOs Scheibenwischer eine Fotocollage, die Karl auf dem Schulhof, beim Training, in der Fußgängerzone und bei uns vor dem Haus zeigt. Auf der Rückseite dieser Text. Ich lese vor. ›Ihr Sohn ist ein hübscher Bengel und sicher auch vielseitig talentiert. Mein Angebot steht. Bei Bedarf kann ich mich …‹«

Marie schaute Ele an, schaute das Handy an. »Was ist los? Weiter. Los!«

Ele drehte ihr das Display zu. »Aus, es ist ausgegangen.«

»Dann nimm den Akku noch mal raus. Schnell. Was ist das mit Karl? Ich werd verrückt.«

»Marie, Andreas hat gesagt, Karl sei jetzt in Sicherheit.« Sie entnahm den Akku.

»Da steckt Sennz dahinter. Dieses elende Schwein.«

»Da!« Ele zeigte auf einen Punkt an Steuerbord.

Marie schaute nach rechts. »Ich seh nichts.« Sie klemmte den Gasgriff ein und führte das Fernglas vor ihre Augen. Ungeduldig drehte sie am Glas, glich die Bewegungen des Bootes aus. »Ein Schlauchboot. Ein schwarzes Schlauchboot. Sieh zu, dass du das Handy wieder in Gang bringst.«

Marie änderte die Fahrtrichtung und steuerte direkt auf das schwarze Schlauchboot zu.

✳✳✳

Judiths Gesicht war blass. Sie lag Emma zu Füßen. Mit verdrehtem rechten Arm. Emma strampelte sich aus dem Schlafsack frei. Sie grunzte, gepresstes Stöhnen, gehetztes Atmen. Sie schlüpfte in ihre Sneaker. Im Sand blieb der Abdruck einer Biene zurück, direkt neben Judiths Kopf.

Emma sah Inga Sennz an. Sie starrte sie an, nur für einen Augenblick. Dann sagte sie: »Komm!«

Inga sprang auf. Blicke der anderen flogen hin und her.

Birte fing sich als Erste. »Ihr könnt doch Judith nicht so liegen lassen. Das ist nicht euer Ernst!«

Sie stand auf, ging auf Emma zu und schlug ihr mit voller Wucht ins Gesicht. Emma schrie, holte aus, aber Birte war schneller. Ein zweiter Schlag traf Emma an der Augenbraue, die sofort aufplatzte. Emma lief Blut über die linke Wange.

»Du mieses Stück Scheiße«, schrie Birte. »Du hast Judiths Vater gekannt. Du hast uns nichts gesagt. Und jetzt lässt du Judith da liegen.«

Inga fiel ihr in den Arm, stieß sie zurück. Birte stolperte und landete rücklings in der Asche des Lagerfeuers.

Inga packte Emma an beiden Schultern. »Ich bin bei dir«, sagte sie und lief mit Emma weg, weg in Richtung der Baumgruppe.

Birte brüllte Verwünschungen, die anderen jungen Frauen halfen ihr aus der Asche heraus. Birte hustete. »Lasst mich. Was ist mit Judith?«

***

Der Motor stotterte. »Mist, das Benzin geht zur Neige«, stellte Marie fest. »Noch ein kleines Minütchen, komm«, bettelte sie den Außenborder an. »Ele, steuer mal.«

Marie übergab den Gasgriff und verschwand unter Deck. Sie öffnete ein Schapp, nahm das Seglermesser, das Uwe ihr geschenkt hatte, und ein paar lange Kabelbinder heraus. Dann kam sie zurück.

»Mir wäre wohler, du hättest deine Dienstpistole dabei«, bemerkte Ele.

»Mir auch. Ich übernehme wieder.« Sie setzte sich und verzog das Gesicht.

»Dein Knie?«

»Ja, das elende Knie. Es tut weh. Die ganze Zeit. Das nervt. Ich will wieder kicken. Blöde Waschbox. Da fahr ich nie wieder hin.«

Ele prustete. »Wetten?«, fragte sie und wuschelte Marie durchs Haar, wie es sonst nur Karl machte.

»Lass das.«

Ele wuschelte stärker.

Ein sanfter Ruck. Der Kiel schabte auf dem Sand entlang, die »Marie-Wickie« legte sich leicht auf die Backbordseite. Marie stellte den Motor ab. »Danke«, sagte sie und tätschelte den Außenborder. »Dann wollen wir mal der Gerechtigkeit zum Sieg verhelfen. Apropos. Kommst du mit?«

Ele schlug die Hand vor den Mund. »Ich? Mitkommen? Ich weiß nicht. Nachher wird's noch gefährlich. Ich bin doch nur die kleine Karbolmaus.«

»Karbolmaus?«

»Ja, so hat uns der Oberarzt im Präpkurs genannt.«

»Andreas hat erzählt, dass er sich im Präpkurs übergeben musste.«

»Ich auch. Meine erste Leiche vergesse ich nie.«

»Ich auch nicht«, sagte Marie und dachte an den alten Mann, der sich in seinem Heizungskeller erhängt hatte. Sie legte den Arm um Ele. »Du willst wirklich mit?«

Ele küsste Marie auf die Wange. »Um jeden Preis.«

✳✳✳

Birte kniete neben Judith, rief ihren Namen, schlug ihr ins Gesicht. Dann fasste sie an Judiths Hals, tastete nach dem Puls.

»Sie lebt«, sagte sie und griff nach einer Wasserflasche, die neben Emmas Schlafsack lag. Sie drehte die Flasche auf und ließ Judith das Wasser übers Gesicht laufen. Judith öffnete den Mund, schnappte nach Luft und schlug die Augen auf.

»Wo ist Emma?«, fragte sie, richtete sich auf und sank gleich wieder ohne Muskelspannung zurück in den Sand.

»Judith, Judith.« Birte zog ihr Wams aus, legte es über Judith. »He, der Kasten.« Sie zeigte auf den grünen Kasten Tuborg, den sie im Kvickly geklaut hatten. Birte legte Judiths Beine hoch. Eine Minute verging, vielleicht zwei. Kopf und rechte Schulter bewegten sich.

»Was ist?« Judith schaute Birte an. Ihr Blick war neutral. Ihre Haut war fahl, sie schwitzte.

»Du bist umgekippt.« Birte hielt Judith die Wasserflasche hin. »Trink mal was.«

Judith setzte die Flasche an, trank zwei Schlucke, drehte den Kopf nach rechts und erbrach sich. Wasser sickerte in den Sand, Kohlensäureperlen platzten. »Es geht schon wieder. Ich habe heute Nacht Wodka getrunken.«

»Du alte Schnapsdrossel.« Birte lachte. Eher war es ein Husten. Sie klang hilflos und doch auch erleichtert.

Judith versuchte, sich hinzusetzen. Es blieb bei einem Versuch. »Wo ist Emma?«

»Abgehauen. Mit Inga.«

»Wohin?«

»Bestimmt zum Boot.«

Judith schloss die Augen. Der Anflug eines Grinsens. Sie schob die linke Hand unter ihr Wams, wühlte, es klackerte, dann hielt sie Birte die Zündkerzen entgegen. »Da werden sie wohl rudern müssen.«

Birtes Blick fiel auf die Signalpistole, die Judith fallen gelassen hatte. Sie griff nach der Pistole.

»Finger weg«, herrschte Judith sie an. »Das ist meine.«

»Was wolltest du damit? Auf Emma schießen?«

»Vielleicht?«

»Judith, ich hab mir das zusammengereimt. Und ich weiß nicht, ob ich das richtig verstanden habe. Es geht mich auch nichts an, aber −«

»Hier.« Judith zog die Zeitung aus dem Wams hervor.

Birte las, schüttelte den Kopf, biss sich auf die Lippen. »Das heißt, dass wir, also, dass dein Vater tatsächlich in der Villa war?«

Judith nickte. »Und Emma kannte meinen Vater. Er hätte uns nichts getan. Er hätte uns beschützt. Emma hat ihn getötet. Und Emma hat nichts gesagt. Die ganze Zeit hat sie nichts gesagt. Ich habe neben ihr gesessen, ich habe neben ihr gelegen. Sie hat gelacht und geschlafen und gelebt. Und mein Papa …« Ein Weinanfall überwältigte Judith.

Die anderen jungen Frauen standen hinter Birte. Johanna, die selten sprach, fragte: »Und jetzt? Was willst du machen?«

»Ich will wissen, warum Emma das gemacht hat. Ich gehe jetzt zu ihr.« Judith nahm die Signalpistole, hockte sich in den Sand, stützte sich kurz an der Schulter der knienden Birte ab und stand auf.

»Du gehst nicht allein«, entschied Birte.

Die Insel war flach, und doch konnten Marie und Ele nicht die andere Seite sehen, weil es eine kleine Erhebung mit einer Baumgruppe gab, die die Sicht versperrte. Sie gingen auf die Baumgruppe zu. Sie gingen langsam. Das Laufen im Sand fiel Marie schwer.

»Sag mal, auf welcher gesetzlichen Grundlage findet das hier eigentlich gerade statt?«

Marie blieb stehen. »Schiss? Du hast Schiss, oder wie sehe ich das? Eine ganz neue Seite. Und zu deiner Frage: Gefahr im Verzug.«

Marie ging weiter.

»Gefahr im Verzug? Welche Gefahr?«

»Fluchtgefahr. Gefahr im Verzug geht immer.«

»Ob die Staatsanwaltschaft das auch so sieht?«

Erneut blieb Marie stehen. »Soll ich dir sagen, welches gerade die größte Gefahr ist? Die größte Gefahr besteht darin, dass ich trotz der Aussicht auf Entdeckung gesuchter Personen auf dem Absatz kehrtmache und mich – verdammt noch mal – um meinen Sohn kümmere, der von einem dahergelaufenen Nazi bedroht wird. Komm mir bloß nicht mit Recht, Gesetz und Staatsanwaltschaft. Siehst du hier irgendwo eine Scheiß-Bürotür, auf der ›Staatsanwalt vom Dienst‹ steht?«

Marie drehte sich im Halbkreis. »Ich habe weiß Gott andere Sorgen. Mein Mann fummelt an seiner Kollegin herum, und ich träume von deinem Bauchnabel. Mann, so eine elende Kacke.« Marie ging weiter.

Es dauerte, bis sie schnelle Schritte hinter sich hörte. Ele holte sie ein, griff nach ihrem Arm. »Bauchnabel?«

»Lass mich!«

»Du träumst von meinem Bauchnabel?«

»Habe ich nur so gesagt.« Abrupt blieb Marie stehen und legte den Zeigefinger auf ihre Lippen. Dann zeigte sie nach vorn. Von rechts näherten sich vier Frauen in zotteligen Gewändern der Baumgruppe. Es wirkte, als gingen sie im Gleichschritt. Schnell und entschlossen.

Judith war außer Atem. Das Gehen strengte sie an. Sie fühlte sich kraftlos. Trauer und Wut, Hass und Sehnsucht waren matt. Sie dachte an ihr Zimmer. Sie wollte nach Hause.

Am Donnerbalken blieb sie stehen. »Was machen wir hier eigentlich?«, fragte sie die anderen Frauen. »Villen ausrauben, Beute verstecken, am Lagerfeuer sitzen, komische Lieder singen, und Herr Sennz, ich habe den im Fernsehen gesehen, der baut ein Hotel in Travemünde. Dahin kommen doch die Leute, also die, die er Invasoren nennt, die uns angeblich alles wegnehmen. Meine Oma kommt aus Saarbrücken. Die nimmt uns doch nichts weg, wenn die hier Urlaub macht.«

Judith nahm die Signalpistole hoch, schaute sie von allen Seiten an. Dann ging sie drei kurze Schritte zur Baumgruppe und warf die Pistole in die Grube des Donnerbalkens. »Scheiße«, rief sie der Pistole hinterher, drehte sich um und ergänzte: »Jetzt zu dir, Emma.«

»Was hat die da weggeworfen?«, fragte Ele.

Marie nahm das Fernglas herunter. »Eine Signalpistole.«

Sie zog das Handy aus der Hosentasche und drückte auf den grünen Hörer. »Bitte, nur kurz. Bitte.« Das Display blieb dunkel.

»Wir gehen hinterher«, entschied Marie. »In gebührendem Abstand. Die sind zu viert.«

Das Schlauchboot kam in Sicht. Emma und Inga standen links und rechts neben dem großen Außenborder. Sie merkten nicht, dass die vier Frauen sie bald erreicht haben würden.

»Vergiss es«, rief Judith. »Der springt nicht mehr an.«

Emma fuhr zusammen und sah auf. Das Blut auf ihrer Wange, auf ihrem Hals. Auf Judith wirkte es jetzt so unwirklich wie die

Bemalung, die sie vor ihren Einbrüchen angelegt hatten, die Judith gern angelegt hatte, die sie zu einer anderen gemacht hatte.

»Ich tu dir nichts, Emma. Komm her. Erklär mir, was genau passiert ist. Das ist das Mindeste, was ich von dir erwarten kann.«

Emma und Inga verharrten bis zu den Knien im Wasser am Heck des Bootes. Die anderen vier Frauen standen etwa sechs Meter entfernt am Bug.

»Ich bin dir nichts schuldig«, brüllte Emma. »Wir waren im Einsatz. Da passiert so was. Er hätte uns einfach in Ruhe lassen sollen. Dann wäre jetzt alles wie immer. Alles wäre gut.«

»Er?«, rief Judith. »*Er* war mein Vater, Emma. Mein Vater, der uns von Partys in Hüsby und Nübel abgeholt hat, wenn kein Bus mehr fuhr, der dich nicht verpetzt hat, als er dich mit dreizehn beim Rauchen erwischt hat. Also, warum hast du ihn umgebracht? Warum?«

»Weil ich uns verteidigen musste, weil er an mir gerissen hat, du blöde Pute. Du hast dich doch nie um irgendwas gekümmert. Ich habe alles organisiert. Du hast doch nicht die Verantwortung gehabt. Du doch nicht.«

Judith löste sich aus der Gruppe und ging auf Emma zu.

Marie schaute durch das Fernglas. »Ich habe kein gutes Gefühl. Da spitzt sich was zu. Komm, wir gehen dazwischen.«

»Verantwortung? Emma, Verantwortung ist, wenn ich nicht die letzte Milch trinke am Ende des Monats. Du hast doch keine Ahnung. Musikunterricht bei Herrn Kappert. Dir steht die Welt doch offen. Deine Familie kann alles für dich regeln. Weißt du, was die Mitgliedschaft im Sportstudio kostet? Nein, weißt du nicht, weil Mami alles zahlt.«

Judith spürte das kühle Wasser an ihren Füßen. Emma wich zurück, ging an der Backbordseite Richtung Strand.

»Ich werde zur Polizei gehen, Emma. Alles kommt raus. Mir egal. Du wirst in den Knast gehen. Und genau da gehörst du hin.«

Zwischen der Gruppe von Frauen und Marie lagen jetzt weniger als fünfzig Meter. Ihr Knie pochte, ihr Knie brannte. Sie konnte nicht schneller.

Emma schaute ins Boot. Judith blieb stehen, ging zurück zum Strand. Emma beugte sich ins Boot, und als sie wieder hochkam, hatte sie das Schwert in der Hand.

»Spinnst du?« Birte schaltete sich ein, machte aber mit den anderen Frauen ein paar Schritte zurück.

Ele setzte sich in Bewegung. Schnell.

»Warte«, versuchte Marie, sie zurückzuhalten, aber Ele sprintete über den Strand und hielt direkt auf Emma zu.

Judith schaute Emma an. »Und jetzt? Jetzt willst du mich erschlagen? Und dann die anderen? Du gehst in den Knast, Emma. Es ist vorbei.« Judith erreichte den Bug, fast war sie bei Emma angekommen.

Von der Seite nahte Ele. Emma sah sie im Augenwinkel, drehte sich in ihre Richtung. Emma umfasste den Griff des Schwertes mit beiden Händen und hob es, bereit zum Hieb, hoch über den Kopf. Das Wasser spritzte, als Ele sie erreichte. Das Schwert fuhr durch die Luft, Eles Körper prallte auf Emmas Körper, das Schwert fiel ins Wasser, Ele griff nach Emmas Schulter, packte sie, zog ihr das Standbein weg, Emma fiel ins Wasser, landete auf dem Bauch. Ele über ihr, einen halb geschlossenen Kabelbinder in der Hand. Ein ratschendes Geräusch, Emmas Handgelenke fixiert. Ele stand auf und sagte: »So.«

Marie trat neben sie, schaute überrascht, schaute besorgt, brauchte einen Moment. Dann fragte sie: »Was war das denn? Judo?«

Ele nickte. »Ko-uchi-gari, die kleine Innensichel.«

»Klingt niedlicher, als es aussah.« Marie trat neben Emma. »Frau Brinker, mein Name ist Geisler, Hauptkommissarin Geisler vom Landeskriminalamt. Ich nehme Sie vorläufig fest.« Sie belehrte Emma.

Die jungen Frauen standen um Emma und Marie herum. Nur Inga Sennz blieb der Gruppe fern.

Marie versuchte ihr Glück erneut, und das gute alte Nokia 6310i tat ihr den Gefallen, für einige Minuten zu funktionieren.

Eine Dreiviertelstunde nach dem Telefonat traf das Beiboot eines dänischen Polizeibootes ein. Die jungen Frauen wurden nach Rücksprache Maries mit der Staatsanwaltschaft in Kiel und dänischen Behörden auf dem kürzesten Weg nach Maasholm gebracht. Dort übernahm ein Gefangenentransporter.

## Zufrieden ist anders – Glück ist privat

Zwei Stunden später begannen die Vernehmungen in Kiel, in deren Verlauf sich herausstellte, dass Holger Sennz Initiator und Organisator von Einbrüchen war, die stets vom Wasser aus verübt wurden. Ziel waren die spektakulären Villen Zugezogener. Ihm ging es darum, die Aufmerksamkeit besorgter Bürger auf die reichen Eindringlinge zu richten. Ihm ging es – auch mit Hilfe einer folgsamen Nachwuchsorganisation – mittelfristig um Zustimmung zu einer Partei, die glasklar schleswig-holsteinische Interessen vertreten würde. Ähnlich, wie es die CSU in Bayern tat. Und dazu waren ihm beinahe alle Mittel recht. Der gewaltsame Tod von Rüdiger Jansen hatte aber sicher nicht in seinem Interesse gelegen.

Die Staatsanwaltschaft würde sich auf Paragraf 129 »Bildung krimineller Vereinigungen« beziehen und auf eine Freiheitsstrafe plädieren. Aber es war auch denkbar, dass Sennz mit einer Geldstrafe davonkommen würde.

Wirklich schlimm fand Marie, dass er für seine Klientel politisch nicht gestorben war. Ganz im Gegenteil. Er würde sich und Emma als Märtyrer stilisieren.

Was Rüdiger Jansens Tod betraf, so war die Täterin überführt und geständig. Die Tatsache, dass Emma Brinkers Blut am Amulett klebte, das am Tatort gefunden worden war, deckte sich mit den Aussagen der anderen Frauen. Nur Inga Sennz schwieg beharrlich.

In die Genugtuung, die Täterin gefunden zu haben, mischte sich bei Marie Ernüchterung, denn die alte Einbruchsserie, bei der im großen Stil Kunst gestohlen wurde, harrte noch immer der Aufklärung.

*\*\**

Marie und Ele hatten das Folkeboot zurückgesegelt. Mit dem Wind im Rücken waren sie schneller als in die andere Richtung.

Sie hätten einander viel zu sagen gehabt. Beide schwiegen. Die Blicke waren unsicher.

Im Hafen wurde Marie erwartet. Ihre Schwiegereltern, ihr Vater, Karl und Andreas standen am Steg. Schmitchen hatte Andreas informiert. Sie waren ausgelassen. Besonders Karl war kaum zu beruhigen. Dass gerade eine Bande gefährlicher Frauen in Wikingerklamotten abgeführt worden war, die seine Mama gestellt hatte, kam hinsichtlich seiner Wertschätzung für den Polizeiberuf einer Zeitenwende gleich. »Cool«, sagte er immer wieder. Und fügte hinzu, er würde auch Kommissar werden.

Andreas schloss Marie in die Arme. Die Umarmung fühlte sich steif an, Marie fühlte sich steif an. Ele ging an ihr vorüber, nickte ihr zu. Dann verschwand sie im Getümmel der Touristen. Marie stieg in einen Streifenwagen und fuhr zu den Vernehmungen nach Kiel.

Der Polizist, der sie nach den Befragungen zurück nach Maasholm brachte, war jung. Maries Aufzug in kurzen Shorts und einem Fußballtrikot über den Schultern machte ihn glauben, man sei kulturell auf einer Linie. Zwischen Eckernförde und Kappeln hatte er das Auto mit Hip-Hop beschallt, Marie von amourösen Abenteuern in Kieler Clubs erzählt und seinem Wunsch Ausdruck verliehen, es auch mal ins LKA zu schaffen.

In Kappeln hatte Marie einen Anruf von Schmitchen entgegengenommen. Sie telefonierte mit einem Handy aus der Asservatenkammer, in das Elmar ihre SIM-Karte gesteckt hatte. Das Handy war groß wie eine Bratpfanne. Marie kam sich albern vor, aber ihr Chauffeur schwieg. Immerhin.

In den Außenspiegeln sah Marie auf der Fahrt über Land die Sonne untergehen. Sie hatte Lust, mal wieder zu malen. Sie öffnete ihre Tasche, zog ein Schleibook heraus, schlug es auf und sah die Zeichnung, die sie am Tatort in Kitzeberg vom toten Rüdiger Jansen gemacht hatte. Falsches Schleibook. Sie zog das private Schleibook hervor, entnahm den Bleistift und skizzierte den Kopf des Polizisten, wie sein Haar von der Sonne beschienen wurde. Marie saß rechts hinten und konnte im Profil seine Pilotenbrille sehen. Als sie von der Bundesstraße abbogen, ließ er das Fenster herunter und frische Luft herein. Er legte seinen Arm ins Fenster. Auf der Skizze sah er aus wie James Dean.

Er parkte vor dem Haus ihrer Schwiegereltern, drehte sich nach hinten um, legte zwei Finger an die Stirn. »Man sieht sich.«

»Danke, Herr Kollege. Wenn wir im LKA mal einen DJ brauchen, rufe ich Sie an.«

»Jederzeit.« Er fuhr an, und noch bevor er das übernächste Haus erreichte, schallte der Hip-Hop aus dem Streifenwagen.

Marie ging auf die Haustür ihrer Schwiegereltern zu. Die Tür öffnete sich, Karl und Andreas hatten sie erwartet. »Wir fahren mit dir«, sagte Andreas. »Ich lasse deinem Vater mein Auto hier. Er will morgen nach Sylt.«

»Nach Sylt? Mein Vater? Der fährt freiwillig ja nicht mal nach Düsseldorf und jetzt gleich Sylt?«

»Er trifft einen seiner ehemaligen Spieler. Einen Fußballnationalspieler.«

»Will er Berater werden, oder was?«

»Frag ihn selbst«, schnappte Andreas.

»Oh, Entschuldigung. Ich wollte dich nicht belästigen.«

Als Andreas im Auto neben ihr saß, war sein Blick genervt, er wirkte gestresst. »Das sollte nicht so klingen. Sorry. Ich habe ein Problem.«

Marie schaute in den Rückspiegel. Karl wippte mit dem Kopf. Er hörte Musik. »Problem?«

Andreas nickte.

Marie schaltete in den dritten Gang. Die Sonne stand tief, blendete sie von links. »Ein Problem?«, wiederholte sie ihre Frage.

»Sabine.«

Marie sagte nichts. Ihr wurde kalt.

»Sabine und ich haben heute Morgen miteinander gesprochen.«

Marie umklammerte das Lenkrad.

»Sabine hört auf.«

Marie drehte den Kopf zu Andreas hinüber. Er rieb sich über die Stirn.

»Sie hat letzte Woche einen Patienten verloren. Also nicht sie direkt. Der Mann ist im Krankenhaus gestorben, aber Sabine hat ihn womöglich zu spät eingewiesen. Das hat sie richtig mitgenommen. Ich habe die Sprechstunde unterbrochen und bin mit ihr runter in den Hafen. Ich habe versucht, sie zu trösten. Wir machen ja alle mal Fehler. Aber es hat nichts gebracht. Sie sagt, sie sei eine Gefahr für ihre Patienten. Sie sei nicht konzentriert genug.«

Andreas verzog das Gesicht. »Vielleicht hat sie sogar recht. Für sie ist es wohl die richtige Entscheidung. Sie denkt darüber nach, in die Forschung zu wechseln.«

»Und du stehst wieder allein in der Praxis.«

»Ja, das war ein kurzes Jahr.«

Marie zog die Nase hoch, wischte eine Träne aus dem Augenwinkel. »Du findest eine Neue. Ich helf dir.«

Andreas legte seinen linken Arm um Maries Schulter.

Karl krähte: »Liebespaar, küsst euch mal. Morgen in den USA.«

✻✻✻

Es blitzte und donnerte. Über Nacht hatte sich die Wetterlage geändert. Von Westen zog ein Tiefdruckgebiet über Schleswig-Holstein hinweg. Marie hinkte vom Auto auf die Tür der Busdorfer Wache zu und wünschte, sie könnte rennen. Schon das kurze Stück hatte gereicht. Sie war pitschnass.

»Oh weh«, sagte Oberwachtmeisterin Friese, stand auf, ging in die kleine Teeküche und kam mit einem HSV-Handtuch zurück.

»Och nee«, sagte Marie, nahm das Handtuch dann aber doch, rubbelte Haare und Unterarme, setzte sich Sachse gegenüber und legte die Vernehmungsprotokolle des gestrigen Nachmittags auf seinen Schreibtisch.

»Bitte sehr, auf dem Silbertablett, Ihr Graffiti-Fall. Habe ich sozusagen kollateral mit gelöst. Es waren die jungen Frauen. Alle haben gestanden. Das sind aber irgendwie noch Kinder. Ich habe mir überlegt, dass wir bei uns im Segelclub ein Angebot für diese Generation zwischen Pubertät und Erwachsensein schaffen. Vielleicht habe ich Glück, und wir kriegen sogar eine Regatta organisiert.«

»Sie sind eine Heldin. Aber ich bin auch nicht schlecht.«

Sachse lächelte zufrieden und schob Marie eine Zeitung rüber.

»Lesen Sie, was ›De Telegraaf‹ über den deutschen Schmuggler, den größten Elfenbein-Fund seit zehn Jahren und meinen bescheidenen Beitrag schreibt.« Er strahlte. »Ein Cappuccino vielleicht, Frau Geisler, zum Aufwärmen?«

Marie nickte.

Sachse schaute über die Schulter. »Friese, einen Cappuccino für die Abteilungsleiterin vom LKA.«

Das Gewitter zog ab, Marie fuhr nach Kiel. Sie hielt auf der Holtenauer Straße und kaufte in Philines Boulangerie, was aus einem Frühstück ein französisches Frühstück par excellence machte. Sonderberg, Schmitchen, Elmar und die anderen Kollegen hatten es verdient.

Als sie wieder einstieg, fiel ihr EMOs gelbe Warnlampe ein. Sie schaute, staunte und sagte: »Du Sausack.« Sie meinte Uwe, ihren Schwiegervater. Er hatte die gelbe Warnlampe mit schwarzem Gewebeband überklebt. Eine »Reparatur«, wie man sie einem sachlichen Norddeutschen eigentlich nicht zutraute.

Nach der Besprechung gab Marie ihr Handy in einer Werkstatt ab. Der Inhaber riet zu einem neuen Smartphone. Marie beharrte auf der Reparatur ihres guten alten Nokia 6310i. Vor der Tür meldete sich ihr Vertretungshandy.

»Moin, Holm hier. Ich wende mich mit einer Bitte an Sie. Die Chirurgen sind bei mir zunächst durch. Aber es dauert wohl noch ein bisschen, bis ich wieder im Vollbesitz meiner Kräfte bin. Bitte vertreten Sie mich, solange es nötig ist, und bitte räumen Sie den Stuhl nicht für irgendeinen Karrieristen. Unsere Arbeit ist zu wichtig. Mit dem Minister habe ich gesprochen. Okay, das war's. Machen Sie's gut.«

Er hatte Marie keine Chance gelassen zu antworten. Sie setzte sich auf eine Bank. Abteilungsleiterin beim LKA, während Andreas wieder voll in die Praxis einsteigen musste. Das war nicht der Plan gewesen.

Marie rieb sich die Nase. Da würde ihr was Besseres einfallen.

Für Rat und Tat mein Dank an:

Anke Nissen
Mathias Frie, Polizei NRW
Dr. med. Jörg Funda
Rüdiger Jöns

Arnd Rüskamp, Dagmar Maria Toschka
**TOD AUF DER KOHLENINSEL**
Broschur, 224 Seiten
ISBN 978-3-7408-0075-8

Kann man so tun, als wäre nichts geschehen, wenn eine Freundin
ermordet wird? Der Duisburger Ex-Polizist Theo Bosman und die
kellnernde Anwältin Betty Harmes können es nicht. Sie ermitteln auf
eigene Faust, um dem Mörder auf die Spur zu kommen: zwischen
A 40 und Schimmi-Gasse, zwischen Rhein und Ruhr – und am Ende
wird in Amsterdam alles anders als gedacht …

www.emons-verlag.de

Arnd Rüskamp
**KIELHOLEN**
Broschur, 272 Seiten
ISBN 978-3-7408-0207-3

Marie hört Streichquartette, und Marie malt. Die Hauptkommissarin des LKA hat einen Sinn für das Schöne. Einerseits. Andererseits schreckt sie auch vor einer Blutgrätsche nicht zurück. Nicht auf dem Fußballplatz und nicht im Job. Aus dem Ruhrgebiet in ihre Heimat zwischen Schlei und Ostsee zurückgekehrt, bekommt sie es mit einem pikanten Fall zu tun: Bauer und Bordellbetreiber Helge Meermann wird tot auf seinem Acker gefunden. Und Marie stößt auf ein Motiv so alt wie die Menschheit …

Lust auf mehr? Laden Sie sich die »LChoice«-App runter, scannen Sie den QR-Code und bestellen Sie weitere Bücher direkt in Ihrer Buchhandlung.

www.emons-verlag.de